» LA GAJA SCIENZA «

VOLUME 1428

LA FALENA
E LA FIAMMA

Romanzo di
ROBERTO COSTANTINI

LONGANESI

Gruppo editoriale Mauri Spagnol

www.longanesi.it

ISBN 978-88-304-5452-1

LA FALENA E LA FIAMMA

PROLOGO

«*Mati*!»

Questa è la prima parola che ho sentito da Johnny Jazir: *scacco matto*.

Era l'estate del 1999, vent'anni fa. Lui era seduto in un bar sotto le arcate di una piazza che aveva avuto molti nomi e che ora si chiamava piazza Verde. Quel giorno non si chiamava Johnny Jazir e io non mi chiamavo Aba Abate. In realtà, non ho mai saputo come si chiamasse davvero, forse non lo sapeva nemmeno lui. Persino la prima parola, *mati*, era un inganno, perché lui non sapeva giocare a scacchi. Tutto era necessariamente falso, tranne ciò che era invisibile ma mortale, come ossido di carbonio inodore in una stanza chiusa.

Avevo vent'anni. Non è una giustificazione, solo un fatto. Altre ragazze, a vent'anni, non sarebbero mai state sedute in una piazza di Tripoli, non avrebbero giocato a scacchi con uno sconosciuto, non si sarebbero imbarcate su una nave senza conoscerne la destinazione. Io invece ero convinta di sapere tutto e di poter contribuire a rendere il mondo un posto migliore. Una pessima combinazione tra coscienza di sé e volontà, aggravata fatalmente dall'inesperienza e dalla mancanza di un amore che non fosse quello di un soffocante padre.

Con gli anni, accanto a mio marito e ai miei figli, nella mia confortevole vita tranquilla, il ricordo di quel momento è diventato un confronto inaccettabile con ciò che sono diventata. Un ricordo ci strugge, un rimpianto ci distrugge. A quel punto il ricordo andava trasformato in un semplice sogno. Cominciai dicendomi che quel sogno non avrebbe mai retto alla prova più dura, quella del tempo. Ma non bastava. Non potendo distruggerlo, per sopravvivere dovevo banalizzarlo.

Johnny Jazir era uno qualunque.

Non era vero. Ma senza le bugie che raccontiamo a noi stessi, la vita sarebbe insopportabile.

1

MESSAGGIO PER LA PACE, VERSIONE JOHNNY

Maggio 1999, Racak, Kosovo

Io e Mahmoud eravamo nella merda, in tutti i sensi. Sepolti da tre giorni in una nicchia umida e buia in fondo al pozzo nero. L'odore del liquame si mescolava a quello della benzina e della cenere del bosco che bruciava, sopra di noi. Per tre giorni e tre notti avevamo sentito solo le cannonate serbe dalla cima della collina e il crepitio delle armi automatiche. Senza cibo, tranne qualche radice cresciuta grazie al letame. Senza acqua, sostituita dalla nostra urina.

Non eravamo vittime, solo mercenari. Gli altri morivano senza colpa, noi senza merito.

Non era cominciata così, perché chiunque è innocente almeno per un attimo della sua vita. Io e Mahmoud lo eravamo di certo a quindici anni, quando andammo a Gaza ad aiutare i palestinesi contro gli oppressori ebrei. C'è una cosa della guerra che impari rapidamente, ma solo quando l'hai provata: hai una maledetta paura di morire, e questo vale per tutti, inclusi gli eroi veri o presunti.

Dopo, per me la guerra era diventata un mestiere. Non avevo idea di quanta gente avessi ucciso. Soldati ebrei a Gaza, soldati russi in Afghanistan, soldati serbi in Bosnia e Kosovo. Ma se all'inizio combattevo in nome di un'idea, adesso era diventato soltanto un lavoro molto ben pagato. Per passare dagli ideali ai soldi avevo dovuto lottare con qualcosa che un prete avrebbe chiamato coscienza, un poeta lealtà e che mio zio Karim aveva definito *cromosomi malati.*

Se i miei genitori mi vedessero, cosa penserebbero di questo figlio?

Da bambino me li immaginavo, li disegnavo persino, lui scuro e lei chiara, come se potessi vederli. Con gli anni, avevo smesso. Tornavano solo in certi momenti, non più immagini ma concetti tipo *vero o falso, giusto o sbagliato.* Ed era allora che mi rispondevo sempre allo stesso modo.

Meglio così, meglio che non debbano vedere.

Per Mahmoud non era stato possibile convertirsi dall'idealismo al pragmatismo. Lui era figlio di un imam, pregava cinque volte al giorno, al Cairo aveva frequentato le scuole dei Fratelli musulmani, i suoi amici. Anche in quel conflitto in Kosovo, lui coi soldi guadagnati voleva finanziare i Fratelli. Tra noi c'era un patto, imposto da Mahmoud: per combattere insieme, dovevamo scegliere da che parte stare. Tra islamici e cristiani, noi due stavamo coi *buoni*, con gli islamici contro i cristiani. Per me andava bene purché qualcuno pagasse, i soldi non avevano fede o religione. In Kosovo tuttavia erano i cristiani dell'Occidente a pagarci, ma per Mahmoud andava bene così, visto che la NATO appoggiava gli islamici contro i cristiani di Oriente.

Ero io il nostro procacciatore d'affari, quello che aveva studiato in Italia, per cui toccava a me tenere i contatti con l'intelligence degli occidentali, i nostri clienti. Nel caso del Kosovo, a ingaggiarci erano stati gli italiani: ci avevano promesso un premio bello grosso se fossimo riusciti ad accelerare la sconfitta ormai certa dei serbi, a scacciarli dal Kosovo prima dell'estate. Il governo italiano era molto in imbarazzo con la propria opinione pubblica, avevano fretta di chiudere la faccenda e far tornare a casa i loro giovani virgulti senza fare arrabbiare lo zio Sam. Io e Mahmoud eravamo in quel pozzo di letame solo per quei soldi, per far finire prima possibile quella guerra.

All'alba del quarto giorno arrivarono le urla disperate delle donne che imploravano pietà per sé stesse e i bambini. Quei morti erano vittime indispensabili per finire il prima possibile. Me l'aveva insegnato zio Karim.

Le opinioni pubbliche non hanno coscienza, solo rimorsi violenti e di breve durata.

« La iena serba è qui sopra, Johnny. Pochi metri. »

Nessun soldato ama la guerra, tranne chi odia davvero il nemico come Mahmoud.

« Sono troppi, Mahmoud. Non facciamo nulla. Non ora. »

Era sempre stato così tra noi due. Sin quando da bambini negli anni Settanta al Cairo giocavamo nelle stradine dietro la casa di Hosni e Aisha, i miei genitori adottivi. Eravamo cresciuti nelle guerre tra piccole gang nel parco dietro la moschea al-Azhar. Mahmoud era alto il doppio e pesava il triplo di qualunque ragazzino e impegnava cinque avversari alla volta. Ma fui io a elaborare la strategia con cui alla fine conquistammo il campo di calcio. Come oggi.

Mahmoud si tirò su, coi suoi centonovantacinque centimetri e centotrenta chili di muscoli, il turbante nero da cui spuntavano i capelli neri lunghi sino alle spalle, la bandoliera, le bombe a mano alla cintura e il kalashnikov. Si avviò verso la scaletta arrugginita che portava in cima al pozzo.

«Non posso lasciarle ammazzare donne e bambini, Johnny. Prima che mi vedano la trovo e la sistemo.»

Eravamo sopravvissuti a tante battaglie: Gaza, Afghanistan, Bosnia, ora il Kosovo. Era stata la mia prudenza a salvarci, ma Mahmoud non lo voleva capire. Lui si sentiva invincibile e doveva proteggere il suo popolo, i musulmani vessati dal mondo intero.

«Non ce la faremo.»

«Hai paura?»

«Il coraggio non consiste nel non avere paura. Dobbiamo restare vivi per mettere fine alla guerra, Mahmoud. Questa è solo una piccola battaglia.»

Ma lui pensava di essere Achille senza il tallone.

«Tranquillo, Johnny. Mi faccio un giretto sopra e torno qui sotto con un cosciotto di iena serba per cena.»

C'era un solo modo per fermarlo, il suo vero tallone d'Achille, cioè io. Mi alzai, zoppicando e trascinando la caviglia slogata.

«Va bene, andiamo, Sandokan.»

Era il sosia di Kabir Bedi, con quegli occhi oblunghi e intensi, la chioma sparpagliata sulle spalle, le sopracciglia folte, la barba incolta.

Lui si bloccò di colpo.

«Tu no, Johnny. Con la caviglia slogata ti fanno secco, tu resti qui.»

Scossi il capo.

« Si vive e si muore insieme, ricordi? »

Avevamo fatto quel patto a quindici anni, a Gaza, prima di lanciare la nostra prima molotov sul camion pieno di soldati israeliani. Da quel giorno ci eravamo salvati reciprocamente la vita più volte, nel Kandahar afghano contro i russi e in Bosnia e Kosovo contro i serbi. Lui me l'aveva salvata uccidendo, io impedendogli di farsi uccidere.

Aveva già un piede sulla scaletta, ma si fermò, incerto.

« Se resto, mi giuri che poi Branka la facciamo a pezzi? »

Il comandante Branka Pavlovic era l'emblema di tutto ciò che Mahmoud odiava di più: cristiana, femmina e pure feroce guerriera. Lei era una leggenda per i serbi. Branka era solo una giovane studentessa di psicologia quando i bosniaci musulmani erano entrati nella fattoria in cui viveva con i genitori e le sorelle. Lei era nei campi, li aveva visti entrare e si era nascosta nel fienile. Non potendo fare nulla per salvare la sua famiglia, aveva aspettato la notte. Poi aveva bloccato la porta e con le taniche di benzina aveva circondato la casa, aveva fatto filtrare il liquido sotto l'uscio e aveva dato fuoco a tutto, coi nemici e i suoi parenti all'interno. In quel momento era nata la leggenda del comandante Branka Pavlovic. Il simbolismo psicologico della violenza di Branka era noto in tutto il Kosovo. Lei usava scientificamente il terrore per demoralizzare il nemico e galvanizzare i suoi: musulmani impalati sul ponte sulla Drina, stuprati in piazza a Srebrenica e castrati.

Aveva inventato lei il detto « *dovranno tagliarci in due*

per dividerci», che risuonava minaccioso dagli altoparlanti in tutte le città o villaggi occupati dai serbi. Mahmoud sognava ogni notte di catturarla, farla stuprare da tutti i suoi uomini e tagliarle la gola. Per lui era un'ossessione, un incubo che trovavo pericoloso. Per me, Branka era solo un obiettivo, un'opportunità.

«Te lo giuro, Mahmoud. La faremo a pezzi.»

Lui scrollò il capo, tolse il piede dalla scaletta.

«Bene, brindiamo col nostro piscio analcolico alla fine della iena serba.»

Maggio 1999, Prizren, Kosovo

La linea era molto disturbata, forse per la pioggia primaverile accompagnata da fulmini e lampi. Quella coda di freddo era come quella guerra che non voleva finire anche se la fine era già decisa, come era certo che il caldo sarebbe arrivato.

Me ne stavo intirizzito nella stalla tra capre e maiali mentre Mahmoud e gli uomini dell'UCK si rifocillavano nel casale sventrato dalle bombe. C'erano parti della guerra che toccavano solo a me. Una scrofa enorme continuava a fissarmi con i piccoli occhi famelici. Dal casale arrivavano le risate di Mahmoud e degli altri mujaheddin. Chi ci abitava, un uomo, una donna, due nonni e tre bambini, erano morti, i loro corpi crivellati di colpi giacevano lì fuori, nel fango. Ma in guerra i morti sono come il traffico quando vai al lavoro, ci stai in mezzo senza più farci caso.

« Decollo a 07. »

Per quanto parlasse inglese, riconoscevo l'accento italiano, veneto per la precisione. Gli F15 erano americani ma partivano dalla base di Aviano. Il mio contatto al SISDE era l'addetto commerciale dell'ambasciata italiana a Tripoli, il signor Pace, chissà come si chiamava davvero. E chissà se la scelta dei nomi assegnati era casuale. Forse no, visto che per il SISDE io ero il signor Guerra.

«Tempo?»

«Trentadue. Satellite indica spostamenti intorno a obiettivo. Uomini e mezzi.»

Cercai di ragionare velocemente. «Spostamenti.» Non c'erano dubbi, i serbi erano ancora in grado di monitorare decolli e rotte sull'Adriatico. Ora stavano evacuando mezzi e soldati dalla loro caserma di Korica, ai margini del villaggio. Prima di farlo avrebbero macellato ogni essere umano e dato fuoco alle case. E questo era utile, mi serviva qualche minuto in più.

Pensai alla promessa che avevo fatto a Mahmoud. Lui ovviamente la voleva viva, Branka Pavlovic. Voleva farle soffrire le pene dell'inferno e solo alla fine ucciderla. Ma io avevo tutt'altro piano. Branka Pavlovic mi serviva come esempio per spingere i serbi a tornarsene a casa loro, come avevamo fatto con i cadaveri castrati dei soldati russi in Afghanistan. Come mi aveva insegnato zio Karim.

Le guerre finiscono prima solo con il terrore, nipote. Come hanno fatto gli americani a Hiroshima. Come non hanno fatto in Vietnam.

«Signor G, conferma?»

La scrofa emise un terribile grugnito, seguito da una scorreggia. Prima o poi la scrofa affamata avrebbe sfondato la porta di lamiera, sarebbe uscita e avrebbe cominciato a mangiare i cadaveri dei bambini.

«Un attimo.»

Mi tirai su, presi il coltello dalla fondina, le girai intorno e da dietro le tagliai la gola. Il sangue cominciò a zampillare dovunque, come da un rubinetto, e la bestia prese a urlare. Si girò verso di me, fece un piccolo passo, poi crollò nel fango, continuando a vomitare sangue e fissarmi con gli occhietti porcini. Non avevo bisogno anche di occhiate di accusa. Le cavai gli occhi e riattivai il microfono.

« Obiettivo confermato, signor P. Noi ci muoviamo. »

Quei bombardamenti della NATO, che all'inizio avevamo persino provocato, ora dovevano finire. Il signor Pace me lo aveva detto chiaramente, la politica voleva chiudere la faccenda al più presto. Come zio Karim aveva spiegato a me e Mahmoud durante le gite nel deserto.

Non esistono guerre giuste o ingiuste, solo utili o inutili. Gli occidentali, diversamente da noi, lo imparano sin da piccoli a scuola. Loro imparano la convenienza, mentre a noi insegnano l'obbedienza.

Lo sterminio dei civili a Korica era solo un necessario prezzo da pagare, come il taglio dei dipendenti per risanare un'azienda morente. Se i kosovari tenevano tanto alla loro bella indipendenza, qualche decina di morti in più tra loro era un costo accettabile.

Mahmoud diceva che il mio cuore era sepolto sotto le piramidi del Cairo, giù nella sabbia. E che un giorno l'avrei dissepolto.

Non poteva capire. Lui aveva entrambi i genitori che stravedevano per il loro eroe, era nato sesto dopo cinque sorelle che lo trattavano come fosse Maometto in persona. Io ero un orfano di padre abbandonato dalla madre, e solo zio Karim aveva impedito che finissi all'orfanotrofio dove lei aveva intenzione di abbandonarmi. Lo chiamavo zio, da sempre, anche se lui era stato chiarissimo, sin da quando ero piccolo: lui non era davvero mio zio, era stato un grande amico di mio padre, morto pochi mesi prima che nascessi. Mia madre era una giovanissima americana che, non volendo un figlio senza padre, voleva solo tornarsene a casa. Così, in nome della grande amicizia con mio padre, lui si era preso cura di me. Mi aveva messo come nome Ahmed e affidato ai suoi lontani cugini del Cairo, Hosni e Aisha Salah, che non avevano figli. Ero cresciuto nella loro casetta dietro la moschea al-Azhar. Zio Karim sosteneva in modo generoso Hosni e Aisha per crescermi e farmi studiare. E a quindici anni, quando chiesi a Hosni il permesso di andare a Gaza con altri amici per aiutare i palestinesi, lui aveva chiamato zio Karim. Lo zio aveva ascoltato le mie ragioni e aveva detto che se lo aspettava, perché anche mio padre era una testa calda. Per darmi il permesso di andare mi obbligò a promettergli che un giorno avrei finito il liceo e poi sarei andato all'università. Quando gli avevo chiesto perché, si era limitato a dirmi che così avrebbero voluto sia mio padre sia mia madre. E di loro due non si parlò più, tranne qualche accenno in rarissime occasioni.

Cosa avrebbe detto zio Karim in quel momento?

Gli abitanti di Korica non contano nulla, vittime collaterali di un obiettivo molto più importante.

Tirai fuori la fiaschetta di un pessimo whisky e buttai giù tutto, sino a sentire la gola bruciare e le budella urlare. Era ora di muoversi, mentre i serbi completavano il loro ultimo massacro. Attraversai il campo fangoso, tra quei cadaveri, sotto una pioggia sporca della fuliggine degli alberi in fiamme sulla collina.

Dopo il diluvio, il cielo notturno era limpido e freddo, ma il terreno era fango misto a erba fradicia. Feci legare le mitragliatrici alle rocce, una precauzione che avevo imparato sugli scoscesi dirupi afghani. Il convoglio serbo era ben visibile nel mio binocolo a infrarossi, a circa due chilometri da noi, a un chilometro da Prizren. Il piano funzionava. In mezzo alla cittadina sarebbero stati inattaccabili e non avrebbero mai imboccato quel sentiero tra le rocce se non fossero stati costretti dalla fretta di evitare uno sgradevole incontro con i missili degli F15. Si erano disposti in modo ovvio, i due carri armati uno in testa e uno in coda, i sei camion e la camionetta in mezzo. Come facevano in Croazia e in Bosnia. Solo che lì c'erano le strade asfaltate, questo era un sentiero fangoso tra i monti.

Avevamo venti uomini, ma solo otto erano mujaheddin che avevano combattuto con noi in Afghanistan, gli altri erano quegli assassini da vicolo dell'UCK che avrei volentieri dato in pasto ai loro stessi maiali. E avevamo solo due lanciarazzi RPG 7, graziosamente inviatici dal grande finanziatore dell'UCK insieme alla CIA, il signor Osama bin Laden che ne aveva fatto incetta in Afghanistan. Uno lo avevo io, l'altro Mahmoud che, accanto a me, stava masticando canapa, un souvenir dei bei tempi nel Kandahar.

Nell'auricolare mi arrivò la voce di Mahmoud.

« La vedi la iena serba? »

La vedevo benissimo. Branka Pavlovic era nella camionetta subito dietro il primo carro armato, seduta accanto all'autista, i biondi capelli raccolti sotto il basco nero delle tigri di Arkan. Ma non sarebbe andata come voleva Mahmoud. Lui era animato dal furore cieco dell'idealismo. Io stavo solo lavorando e Branka Pavlovic era solo uno strumento per accelerare la fine del conflitto.

« La vedo. Prendo io quello di testa, Sandokan. »

« Oggi vuoi fare l'eroe, Johnny? Guarda che si addice più a me. »

Era vero. Il primo carro andava attaccato frontalmente, quasi allo scoperto, massimo da venti metri. L'RPG è differente dal bazooka americano, il razzo si inserisce davanti invece che dietro ed è più leggero e maneggevole, per arrivare il più vicino possibile al bersaglio. Per il resto, il funzionamento delle due armi è identico: al momento dello sparo la vampa fuoriesce alle spalle del tiratore rendendolo un facile bersaglio per il nemico. In quella situazione era impossibile avere il tempo per poter ricaricare un secondo missile. Per cui il primo carro toccava al più forte e coraggioso, che era Sandokan. E il primo carro era molto più decisivo dell'ultimo: fermare quello era essenziale per bloccare il convoglio.

Ma non potevo lasciare a lui Branka Pavlovic. Lui la voleva viva per farla a pezzi. Io la volevo a pezzi per far vivere tanta gente.

« Sei troppo desideroso di catturarla Mahmoud. Lascia a me il primo carro e la sua camionetta. »

Lui bofonchiò nell'auricolare.

« Va bene, ma portamela viva, Johnny. »

« Ci proverò. Dammi i tempi, Mahmoud. »

Avevo calcolato il punto dove volevo colpire, poco prima della curva a gomito che mi avrebbe consentito di avvicinarmi a venti metri dal carro restando ancora tra le rocce. Avrei sparato stando in ginocchio, era un po' meno stabile che in piedi, ma più riparato.

Mi infilai il tappo nell'orecchio sul lato dell'RPG. Nell'altro avevo l'auricolare con cui sentivo la voce di Mahmoud che, trenta metri più su, controllava la distanza col visore notturno. Cominciò il conto alla rovescia.

« *Ascera*, *tissa*, *tmania*... »

Poggiai il ginocchio sinistro a terra, la gamba destra ad angolo retto, il lanciarazzi sulla spalla. Ora il rumore del carro era così forte da sovrapporsi al countdown di Mahmoud.

« ... *hamsa*, *arba*, *thlata*, *tnin*, *uahid*, *go!* »

La vampata posteriore mi accecò per un attimo mentre il calore mi scaldava la guancia. Poi tutto accadde in pochi secondi. Il carro sussultò, saltando in aria di una ventina di centimetri, ricadde e prese fuoco. Immediatamente vidi i pallini rossi dei mirini di precisione spostarsi verso di me, ed era ciò che volevo. Mi gettai dietro la roccia più grossa mentre le pallottole mi crepitavano intorno. Contai i secondi: Mahmoud doveva farcela prima che la torretta del secondo carro facesse in tempo a ruotare verso di me. Il secondo carro esplose e si incendiò. Dai camion i soldati serbi rispondevano al fuoco, ma non avevano scampo. I miei erano al buio, in alto, dietro le rocce. Loro ben illuminati, in basso, bloccati tra due carri in fiamme.

Restava la camionetta di Branka. La cosa più semplice

sarebbe stata ricaricare l'RPG e farla finita. Ma il mio piano necessitava del corpo integro e ben identificabile di quella donna, non di uno scheletro arrostito e irriconoscibile.

Così i tuoi amici capiranno cosa li aspetta se non se ne vanno.

Ero stato il miglior tiratore con la Beretta 92 che quelli del Makthab al-Khidamat ci avevano fornito nei campi sotto il Kandahar. Quindici colpi in pochi secondi tutti alla testa del pupazzo bersaglio a dieci metri.

L'autista di Branka era di fronte e lo colpii alla gola, le due guardie sul retro della camionetta alla testa.

Non violavo la promessa a Mahmoud, ma capivo molto meglio di lui le donne e certamente quella donna. Non si sarebbe mai lasciata prendere, né da me né da nessun altro. Branka Pavlovic mi gettò solo un'occhiata sprezzante, alla luce delle fiamme i suoi occhi blu scintillavano. Le lasciai il tempo di tirare fuori la sua arma e urlare.

« *Fuck you and Maometto.* »

Le sparai due colpi al petto, stando attento a evitare la testa. Lei cadde all'indietro, riversa sul sedile. Mi avvicinai, tenendo la pistola puntata. Ma non c'era pericolo, il sangue le usciva a fiotti dai polmoni bucati su per la gola e la bocca. I suoi occhi celesti mi guardavano. Le sparai un terzo colpo al cuore, non c'era motivo di farla soffrire mentre soffocava nel sangue. In duecento secondi era già tutto finito.

Mahmoud arrivò di corsa, gettò un'occhiata alla camionetta e imprecò.

«*An din gahba*, Johnny, me lo avevi promesso.»

«Stava per spararmi, Mahmoud.»

Lui continuò a imprecare, come un bambinone gigante a cui avevano sottratto il premio più ambito.

«E ora che ci faccio con questa? La violento da morta?»

Gli posai una mano sul braccio per calmarlo.

«No, dobbiamo usarla per far finire questa guerra.»

«Cioè?»

«Fai spogliare il cadavere, stendetela per terra e collegate la sega elettrica al diesel portatile.»

Mahmoud mi guardò, dubbioso.

«Per fare cosa, Johnny?»

«Ti ricordi il suo motto? *Dovranno tagliarci in due per dividerci.* Be', devono capire che dovranno dividersi.»

Lui scoppiò a ridere.

«Cazzo, Johnny, ti daranno una laurea in psicologia honoris causa! Chissà come ti vengono certe idee.»

I miei cromosomi malati.

Ero stato cresciuto al Cairo da Hosni e Aisha Salah con i soldi che zio Karim passava loro. Il mio unico educatore intermittente era stato lui, che io chiamavo zio, ma non avevo i suoi cromosomi. Lui viveva chissà dove e veniva a trovarmi saltuariamente. A volte portava me e Mahmoud nel deserto, diceva che ciascuno di noi ha un suo luogo dell'anima e quello era il suo. Tra le dune ci insegnò a sparare, prima col Diana a pallini, poi con la pistola. Era molto colto, a suo modo. Mescolava amicizia e guerra come se fossero inseparabili e citava Mussolini che riprendeva Platone.

Superare nel bene gli amici, superare nel male i nemici.

Quando obiettavo che la pace era un bene e la guerra era un male, sosteneva di dover correggere i miei inevitabili difetti genetici, *cromosomi malati.*

La ferocia e la coscienza di solito non vanno d'accordo, ma in tuo padre c'erano tutte e due. Separate non sono un problema, ma insieme ti uccidono.

Mi portarono la sega elettrica collegata da un cavo al generatore. Il corpo denudato di Branka era disteso sul sentiero. Intorno a me c'era gente che rideva come se stesse guardando un film comico. Uno di quelli dell'UCK tirò fuori una macchina fotografica. Gli puntai contro la pistola e gli sparai un colpo tra i piedi.

« Manda via tutti, Mahmoud. Resta solo tu. »

Si dileguarono tutti rapidamente. Mahmoud mi guardava, sembrava un po' incerto persino lui.

« Cazzo, Johnny, non è che poi esiste davvero il loro Dio e ci spedisce in un posto dove invece delle vergini ci troviamo circondati da nani col cazzo gigante? »

Cercai il punto adatto, la linea dell'ombelico. Pensai a quel bellissimo romanzo.

Cosa importa dove si giace quando si è morti? In fondo a uno stagno melmoso o in un mausoleo di marmo in cima a una collina?

... o di venire tagliati in due?

Gli schizzi del sangue di Branka arrivarono sui miei stivali, mentre il suo stomaco e il suo intestino si spargevano sul terreno ora molliccio e rosso. Spensi la sega elettrica.

« Fai inchiodare ciascun pezzo su una croce. Mettile all'accesso di Pristina, in modo che i serbi le vedano bene. »

« Johnny... »

« Il terrore è il messaggio di pace più efficace, Mahmoud. Questa guerra deve finire. »

« Parli come tuo zio Karim. »

« *Penso* come mio zio. »

Inizio giugno 1999, Pristina, Kosovo

Era finita la pioggia ed era finita la guerra. Il cielo era terso, la folla lanciava fiori e baci ai soldati della NATO che sfilavano tra i palazzi sventrati dalle bombe. I bar avevano riaperto e tra le rovine di Pristina la gente cantava e ballava. I serbi erano stati rispediti a casa loro, i morti erano morti e davanti c'era il futuro. Restava la tristezza dei parenti delle vittime, ma il dolore di pochi è solo una goccia di sangue nel mare della felicità di tanti.

Mahmoud e io eravamo seduti al tavolino di un bar con davanti due boza, visto che non c'era modo di avere alcun tipo di alcolico o un caffè decente. Senza turbante, coi capelli sciolti sulle spalle e il kalashnikov sulle ginocchia, Mahmoud osservava accigliato le jeep Iveco cariche di soldati KFOR con lo stemma NATO-OTAN sulle mimetiche e i bambini che si affollavano festosi intorno a loro per vedere da vicino le armi che avevano cacciato i serbi.

« Abbiamo combattuto noi e sembra che abbiano vinto loro, Johnny. »

« Chi se ne frega, Mahmoud. Non sono fatti nostri. »

Ma lui ovviamente non era d'accordo.

« Be', non per me. Ho già sentito dire che i capi vogliono erigere una statua al presidente Clinton. Poi gli yankee porteranno la loro civiltà coi McDonald's. Potremmo tornare tra un paio d'anni e mettere una bella bomba nel McDonald's, no?»

«Non ammazziamo innocenti, Mahmoud. Solo soldati come noi.»

Ma lui non mi ascoltava.

«Le foto con le due croci di quella iena all'ingresso di Pristina hanno fatto il giro del mondo, Johnny. Se ci prendessimo il merito sarebbero in molti a offrirci lavoro. Pare che Osama bin Laden abbia un sacco di soldi e molti progetti, ora che anche gente come Gheddafi si vende agli americani.»

«Dimenticati di quelle croci, Mahmoud. Io non ne so niente e nemmeno tu, possono darci solo un sacco di guai.»

Lui mi posò una mano enorme sul braccio.

«Ma cazzo, Johnny? Se si sapesse ci metterebbero in copertina sul *Times*! E da Casablanca a Islamabad saremmo venerati come eroi.»

«Non funziona così, lo sai. Ti ho detto di scordartelo, di non parlarne mai. Noi non c'entriamo nulla con la fine di Branka.»

A quel punto sospirò.

«Sei sempre così razionale, Johnny. O forse dovresti andare in pensione, il nostro è un lavoro usurante. Io aprirò dei ristoranti e tu viaggerai in giro per il mondo a scopare mentre cerchi il tuo grande amore.»

«Non cerco nessun grande amore.»

Lui ridacchiava.

«Davvero? E cosa cerchi in tutte quelle donne?»

« Niente. »

« Nessuno cerca il niente. Te lo dico io che sono tuo fratello, Johnny, credimi. »

Non avendo genitori, non era possibile per me avere fratelli. Ma Mahmoud aveva ragione. Lui era la parte migliore della mia vita sino ad allora ed era come un fratello, l'unico che avessi, e gli volevo molto bene. Cercai di cambiare discorso.

« Domani arriverà sul mio conto la prima tranche dei soldi degli italiani. Ti giro la tua metà, così puoi comprarti almeno il cesso del ristorante. »

« Non torni al Cairo con me? »

« Ho bisogno di riposo, Mahmoud. Non ci vedremo per un po'. »

« E dove pensi di andare a goderti i soldi? »

« Voglio andare a Capri, non ci sono mai stato. »

Ora scoppiò proprio a ridere.

« Il soldato Johnny a Capri! Be', ricordati, le miscredenti sono tutte puttane, si fanno pagare in altri modi rispetto alle meretrici dei bordelli. E quando ti sarai stufato verrai a mangiare da me, va bene? »

« Certo, Mahmoud. Basta che non cucini tu. »

Una scarica di mitra ci fece sobbalzare; Mahmoud aveva già il kalashnikov in mano. Ma erano ragazzini che sparavano in aria coi mitra dei soldati. Ecco, come col corpo di Branka, pallottole in segno di pace.

2

MESSAGGIO PER LA PACE, VERSIONE ABA

Fine giugno 1999, Roma

«Il corpo di Rosaria Musumeci, studentessa italiana di venticinque anni, è stato rinvenuto una settimana fa su una spiaggia poco distante dal centro di Tripoli. Oggi la polizia libica ha chiuso l'indagine ascrivendo la morte a incidente per annegamento o suicidio. La magistratura italiana ha aperto un'inchiesta.»

Guardai la nostra fidatissima Giuseppina. Stava a servizio da noi e viveva con noi da quando mamma era morta e io ero nata. Era sordomuta ma con mio padre, solo con lui, si capiva e spiegava perfettamente. Forse gli dava dei consigli e a volte persino degli ordini. Ero praticamente certa che il graduale abbandono della tetraggine del suo abbigliamento, del nostro arredamento crepuscolare e persino la rottamazione dei suoi occhiali rettangolari in osso anni Cinquanta fossero opera di Giuseppina. Non ne ero sicura, ma sospettavo che tra loro ci fosse qualcosa. Avrei tanto voluto saperlo. Ma non era possibile, lei era muta e papà...

Quella sera a cena eravamo sedute accanto. Lei si sedeva a tavola solo quando non c'era mio padre. Guardavamo insieme il telegiornale, l'edizione LIS, dove una signorina affiancava il conduttore con il linguaggio dei segni.

Sullo schermo scorrevano i commenti dei politici italiani sulla vicenda di Rosaria Musumeci, tutti molto cauti verso Gheddafi e la Libia. Poi apparvero i genitori di Rosaria, collegati dal loro paesino in Sicilia, dove stava partendo una fiaccolata di protesta per la decisione della polizia libica di chiudere l'indagine.

Il padre era un omone scuro, con una gran massa di capelli neri, la madre una donna esile, pallida, che prese la parola.

« Rosaria non era depressa né era incline alla depressione. Non era fidanzata ma aveva molti amici, stava per laurearsi in scienze politiche e aveva tutta la vita davanti. Rosaria da adolescente era stata campionessa di nuoto e ora praticava il windsurf, ma era sempre prudente perché conosceva il mare. Non sarebbe mai annegata. Noi chiediamo solo la verità. »

La voce era calma, ferma, dignitosa. Non c'erano lacrime negli occhi di quella donna, mentre accanto a lei l'omone piangeva a dirotto. La donna mise una piccola mano su quella enorme del marito.

Scusatelo. È che non riesce a crederci.

Il conduttore riprese la parola. Chiese alla madre il permesso di far ascoltare ai telespettatori l'ultimo messaggio lasciato da Rosaria sulla segreteria telefonica di casa e la donna annuì.

« *Ciao, qui tutto bene a parte il caldo, vado a fare windsurf. Papà, mi raccomando, prendi le medicine per la pressione. Vi voglio bene.* »

Il padre continuava a piangere. Spensi il televisore. Mi

sentivo ribollire il sangue. « I cromosomi di tua madre », avrebbe detto papà. Ma quelle lacrime in un uomo così grosso erano intollerabili. Parlai a gesti, Giuseppina mi aveva insegnato negli anni.

Ne discuterò domani al collettivo. Dobbiamo fare qualcosa.

Lei si alzò. Nessuna risposta con lei non era una risposta, era solo il suo modo per riflettere. La aiutai a sparecchiare e a mettere i piatti nella lavastoviglie. Quello era il massimo di invadenza del suo ruolo che accettava. Cucinare era fuori discussione. Poi mi fece cenno di seguirla nel suo regno. La sua enorme stanza era ingombra di tele, pennelli, colori. Da un po' si era modernizzata, con oggetti metallici e spray. Anche le pareti della stanza erano ricoperte di murales che ogni tanto cambiavano. Prese uno spray e iniziò a disegnare nell'unico angolo di muro libero. Ci mise meno di cinque minuti e il risultato era molto efficace. E allora pensai:

Devono vederlo in tv in tutto il mondo.

In quel momento sentimmo aprire il portoncino di casa. Lei mi fece dei gesti veloci.

Lui si arrabbierebbe molto. Vai ad accoglierlo.

Ero sempre vissuta con mio padre ma senza di lui, in una di quelle abitazioni troppo grandi e silenziose dove non sai mai chi c'è in casa, a parte ovviamente le guardie di scorta fuori dalla porta. Ero nata quando lui aveva già cinquant'anni, una paternità tardiva che credo sia stata l'unico momento in cui la volontà di mia madre ha prevalso su quella di lui. Io non c'ero ancora, ma certe cose non è necessario vederle per saperle, così come avevo capito *Il principe* di Machiavelli dai racconti di mio padre, senza averlo mai letto né prima né dopo, nonostante i suoi incoraggiamenti.

Mia madre era morta nell'atto di mettermi al mondo, stremata dal tumore che non aveva voluto curare per non danneggiare il feto. Da lei avevo ereditato ciò che papà chiamava alternativamente « determinazione », quando seguivo le sue indicazioni, o « testardaggine » quando invece le ignoravo.

Era riuscito a plasmarmi? In parte, come può un padre assente verso una figlia: nella forma esteriore, ma non nell'anima. A vent'anni ero una studentessa modello, in tutto: scuola, scacchi, corsi di lingue di cinese e arabo, tutto ciò che per mio padre serviva a farmi crescere e primeggiare, secondo i suoi parametri del primeggiare, dove l'ingegno e l'impegno andavano canalizzati dentro le regole, senza eccezioni. Le regole dello stato che lui serviva da sempre, prima nell'Arma dei carabinieri e poi a capo dell'intelligence, anche se ormai gli mancavano pochi mesi alla pensione.

Ma dentro di me, in quella che possiamo chiamare anima o cuore o coscienza, no, lì mio padre non era riuscito a superare le colonne d'Ercole dei geni materni.

Lui salutò e ringraziò la scorta armata che lo accompagnava sempre sin sull'uscio della villa circondata da muri e da guardie. Forse quegli uomini e donne erano i suoi unici amici.

Gli andai incontro, come sempre. Era un gesto muto, intimo, senza parole né abbracci, di quelli che gli facevano più piacere. Papà aveva il solito sorriso mansueto, gli occhi pacati dietro le spesse lenti. Lo avevo visto sorridere in quel modo a tutti, anche quelli che, avevo scoperto poi, aveva defenestrato o mandato in galera. Ma nel mio caso c'era una nota diversa che ormai riconoscevo, era un misto di orgoglio e apprensione che cercava di nascondere in ogni modo. Allora non sapevo che quel misto di orgoglio e apprensione è la sostanza stessa di cui è fatto l'amore dei genitori, allora per me erano entrambi sentimenti eccessivi e un po' invadenti.

Da un paio d'anni era più stanco, aveva la pressione alta e Giuseppina si accertava che non sgarrasse mai né sul cibo né sui farmaci. Il suo assistente, Antonio Ferrara, mi aveva raccontato che negli ultimi tempi, mentre lo riaccompagnava in albergo a sera tardi in qualche parte del mondo, mio padre diceva che viaggiare gli pesava sempre di più, perché non poteva parlare con me, e « io avevo bisogno di un padre più presente ora rispetto a quando ero bambina ». Un'idea strana per molti ma non per lui, era il frutto della preoccupazione per i geni materni che aveva potuto sopire quando ero bambina, ma poi non più.

Era un uomo di settant'anni, piccolo di statura, coi lisci capelli ormai bianchi, i baffetti grigi, e gli occhiali metallici con le spesse lenti, adesso sempre vestito in borghese. Da un paio d'anni non usava più l'uniforme e intuivo che quel cambiamento corrispondeva a un cambiamento di mansioni di cui non si poteva discutere.

Non sapevo tutto del lavoro del generale Adelmo Abate, credo fossero meno di cinque persone in tutta Italia a conoscerne interamente i dettagli. Portava immancabilmente un gessato grigio a tre pezzi, ne aveva infiniti che variavano solo per tessuto e per il colore delle righine che abbinava sempre a cravatta e calzini. E gli abbinamenti di colori erano sicuramente opera di Giuseppina. In un salotto non lo avrebbe notato nessuno. E credo che su questo punto avesse lavorato molto. Non avevo dubbi che lo considerasse un proprio grande pregio.

Entrò nel vestibolo, si tolse il cappello floscio che portava sempre, anche d'estate, ripose l'inseparabile borsa nella cassaforte nascosta dietro un quadro con la riproduzione della battaglia di Waterloo. In casa c'erano quadri di quella battaglia in tutte le stanze, bagni e cucina inclusi, tranne quella di Giuseppina che lo aveva rimosso. Waterloo era l'incubo preferito di mio padre.

La sicurezza della vittoria genera superficialità e porta al disastro. E Waterloo dimostra che non ci sono generali fortunati, solo abili o stupidi.

« Non sei uscita coi tuoi compagni, Aba? »

Usava quel termine, « compagni », con un tono scherzoso da padre a figlia, per riferirsi al collettivo universitario di cui facevo parte. Dietro l'ironia c'era un monito, una leggera disapprovazione e comunque un avvertimento a non oltrepassare il confine che lui aveva costruito intorno a me.

La legalità, assoluta.

Lì c'era una divergenza che nonostante tutti i suoi sforzi, e forse proprio per quelli, un giorno si era aperta e non si era più chiusa.

La differenza tra legalità e giustizia.

« Dov'è Giuseppina? »

« È nella sua stanza. Ha detto di chiamarla se devi cenare. »

«Ho già cenato, grazie.»

«Abbiamo guardato la tv, questa storia di Rosaria Musumeci...»

Evitai di aggiungere «è terribile». A mio padre non piacevano gli aggettivi altisonanti e ancor meno le ovvietà. E intuiva al volo i miei pensieri su certe cose.

«Vuoi parlarmene?»

«Se non sei troppo stanco.»

Lui non parve sorpreso. Sapeva delle mie amicizie al centro culturale islamico della moschea di Roma, della recente elezione a capo del collettivo universitario con un programma contro i dittatori africani, del mito di Nelson Mandela e dei diritti dei popoli oppressi. Il nostro compromesso esplicito era che non mi occupassi mai di politica interna.

«Va bene, Aba. Andiamo a sederci e ne parliamo.»

C'erano saloni grandi e piccoli in quella casa troppo vasta. Ma le nostre chiacchiere avvenivano sempre in una stanzetta piccola, tutta in legno, boiserie e parquet di ulivo, con due poltrone, un mobile bar, una vecchia pendola e le tante foto di lui e mamma, invisibili nel resto dell'abitazione.

Lui si sedette sulla sua poltrona e io sulla mia. Sempre le stesse due poltrone, da quando ero stata grande abbastanza da sedermici. Pelle marrone scuro fitta di rughe, come il volto di papà.

«L'indifferenza dei nostri politici non mi sorprende, ma è rivoltante.»

Inarcò un sopracciglio: aggettivo eccessivo.

«Non è indifferenza, è cautela e realismo. Un ministro italiano non può dichiarare che i libici ci stanno nascondendo qualcosa. »

« E i nostri magistrati, la nostra polizia? Voi? »

Quel *voi* aveva la vaghezza allusiva di un pettegolezzo ma era un'accusa, e lui lo sapeva benissimo. Io non potevo dirlo, *voi, l'intelligence*, ma lui non poteva negarlo. Erano così i nostri rapporti, da sempre in equilibrio tra il detto e l'indicibile.

Lui si stirò la piega dei calzoni, che era ovviamente perfetta grazie a Giuseppina. Era uno dei suoi tanti modi per prendere tempo.

« Ce ne stiamo occupando, Aba. »

In quel plurale inesplorabile c'era il tutto e il nulla e non potevo certo chiedere chi esattamente se ne stesse occupando. Mi avrebbe gettato un'occhiata desolata e anche un po' delusa per la stupidità della mia domanda.

« I genitori di Rosaria sono due persone molto dignitose. Chiedono solo di sapere la verità. Vogliono che l'Italia costringa i libici a fare un'inchiesta seria. »

« Li capisco, Aba. »

Si guardò bene dal dire « È esattamente ciò che faremo ». Eppure ero certa che lui avesse tutta l'autorità per pronunciarla, quella frase. Ma non lo avrebbe mai ammesso, nemmeno sotto tortura.

« Come ti sentiresti se avessero trovato il mio cadavere su quella spiaggia a Tripoli? »

Questo gli piacque ancora di meno. Lui si lisciò i baffetti grigi. Un gesto che non faceva quasi mai. Ma ormai ne conoscevo la funzione: si stava arrabbiando e doveva calmarsi. Per lui arrabbiarsi significava perdere il controllo del dialogo e soprattutto del ragionamento, un peccato mortale.

« Questo non c'entra. Capisco che i genitori di Rosaria vogliano sapere la verità. Il dolore che provano è un'altra questione, quello non è rilevante per le indagini. »

Mi ci aveva cresciuto, in quel modo. Con la razionalità assoluta che non deve mai, *mai Aba*, lasciarsi sviare dall'emotività. Nascono da bambini le cose che prima o poi renderanno difficili i rapporti tra genitori e figli. Da convinzioni troppo assolute quando l'autorità è ancora sbilanciata, quando le opinioni somigliano a ordini. Prima o poi arriva l'adolescenza, gli ormoni, il senso di sé. E la ribellione è tanto più forte quanto più rigidi erano gli ordini.

« Ti sbagli, papà. Io credo che questa sera ogni genitore italiano si senta un po' come i Musumeci e dentro di sé abbia un terrore: *se fosse accaduto a mia figlia? Se ci fosse stato il corpo di mia figlia su quella spiaggia?* »

Ecco il sorriso mansueto. Quello riservato agli altri, non alla figlia.

« Sai, è la stessa frase che mi ha detto il primo ministro. *Se fosse accaduto a mia figlia o a sua figlia?* »

« Ti sembra strano, papà? »

« No. Ma chiarisce la differenza tra chi pretende la verità e chi deve trovarla. »

« Il padre di Rosaria è grosso il triplo di te. Piangeva come un bambino. »

Lui sospirò.

« E questo cosa c'entra con le indagini, Aba? »

Mi aveva allevato lui, sin dal primo giorno in cui ero

venuta al mondo uccidendo sua moglie, femmina e non maschio. Mi aveva imposto quel nome, Aba, davanti a quel cognome, Abate, come un marchio a fuoco, tanto per essere certo che non scordassi mai ciò che si aspettava, che mi aspettava.

Primeggiare, sempre. Attraverso il sacrificio, lo studio, l'autocontrollo. E saper stare al tuo posto. Dentro i limiti.

Rispettavo quell'uomo più di quanto lo amassi. Se non lo amavo come credo si dovrebbe amare un padre era solo perché lui non aveva voluto, essendo evidente che per lui l'amore era fonte di debolezza, errori di giudizio e di azione. Per rispetto avrei dovuto fermarmi lì, come facevo sempre quando la questione di cui parlavamo toccava il suo lavoro, impreciso nella funzione ma chiaro nella missione. Ma la foto di quella ragazza poco più grande di me, le parole calme e dignitose della madre, le lacrime del padre erano lì, di fronte ai miei occhi.

Scusatelo. Scusatelo se piange l'unica figlia che gli mancherà ogni giorno della vita che gli resta.

« Papà, la tua missione è di proteggere gli italiani nel mondo. »

Di nuovo quel gesto di lisciarsi i baffetti.

« No, Aba. La mia missione è di proteggere gli *interessi* italiani nel mondo. E non sempre le due cose coincidono. »

« Quindi, continueremo a fare affari con i dittatori del Nordafrica anche se mettono in galera le persone solo perché frequentano troppo le moschee e pregano Allah troppe volte al giorno? »

« Aba, il terrorismo islamico è alimentato proprio da quelle scuole coraniche, dagli imam di certe moschee. Quelli come Gheddafi proteggono anche noi. »

« E però uccidono ragazze innocenti. »

« Questo non puoi dirlo con certezza. »

« Va bene. Ma i libici secondo te sono stati collaborativi e trasparenti? »

Ora l'occhiata di riprovazione era evidente. Potevo porre quella domanda a un padre qualunque, che avrebbe dato una risposta da bar. Ma non al generale Adelmo Abate.

« Mi versi due dita di rum? »

Anche quello era un segno di stress. Mio padre era contrario ai vizi e quel piccolo cedimento era certamente dovuto a Rosaria Musumeci. Gli portai il bicchiere con un dito di rum e lui fece una smorfia di disappunto con la sua bocca sottile.

« Queste non sono due dita! »

« Hai la pressione alta. Giuseppina non ti darebbe neanche questo. »

Sorrise.

« Quella donna è una vera ficcanaso e una spia. Se avesse l'udito e la parola sarebbe un po' più riservata. »

« Ti ho chiesto dei libici, papà. Hanno fatto un'indagine seria? »

« E se non ne volessi parlare, Aba? »

« Come preferisci. Ma, per me, questa morte è peggiore di un incidente stradale, di uno stupro, di un femminicidio. Ha tutta l'aria di una morte scomoda, che non deve disturbare equilibri molto più importanti di

Rosaria Musumeci. Non riesco a sopportarla, questa ingiustizia. »

Lui sorseggiò il rum. Poi si tolse gli occhiali, li posò sulle gambe, si strofinò le palpebre. Gettò un'occhiata alla foto di lui e mamma sulla scalinata della chiesa, subito dopo il matrimonio.

« Ricordi come conobbi tua madre? »

« Ricordo benissimo, perché me l'ha raccontato Antonio Ferrara. L'hai vista a una manifestazione studentesca. L'hai manganellata e poi arrestata. »

Aggrottò la fronte, sorpreso.

« Non ho mai manganellato nessuno e tanto meno... »

« Certo, papà, tu dai gli ordini e basta, da sempre. L'hanno manganellata i tuoi uomini. »

« Comunque, il punto è che anche tua madre usava quei termini, *non riesco a sopportarla*... Io non li uso neanche quando l'emicrania mi spacca la testa. »

« Perché la testa non funziona come il cuore, papà. »

E tu hai troppa testa e poco cuore.

Lui si rassegnò.

« Cosa vuoi, Aba? »

« Dovete costringere i libici a fare un'indagine seria. »

Lui si rimise gli occhiali, si lisciò di nuovo la piega dei calzoni, guardò verso la finestra aperta sulla notte.

« In questo momento storico non possiamo forzare. Gheddafi vuole la pace con l'Occidente per ottenere la fine dell'embargo, vuole essere perdonato dagli americani, ha pure consegnato i due assassini di Lockerbie. »

« Certo. Così li processate, li assolvete per insufficienza di prove e poi li restituite al Colonnello. »

« Aba... »

« Lui ha finanziato il terrorismo contro di noi e ora vuole allearsi con i crociati? Sai cosa dicono alla moschea a Roma? Che lo fa solo perché ora ha paura degli islamici come Bin Laden e vuole il nostro aiuto. »

Lui sospirò ancora. Non servivo certo io per avere quelle informazioni, gli arrivavano sul tavolo ogni giorno.

« Aba, se non ci riesce lui a modernizzare la Libia e tenere tutto sotto controllo, avremo sull'altro lato del Mediterraneo una polveriera piena di pazzi e terroristi. »

« Avremo dei paesi liberi, papà. Con dei governi eletti democraticamente. »

Lui gettò un'occhiata alla vecchia pendola ferma da anni.

« Sono stanco, Aba. »

Si alzò per abbracciarmi. I suoi lisci capelli bianchi ondeggiarono alla luce dell'abat-jour che illuminava il salottino, formando un effetto ottico, una specie di aureola. Il generale Adelmo Abate era un santo? O quella striscia luminosa era il vapore dell'alito del demonio? Non lo sapevo, allora. Tutto con mio padre era segreto, anche per me.

Era insolito quell'abbraccio dopo una discussione. Forse stava davvero invecchiando. Avevo notato degli impercettibili accenni di esitazione durante le partite a scacchi, dei piccoli segnali di emotività come quell'abbraccio. Quell'improvvisa e minuscola debolezza in un uomo implacabile come lui da un lato me lo faceva sentire più vicino e dall'altro mi preoccupava.

Un giorno lui non ci sarà più e sarò completamente sola.

Il penultimo pensiero prima di addormentarmi fu per mio padre e per il suo insolito fragile abbraccio.

Ma l'ultimo fu per le lacrime del padre di Rosaria Musumeci.

L'aula dell'università ribolliva di testosterone, fumo e rabbia. L'assemblea rischiava di sfuggirmi di mano. Anche perché c'erano solo una ventina di ragazze e più di ottanta maschi, spiazzati dal fatto che una studentessa del secondo anno, una sgrinfia, una sbarbatella, avesse vinto le democratiche elezioni interne, approfittando biecamente delle feroci divisioni tra i maschi alfa e della sottovalutazione generale.

Tanto la ragazzina poi ce la giostriamo come una marionetta.

Avessero conosciuto il mio educatore e addestratore, il generale Adelmo Abate, ci sarebbero andati molto più cauti. Certo, il mio nome, Aba, abbinato a quel cognome, avrebbe forse dovuto metterli sull'avviso. Ma erano troppo distratti a combattersi tra loro.

« Niente molotov. Niente sassi. Niente insulti alle forze dell'ordine. Chiaro? »

La mia voce nel microfono era calma e questo li esasperava ancora di più. Erano stati abituati a ben altro dai miei predecessori. Urla, insulti, minacce, parolacce. Che collettivo politico era mai questo, dove si parlava con voce calma e normale?

« Certo! Portiamo anche qualche pasticcino da tirare ai libici? »

A parlare era stato Nicola, detto Hemingway. *Per chi suona la campana* era il più grande romanzo rivoluzionario mai scritto, cosa che però credeva solo lui. Era di famiglia aristocratica e, dopo ben sette anni di studi letterari di cui tre fuori corso, aveva deciso di scendere in politica. *Sceso* era il termine che usava lui, un lapsus freudiano. Era sempre lì a contestare, Hemingway, il barricadero con le Timberland ai piedi. Mi detestava e avrebbe tanto voluto attirarmi dentro uno sgabuzzino per farmi la festa. Ci aveva anche provato, una volta. Si era tirato giù la zip dei calzoni e mi aveva preso il polso per mettermi in mano la sua virilità, pensando che mi sarei messa a urlare o a piangere o a supplicarlo. Invece si era trovato davanti il mio sorriso Maggie Thatcher, cortesia e falsità, e quella risatina che avevo visto usare alla Thatcher in certi dibattiti.

Ma è la metà di quello di Nando!

Nando era l'altro gallo del pollaio, il suo rivale, con cui si era scannato alle elezioni sino al punto in cui la gente, stufa, aveva eletto me. Nando era il figlio di Testaccio e del popolo. E girava voce che fornisse prestazioni sessuali superlative.

Ma è la metà di quello di Nando!

A Hemingway si era ammosciato ed era finita lì, non c'erano stati altri agguati negli sgabuzzini, solo attacchi pubblici.

Cercai di riportare un po' di ordine in quel vociare confuso. Mio padre mi aveva raccontato del Sessantotto e delle Brigate Rosse, per lui figli dello stesso padre, il disordine. E papà non era più un sostenitore della teoria dei manganelli e dei gas lacrimogeni. La miglior repressione del disordine era la prevenzione, la razionalità che smussava i tratti fanatici delle ideologie, le relazioni internazionali che prevalevano sulla giustizia.

Rosaria Musumeci è una, gli interessi italiani appartengono a sessanta milioni di persone.

« Ai libici chiederemo giustizia per Rosaria con i nostri cartelli in inglese e in arabo. La stampa e le tv devono riprendere quelli, non sassi o molotov. E poi ci sarà una sorpresa. »

Nicola detto Hemingway non voleva mollare, un po' per convinzione e un po' per vendetta, per la questione del piccolo pene.

« I libici se ne fotteranno. Sfondiamo il cancello di quell'ambasciata e facciamogli vedere... »

« Il tuo minuscolo pene! »

Tiziana la rossa, detta Tizzy, era la mia grande amica sin dai tempi della scuola, una ragazzina così assetata d'amore da non saperlo distinguere dal sesso, e per via di questo aveva la reputazione, presso i maschi, di riconosciuta autorità in materia di organi sessuali maschili. La sua battuta provocò una risata collettiva, avviata da Nando, e seppellì definitivamente la rabbiosa protesta di Nicola.

La questione era chiusa. Il disordine era stato represso dal ridicolo. Un nuovo metodo, dovevo raccontarlo a mio padre.

Nuvole minacciose si accumulavano su di noi. Nero in cielo e nero di fronte, come le divise dei poliziotti. Lo spazio antistante l'ambasciata libica sulla via Nomentana era presidiato in forze dalla polizia italiana, da giorni. Era l'inevitabile conseguenza della campagna mediatica su tutta la stampa e sulle tv nazionali. L'ignavia con cui la Libia si muoveva sul caso della tragica morte di Rosaria Musumeci era sotto gli occhi di tutti, anche se i toni delle dichiarazioni dei politici facevano di tutto per smussare.

I cori accompagnavano i cartelli che avevo approvato.

Justice for Rosaria.

Le tv e i giornalisti erano accorsi in gran numero perché li aveva avvertiti Tizzy attraverso alcuni dei suoi ex amanti, i giornalisti erano una categoria che le piaceva. Una manifestazione studentesca e pacifica per Rosaria Musumeci e contro un regime già colpevole di diversi attentati era manna per loro. I nostri passamontagna erano compensati dalla totale assenza di violenza che ci dava molta più forza e credibilità. Anche negli occhi dei giovani poliziotti che ci tenevano sotto controllo leggevo come un senso di approvazione, la pensavano tutti come noi. Andò avanti così, per un'ora.

Era arrivato il momento della sorpresa. A un mio cenno, ci avvicinammo al grande cancello chiuso dell'ambasciata. Vidi l'ispettore di polizia che guardava verso di noi, preoccupato. Gli feci segno di no col capo: *tranquilli, non proviamo a entrare.* Formammo un cordone di protezione mentre Giuseppina, col volto coperto dal passamontagna, eseguiva la sua opera. Ci mise pochi minuti, poi ci spostammo. Sul cancello adesso c'era dipinto il volto di Gheddafi con la divisa da SS e i baffetti di Hitler. Le televisioni riprendevano tutto, ed era ciò che volevo. Ma dietro di me si alzò un coro altissimo, che non avevo autorizzato, guidato da Hemingway.

« As-sas-si-no! As-sas-si-no! »

Un tuono fortissimo coprì il coro, forse un inviato divino di mio padre. Iniziò a piovere, i cronisti e le tv sparirono. Era ora di andarcene, avremmo rivisto tutto al tg della sera.

Nando mi prese sottobraccio.

« Qua avemo fatto. S'annamo a fa' 'na birretta a Campo de' Fiori, principessa? »

Nando sosteneva che io somigliassi molto alla principessa Leia di *Guerre stellari* sia nell'aspetto che nei modi. Solo che lui era Rocky o Rambo, non Luke Skywalker.

« Devo studiare, Nando. Ho l'esame tra una settimana. »

Lui non mi mollava il braccio.

« Sempre la solita secchia, Leia. Ma perché ogni tanto nun te lassi annà, come fa Tizzy? »

Che nel caso di specie significava nell'ordine ubriacarsi, fare sesso, disperarsi perché scopriva che il sesso non portava all'amore che cercava. E non avveniva ogni tanto ma spesso. Gli feci il sorriso alla Maggie Thatcher.

« Verrei con te solo se io avessi l'AIDS, Nando. »

Lui mollò la presa bofonchiando un improperio a mezza bocca e si allontanò. Con Tiziana e Giuseppina, girammo l'angolo di Sant'Agnese, salimmo sulla mia vecchia Cinquecento e poco dopo filavamo sulla Nomentana dirette verso il centro, sotto la pioggia che flagellava la macchinetta.

Tiziana, seduta accanto a me, era tutta eccitata.

« Bel colpo! Grande! »

« Serve a poco, Tizzy. La gente preferisce la benzina a basso costo alla giustizia. »

« Sempre ottimista! E poi sei troppo dura con Nando, Aba. Lo sai perché te lo dico, vero? »

Certo, me l'aveva spiegato mille volte.

Sei l'unica ventenne vergine di tutta l'università.

Visto che non rispondevo, lei si sentì obbligata a proseguire.

« Guarda, Aba, che tutta questa... questa... algidità, sembra solo boria e se non fai sesso la bile naturalmente prodotta dal corpo... »

Continuai a tacere, concentrata sulla guida nel traffico ingolfato dalla pioggia. Ma lei non aveva più freni.

« Comunque Nando vale la pena, principessa Leia. Somiglia pure a Stallone! »

« Appunto. »

« E l'ho provato, scopa benissimo. »

Fece l'errore di accompagnare la frase con un gesto inequivocabile. A quel punto Giuseppina, seduta dietro, le toccò la spalla e Tiziana si voltò. Lo schiaffo la fece quasi sbattere contro il parabrezza.

Fermai l'auto e scaricai Tiziana alla metro davanti alla stazione Termini. Poi tornammo a casa. Giuseppina aveva l'aria di sentirsi un po' in colpa e se ne andò in camera sua. Non si sentiva in colpa per lo schiaffo a Tiziana, ma per il disegno sul cancello dell'ambasciata. Non scambiammo nemmeno una parola. Il che sembra ovvio, con una sordomuta. Ma non tra me e Giuseppina.

Forse non avrei dovuto coinvolgerla, la farò litigare con papà.

Io avviai il dvd di *Guerre stellari* e mi sdraiai sul divano. Chiamai il numero riservato. Antonio Ferrara mi avvertì che mio padre sarebbe rincasato tardi a causa degli incidenti davanti all'ambasciata libica. Non dovevo aspettarlo.

Mi addormentai prima della fine e sognai la principessa Leia.

Faceva sesso, ma non con Han Solo. Con Darth Fener.

Il giorno dopo festeggiai il mio ventesimo compleanno. In casa, mentre le mie amiche preferivano discoteche o ristoranti. Una cena per cinque, Tizzy e altre quattro amiche minori. Giuseppina aveva scelto il menu di testa sua, come sempre, senza negoziati.

Tu sarai bravissima in matematica, statistica e scacchi, Aba. Ma non ti occupare del cibo.

Spaghetti alle vongole, poi trota salmonata al cartoccio, condita con olio, limone, prezzemolo e un po' di rosmarino, infine una splendida torta di frutta e crema. Ma non solo. Aveva disegnato due piccoli cartoncini a matita, uno era il regalo per me e uno era il calumet della pace per Tiziana. Nel mio c'era la principessa Leia con il mio volto. In quello per Tiziana c'era Biancaneve addormentata col volto di Tizzy e il principe azzurro che la baciava.

Pace era fatta, il cibo era squisito e le mie amiche implorarono Giuseppina di realizzare un disegno personalizzato. Poco dopo la mezzanotte e la torta e un insolito coro di auguri e candeline, se ne andarono felici, ciascuna col suo cartoncino.

Giuseppina e io ci sedemmo insieme sul divano, con il fascio di giornali che ogni giorno la scorta di mio padre portava a casa. In quasi tutti c'erano due foto in prima pagina: il bel viso giovane e solare di Rosaria Musumeci e il ritratto di Muammar Gheddafi coi baffetti di Hitler sul cancello dell'ambasciata libica. L'ambasciatore libico, intervistato, aveva espresso indignazione per quell'affronto ma aveva anche promesso un supplemento di indagine. Infine aveva annunciato che, in un gesto di amicizia, il governo libico aveva proposto a quello italiano di far prendere a un'altra studentessa italiana il posto di Rosaria Musumeci.

Non vorrà andarci nessuno.

I segni di Giuseppina erano sempre essenziali. Le risposi a gesti.

Manderà una delle sue agenti.

Lei mi guardò.

Non vuoi andarci tu?

La porta di casa si stava aprendo in quel momento. Giuseppina sparì velocemente. Mio padre era già nel vestibolo e io gli andai incontro, come sempre.

« Buon compleanno, Aba. »

Salutò la scorta, chiuse la porta e mi abbracciò. Era l'abbraccio di un padre alla figlia ventenne, ma quello era mio padre, non *un* padre. L'abbraccio fu breve ma sufficiente a darmi l'idea di quanto lui fosse sempre più sottile.

« Sei dimagrito, papà? »

Lui si tolse il cappello floscio e lo appese all'attaccapanni.

« Non mi peso mai. E non mi guardo allo specchio. Ma non si usa più *happy birthday to you?* Come fa quella roba che ti hanno cantato gli amici? »

Grazie alla scorta sul pianerottolo, mio padre sapeva tutto di come era andata la festicciola in casa. E il cambio di argomento indicava che non voleva parlare della sua salute.

« *Go, go, go, alè, alè, alè.* »

Papà sospirò, scuotendo il capo.

« Immagino non l'abbia scritta Mogol. »

« Era l'inno dei mondiali di calcio dell'anno scorso in Francia. »

« Ah, ecco. Be', il calcio è utile, scarica le pulsioni. Ricordi *Rollerball*, vero? »

« Certo, me lo hai fatto vedere tre volte. Ti ho lasciato un pezzetto di torta. »

Lui si guardò intorno.

« Non ti preoccupare, papà. Giuseppina è di là, ed è un pezzetto molto piccolo. »

Prese il piattino con la torta.

« Grazie. Facciamo due chiacchiere, ti va? »

Non era una vera domanda. Ci accomodammo nella stanza con le due poltrone di pelle sdrucita, la pendola ferma sempre sull'ora in cui era morta mia madre e le foto di mamma. La stanza delle nostre lunghe chiacchierate e delle nostre partite, la mia seconda scuola. Idee, parole, concetti, re, regine, alfieri e pedoni, le serate tutte uguali ma ogni volta un passetto in più. Verso cosa? Verso la figlia che lui voleva, sin da quando aveva scelto il mio nome, Aba.

« Riprendiamo la partita sospesa la settimana scorsa? »

La scacchiera era lì, sul tavolino, coi pezzi disposti come quando l'avevamo lasciata l'ultima volta. Non aspettò la mia risposta. Spostò il cavallo, con noncuranza, mentre assaggiava la torta. Il mio alfiere gli mangiò il cavallo. La sua torre mangiò il mio alfiere. Lui strinse un po' le labbra e così mi confermò la sua delusione.

« I sacrifici a volte sono rifiutabili, altre volte no, Aba. »

Ricordavo ancora la sensazione, la prima volta in cui l'avevo deluso, quando mi trovò sul bordo del pozzo a cui mi aveva proibito di avvicinarmi. Ricordo il dolore per averlo deluso ma anche l'altra sensazione, irresistibile, la soddisfazione di averlo eluso.

Guardai la scacchiera, sul tavolino tra noi.

« Sì, senza l'alfiere non controllo l'avanzata del tuo pedone sul lato debole. Ma parli di scacchi o vita reale, papà? »

Era inquieto, il volto malinconico e mansueto sotto l'aureola. Davvero un magnifico travestimento. Era inquieto a suo modo, ovviamente, invisibile tranne che a me e a Giuseppina. Era inutile chiedere, con mio padre le domande dirette non funzionavano mai. E poi una mezza idea ce l'avevo.

Gheddafi coi baffetti di Hitler.

« Gli scacchi sono vita reale. E tornando al mio sacrificio del cavallo... »

« Era non forzato ma non me ne sono resa conto e ho accettato lo scambio. Un errore, lo vedo. Forse perché ho esagerato prima con lo spumante. »

« Un sacrificio non forzato, di deviazione, invenzione dei russi. Loro sono sempre stati bravi in queste cose. Offrirono ai tedeschi una parte di Stalingrado e la quasi totale distruzione della Sessantaduesima armata, li tennero lì sino all'inverno, e quelli invece di rifiutare e andarsene in tempo restarono lì e furono accerchiati e distrutti.»

Era una delle storie che mi raccontava per farmi addormentare da bambina. Ogni tanto si accertava che non l'avessi dimenticata. Lui dispose accuratamente le posate in verticale nel piatto dove c'era la torta che aveva appena assaggiato, con i lembi verso il basso, come prescrive il galateo per segnalare la fine del pasto, anche se eravamo soli. In realtà era una domanda, a suo modo.

Ce ne andiamo a dormire o vuoi parlarmi, Aba?

Dalla finestra aperta sulla tiepida notte si vedevano le luci delle auto e delle motociclette che correvano lungo il Tevere. Mi era sempre piaciuto parlare con lui di storia, politica, scacchi, in quel luogo magico con gli odori di cuoio, legno e tabacco, le pareti ricoperte di foto di mamma, la luce bassa, la scacchiera tra le due poltroncine, la vista sul fiume lontano e placido.

Ma ora non sei più una bambina e devi affrontarlo.

Il fatto che mia madre avesse rinunciato a curarsi il cancro per mettermi al mondo e fosse morta subito dopo ci aveva uniti o divisi per sempre? La psicologa da cui ero stata mi aveva risposto.

Quella morte vi terrà uniti anche quando non sarete d'accordo.

Rovesciai il re in segno di resa. Ma solo a scacchi, non sul resto.

«Il sacrificio di dimenticare Rosaria lo rifiuto, qualunque sia il pezzo che mi offri da mangiare.»

Lui si accese la pipa. Evento ormai raro, sintomo di grande stress. Io gli versai un dito di rum. L'odore di fumo e di alcol si univa all'aria dolce della sera che entrava dalla finestra. Lui tirò fuori una foto dalla tasca e la posò sulla scacchiera. Si vedeva un gruppo molto nutrito di giovani, alcuni a volto scoperto, altri col passamontagna, davanti alla polizia schierata di fronte all'ambasciata di Libia, sulla Nomentana. C'era una croce su due dei volti coperti.

« Sono stupito, Aba. A che serve il passamontagna se poi sali su un'auto e te lo togli? La tua auto, oltre tutto. »

Cercai di trattenere l'irritazione.

« Hai ragione, è stato un errore, sottovaluto l'abilità dei tuoi sottoposti. Devo abituarmi all'idea che la capacità non coincide con l'essere dalla parte giusta. »

« E la parte giusta siete voi, Aba? Con il passamontagna e magari le molotov in tasca? »

« Non c'è mai stata nessuna molotov. Noi combattiamo per la pace. »

Lui scosse il capo.

« Combattere per la pace è come far l'amore per la verginità. »

« Le frasi di John Lennon non ti si adattano, papà. Lui combatteva per la pace, come noi. »

« E allora perché il passamontagna? »

« Per non essere schedati dai tuoi uomini. Per avere la libertà di protestare in modo civile contro una grave ingiustizia. »

« In modo civile? Con il coro Gheddafi assassino? E avete imbrattato il cancello di una proprietà privata. Gheddafi coi baffetti da Hitler. Vuoi far scoppiare una guerra tra noi e la Libia? »

« Era un messaggio per la pace, papà. »

Naturalmente lui ignorò il mio commento, come faceva a volte quando riteneva che avessi detto una stupidaggine troppo grande. Indicò la foto, la seconda crocetta, la persona più piccola.

« Come ti è venuto in mente di coinvolgere pure Giuseppina? »

« Abbiamo parlato molto di Rosaria, anche lei è molto scossa. E solo lei poteva fare quel meraviglioso disegno. Vuoi farci arrestare? »

Ora lui sorrise. Il sorriso mansueto in versione sincera, con migliaia di piccole rughe sottili sulla pelle pallida e trasparente. Ogni tanto mi sembrava incredibile che potesse essere fragile.

« A te un po' di prigione servirebbe, ma senza Giuseppina non sopravvivrei neanche un giorno. Ora vorrei tornare al discorso del sacrificio. »

« Non avevo dubbi. »

« Devi lasciare il collettivo universitario. Non solo la carica, ma il collettivo stesso. »

Cercai di trattenere l'irritazione.

« Ho vent'anni, papà. Ho il massimo rispetto per te ma non sempre i nostri valori coincidono. Io voglio che sia trovata la verità su Rosaria, non una verità diplomatica tra l'Italia e la Libia. »

« Rosaria Musumeci è annegata per una disgrazia. »

« Ne sei convinto sulla base dell'indagine dei libici? »

« Ci hanno inviato l'autopsia, Aba, è annegata. E c'è un testimone che l'ha vista entrare in mare da sola. »

« In certi regimi le autopsie si falsificano e i testimoni si comprano. »

« Non dire ovvietà, Aba, lo so. Ma perché il regime di Gheddafi dovrebbe esporsi a una crisi diplomatica con noi nel momento in cui fa l'immenso sacrificio di consegnarci i due killer dell'attentato di Lockerbie? Il Rais può essere tutto quello che vuoi, ma non è stupido. »

Aveva ragione, ma io non ero convinta.

« E quindi ora Rosaria verrà sostituita da un'altra studentessa italiana come propone il loro ambasciatore e non si parlerà più di lei? »

Fece un piccolo scatto e i lisci capelli bianchi svolazzarono come un'aureola sotto la luce dell'abat-jour. Era contrariato.

« Hanno fatto un'ottima mossa diplomatica, ma il governo non vuole che io mandi una nostra agente e temo che non ci saranno studentesse volontarie, Aba. »

« Ti sbagli, ne hai una davanti. »

La frase mi era uscita così, senza preparazione. Lui gettò un'occhiata a una foto sulla parete, lui e mamma vestiti da sposi.

« Questo che parla non sei tu, è il gene materno, Aba. »

Aveva un tono tenero e preoccupato. Rimpianto e rimprovero. Rischiavo di essere il suo mostro di Frankenstein, costruita da lui ma sfuggita al suo controllo.

« Non hai ancora perdonato mamma di non essersi curata per mettermi al mondo? »

Lui mi fissò, con quegli occhi sempre calmi, anche quando le parole dovrebbero suscitare emozioni incontrollabili. Sì, era invecchiato, ora li dimostrava tutti i suoi settant'anni. Per la prima volta pensai una cosa ovvia.

Potrebbe morire domani.

Lui posò la pipa.

« Ne abbiamo parlato tante volte, Aba. Razionalmente, se avesse abortito si sarebbe curata, sarebbe guarita e avremmo avuto un'altra opportunità. Ma il punto non è questo. È la sua eredità, la convinzione di essere al mondo per cambiarlo. »

« Anche tu combatti per questo, papà. »

« Io non combatto, lavoro. E lavoro su un obiettivo realizzabile, non sull'utopia. Una cosa è rendere il mondo migliore, un'altra cambiarlo. »

« Con le utopie si muore troppo presto, ma senza si muore troppo tardi. »

« Ancora John Lennon? »

Sorrisi.

« No. Pensieri e parole di Aba Abate, una che crede che la giustizia venga prima della ragionevolezza. Io e i miei amici combattiamo per questo. Siamo in un paese libero, no? »

« La libertà non è un bene individuale ma collettivo. Voi imbrattate una proprietà privata e vi definite pacifisti? »

« Pronunci quella parola come un insulto. »

« Diffido di chi parla continuamente di pace. Io lavoro per la pace tutti i giorni. »

« Papà, tu lavori per la pace dei sensi di sessanta milioni di italiani. »

« E tu andresti a Tripoli in nome della pace? »

Aveva quel sorriso, quello che mi riportava sempre a quel giorno, avevo cinque anni e lui aveva deciso che era ora che la smettessi di credere che Babbo Natale entrasse dal camino. Ma io ora avevo vent'anni e nel pozzo proibito c'ero già entrata molte volte.

« Mi hai allevato per vent'anni per essere la più brava. In cosa, papà? A scacchi, all'università, per un lavoro dietro a un computer? Ora potresti darmi un'opportunità reale di fare qualcosa di buono. Mandaci me, a Tripoli, visto che non ci sono altre volontarie. Non ci vado in nome della pace e basta, ci vado in nome di qualcosa di più importante: la verità. »

Lui si lisciò la piega dei pantaloni, guardò fuori dalla portafinestra, verso il Tevere. Le luci delle auto formavano un lungo serpente che seguiva la curva del fiume. Poi sospirò.

« Ho parlato a lungo di te con Giuseppina. »

« Fantastico, papà. »

« Lei sostiene che io blocco da sempre le tue potenzialità e le tue idee per paura di perderti. »

Solo una sordomuta avrebbe potuto dire una cosa del genere al generale Adelmo Abate. Io non risposi, cosa avrei potuto dire?

Se ti fidi di me non mi perderai mai.

« Versami un altro po' di rum, Aba. »

Non sollevai obiezioni. Gli versai il rum e lui mi fece una carezza su una mano. Sì, era molto stressato.

« Vuoi scoprire cosa è successo a Rosaria Musumeci, Aba? E come pensi di farlo? »

« Intanto, potrei frequentare le stesse studentesse che frequentava lei e capire se aveva nemici, un fidanzato geloso... »

« E ammettendo di scoprire qualcosa del genere, cosa faresti? »

« Riferirò a te, come se fossi una tua agente, come se lavorassi per te. »

Lui annuì.

« Sai quali corsi seguiva Rosaria? »

Avevo letto tutto sui giornali.

« Quelli di Khalil Hussein. Il professore di Harvard nato in Libia ma cittadino americano. Ha vinto il Pulitzer col suo saggio sulla nuova Libia, una bufala propagandistica. »

« Forse, Aba. Ma il professor Hussein è un prezioso alleato filoccidentale, è lui che ha convinto Gheddafi a consegnare i due terroristi di Lockerbie e a compiere una svolta contro il fondamentalismo. Saresti capace di trattarlo con rispetto o cominceresti con le tue storie che questi regimi perseguitano gli islamici? »

« Sono capace di fingere per un giusto fine. Ho avuto un buon maestro, no? »

Mi fissò con quegli occhi grigi sempre calmi.

« Mi risolveresti il problema col nostro governo che non vuole che io mandi un'agente e col governo libico che si offenderebbe se non mandassimo nessuno. Ma te la senti davvero, Aba? »

Se volevo fare qualcosa per Rosaria Musumeci e i suoi genitori, questa occasione era unica, irripetibile. Altrimenti avrei continuato a essere ciò che ero stata per vent'anni.

Una delle tante figlie della borghesia, piena di idee e vuota di coraggio.

« Certo, papà. Non ti deluderei. »

Ero stata al matrimonio di una mia amica un mese prima. Ricordavo gli occhi del padre che l'accompagnavano all'altare. E ciò che avevo pensato.

Fidarsi e lasciar andare è molto più difficile che proteggere e educare.

Lui finalmente annuì.

« Va bene, se vai come studentessa non ci sono rischi. Non possono morirne due una dopo l'altra. Naturalmente andrai con un nome e cognome diverso, nessuno deve sapere che sei mia figlia. Avrai anche un curriculum perfetto, i tuoi attestati accademici saranno a prova di qualunque verifica. Anche la tua famiglia, gli amici, la vita, gli hobby. Sarà una vita inventata ma assolutamente reale nel caso a qualcuno saltasse in mente di verificare. Dovrai tingerti i capelli, cambiare pettinatura e leggerti tutti i libri e i saggi di Hussein. Così non correrai alcun rischio. Giuseppina ha ragione, per te può essere una grande esperienza lontano da me. »

Sembrava un po' triste e mi dispiaceva.

« Ho letto che il corso di Rosaria finisce a metà settembre, sono solo due mesi, papà. E ti chiamerò ogni giorno per riferirti. »

« Quello sarebbe molto imprudente. Non potrai mai chiamarmi o cercarmi mentre sei lì. Potrebbe saltare la tua copertura e sarebbe un problema. »

« E se scopro qualcosa a chi la dico? »

Sospirò.

« Non c'è nulla da scoprire, Aba. Comunque, incaricheremo un nostro collaboratore che conosce bene Tripoli di fare da tramite sul posto tra te e me. »

« Ma io a che titolo lo frequenterei se non è uno studente? »

« Sei una bella ragazza. Sceglieremo un tipo decente che ti farà la corte. La copertura perfetta. »

Lui si alzò. Era molto provato.

« Pensaci ancora questa notte, Aba. Se proprio vuoi farlo, domani mattina a colazione devi darmi una conferma. »

Rimasi sola. La stanza di Giuseppina era accanto alla mia, dalla parte opposta della casa rispetto a quella di mio padre. Da sotto la porta filtrava la luce. L'interruttore era esterno alla stanza, una modifica voluta da Giuseppina per darci modo di chiamarla, visto che bussando non avrebbe sentito. Spensi la luce e la riaccesi. Lei venne subito ad aprire. Era in camicia da notte e in mano aveva il libro che stava leggendo.

La spia che venne dal freddo di Le Carré. Erano libri presi dalla libreria di mio padre e immagino li leggesse per capire meglio la testa di Adelmo. Mi fece cenno di sedermi sul letto accanto a lei. Mi piaceva il contatto con il suo braccio, l'odore dei colori a olio. Lei avviò la nostra muta conversazione, muovendo le mani ossute, con le dita lunghe.

Che dice?

Mi manda!

Hai paura?

No. Ma riuscirò a essere utile?

Sì. Ed è una buona occasione per fare due cose.

Una la so. Aiutare a trovare la verità su Rosaria. E l'altra?

Adelmo deve lasciarti andare nel mondo.

I falsi documenti della mia nuova identità erano pronti, il volo per Tripoli prenotato per il giorno dopo. Ora dovevo congedarmi da Tiziana, con cui avrei dovuto andare in vacanza.

I gradini di piazza Trilussa erano tappezzati di giovani e dovunque aleggiavano odori di birra e cannabis che si mescolavano agli scarichi dell'interminabile coda di auto sul Lungotevere. Era la grande febbre per l'estate in arrivo, l'ultima estate del ventesimo secolo.

« Come sarebbe a dire che parti senza di me, Aba? »

« Davvero, Tizzy, sono dispiaciuta. Ma mio padre ha insistito molto, forse è l'ultimo viaggio che farò con lui. »

Ero a disagio, non mi piaceva affatto mentire. Per fortuna Tiziana era distratta. Aveva adocchiato un ragazzo con la canottiera nera e le braccia tatuate.

« Che bicipiti, Aba! Deve essere un pugile, o un karateka o... »

« O solo uno che va in palestra. Insomma, rientro a metà settembre. »

Tornò a guardarmi coi suoi occhioni da cerbiatta.

« Ma da Roma a Rio e poi a Sydney in barca... che palle... »

Ancora bugie. Mi dovevo abituare.

« È una nave militare, Tizzy. Papà è stato invitato, ed essendo vedovo gli fa piacere portare la figlia... »

Accavallò le gambe, in modo che la minigonna salisse un po'.

« Magari facciamo qualcosa a fine settembre, Tizzy. »

« Be', mi auguro per te che almeno ci sia qualche bel marinaio. Sai, devono essere davvero interessanti, in fondo sono costretti all'astinenza per settimane... »

Tutto quel correre dietro ai ragazzi era la copertina

scolorita di una realtà di cui avevamo parlato mille volte, senza mai trovarci d'accordo.

Io non sono intuitiva, Aba. Cerco l'amore ma devo provarne tanti per trovare quello giusto.

Non è questione di intuito, Tizzy. Tu non dai retta al cervello.

Che c'entra il cervello, Aba? Quando ti capiterà lo capirai anche tu, credimi.

Tiziana buttò giù il terzo Bellini e guardò sconsolata il mio analcolico.

« Ti racconterò a settembre, quando torno. »

« Ah, no, Aba, devi riferirmi ogni giorno. »

L'invenzione del viaggio in alto mare era stata studiata bene, proprio per questi motivi.

« Non sarà possibile, Tizzy, il mio cellulare funziona solo in Italia e comunque non c'è copertura in mezzo al mare. »

Lei mise su il broncio.

« Questo è un abbandono o un tradimento? »

Aveva ragione, erano entrambe le cose: abbandonavo il nostro mondo e le propinavo una bugia. Ma il generale Adelmo Abate era stato chiarissimo.

Nessuno lo deve sapere, Aba.

Tiziana si protese verso di me.

« Ho una delle mie premonizioni, Aba. »

« Lo so, quel tizio muscoloso. »

Lei scosse il capo.

« Sai, ho pensato spesso al tuo tipo d'uomo ideale. »

« Non ho un tipo d'uomo ideale, Tizzy. »

« Non ce l'hai in testa. Ma esiste, da qualche parte del mondo. E lo troverai su quella nave da guerra. »

Non potevo certo dirle che avevo tutt'altro in testa, che andavo in Libia per capire cosa fosse accaduto alla povera Rosaria Musumeci. E che quindi l'argomento amore era escluso. Mi rendevo conto che, essendo ancora vergine a vent'anni, rappresentavo un'eccezione, ma era una questione irrilevante. Lo stesso termine, *perdere* la verginità, era ridicolo. Giuseppina era stata chiarissima al riguardo.

Il giorno in cui incontrerai quello giusto, sentirai che non c'è proprio niente da perdere.

Ci abbracciammo. In mezzo alla gioventù, alla birra, al traffico, alla vita. Dentro di me ero certa che il nostro prossimo abbraccio sarebbe stato molto diverso.

3

LA TESTA DEL CAVALLO

Luglio 1999, Capri

Mahmoud era al Cairo. Ci scambiavamo ogni tanto messaggini innocenti, adatti a due vecchi amici qualunque. Aveva aperto un ristorante nel Sud dell'Egitto, ad Assuan. Coi soldi guadagnati in Kosovo voleva avviare una catena di ristoranti nel deserto, in luoghi turistici. Mi aspettava per farmi visitare il suo ristorante. Feci solo una vaga promessa. Volevo lasciarmi il Kosovo alle spalle, disintossicarmi dalla guerra e anche dal mio grande amico Sandokan e dai suoi amici nei Fratelli musulmani. Perciò, diventai un altro uomo: Ahmed Salah, giovane egiziano attivo nell'import-export di chissà cosa.

Ero a Capri da un mese e me ne stavo immobile come Dustin Hoffman nel *Laureato*, sdraiato in piscina con gli occhiali da sole e un drink. Immobile come in quel pozzo nero con Mahmoud mentre fuori i soldati massacravano vecchi, donne e bambini. Solo che qui c'era luce, sole, cibo, alcol, donne. Infinitamente meglio della guerra, che piaceva solo a chi non ci andava. Combattevo perché era la cosa che sapevo fare meglio e soltanto se mi pagavano bene. Ma quel lavoro toglieva spazio alla vita, e per questo quando potevo mi concentravo solo su ciò che mi piaceva: libri, cinema, donne. In ordine un po' variabile secondo il momento.

C'è un vuoto da colmare da qualche parte? Una battaglia mai combattuta per un confine sconosciuto?

Domande inutili. Le accantonavo come fossero soldati invisibili di un altro pianeta su cui non avrei mai combattuto.

Sulla terrazza del Quisisana c'era l'osservatorio ideale, più che in piazzetta dove c'era troppa confusione. Postazione eccellente, sotto l'ombrellone, di fronte a un panorama meraviglioso, mare azzurro, belle barche, silenzio, un buon whisky.

«Vuoi anche tu un cappuccino, Ahmed?»

Non mi voltai, gli occhiali da sole nascondevano la repulsione che provavo.

«Abbiamo appena mangiato acciughe e sono le cinque del pomeriggio, Barbie.»

«Be', a me va un cappuccino.»

Barbara mi aveva detto subito di chiamarla Barbie, ancor prima di giustificare il nomignolo con le prestazioni da bamboletta. Si alzò dal lettino e si diresse verso il bar, senza riallacciarsi il reggiseno del bikini dietro la schiena. Era stata una conquista troppo facile, poca soddisfazione prima e ancor meno a letto, dove quel corpo fantastico da venticinquenne era governato dal cervello di una meretrice professionista di cinquanta. Che gusto c'era a corrompere una che sapeva già tutto? E che beveva cappuccino a metà pomeriggio dopo il vino bianco con le acciughe marinate? Nessuno, ovviamente. L'avrei mollata dopo la prima notte se non fosse stato per sua madre, Michelle, che sedeva a tre metri da noi con il marito, il padre della Barbie.

Lei sì che era una preda di lusso. E non era questione di bellezza. Aveva dieci anni almeno più di me, il doppio degli anni della figlia, la metà delle curve ma il triplo della classe. Ogni donna che mi capitava di fronte la associavo a una delle altre due passioni dei miei tempi di pace, libri e cinema. E se Barbie poteva star bene in qualunque telenovela, la madre era Catherine Deneuve in *Belle de jour*. Cosa diavolo ci faceva con quel bifolco di Jack Vattelapesca che indossava short rossi con le bretelle rosse, non le parlava mai, discuteva con altri americani dei Broncos e dei Falcons e di come per fortuna quel comunista di Bill Clinton stesse andando fuori dalle palle, il tutto mentre trangugiava gin tonic con gli spaghetti? Cosa ci faceva la Bella con quella bestia?

Quando Barbara mi aveva presentato – *lui è Ahmed, non fate caso alla sua immobilità sul lettino della piscina, si muove bene quando serve* – il padre, Jack bretelle sgargianti, si era sbellicato dalle risate per la splendida battuta della figlia e mi aveva dato una grossa pacca sulla spalla. Poi si era rivolto alla creatura fragile, pallida e bionda che sotto l'ombrellone sorseggiava acqua minerale e leggeva un libro di Kundera nella versione originale francese, *L'identité*.

«*Jesus Christ*, Michelle, Ahmed sarà come me quando cavalco i tori!»

Non potevo vedere gli occhi di Michelle dietro i grandi occhiali da sole, ma le guance bianche si erano brevemente coperte di un seducente rossore. Non aveva detto nulla, non mi aveva nemmeno guardato. Le tesi la mano.

« Piacere, Ahmed Salah. »

Lei fu costretta a voltarsi e concedermi una stretta velocissima. Non disse nulla e stava per rituffarsi nel libro.

« Io credo che Chantal si senta vecchia perché Jean-Marc non la guarda. E per questo immagina che nessun uomo la guardi. Succede, a volte. »

Ci fu un attimo di silenzio in cui Jack e Barbie mi fissarono inebetiti, non capivano proprio che diavolo stessi dicendo. Michelle arrossì di nuovo ed era davvero una cosa incredibile. Poi disse velocemente *troppo sole per me, torno in camera.* Si alzò, si allontanò senza voltarsi, e Barbie mi indicò la Jacuzzi.

« Sotto le bolle le mani sono invisibili, Ahmed. »

Più tardi, Jack bretelle rosse e Barbie mani lunghe mi invitarono a unirmi a loro e ai loro chiassosi amici per il drink in barca al tramonto sotto i faraglioni. C'era un posto libero, *mamma ha l'emicrania.* Spiegai che soffrivo terribilmente il mare, bastava un passo su una barca ormeggiata in porto per rivoltarmi lo stomaco e declinai.

Ora dovevo solo aspettare e sperare. Restai lì, sul lettino, al sole, col mio corpo snello, muscoloso, abbronzato, giovane. Il tipo di uomo da cui Chantal avrebbe voluto essere ancora guardata, ammirata, sfiorata con il solo sguardo. Tanto sapevo che la loro stanza dava sulla piscina. Me la immaginavo lì, dietro le tende, Michelle, ad arrovellarsi sull'uomo giovane, così scuro, che conosceva i libri di Kundera. Magari invece era sdraiata sul suo letto a leggere e di me si era già dimenticata, Kundera o non Kundera.

Ma sapevo una cosa, appresa sul campo, con assoluta certezza: per ogni donna esiste una chiave, alcune banali, altre uniche. La mia specialità era quella: trovare l'unicità. Era facile perché non ero confuso dai sentimenti, non volevo mai un *dopo.* Le sceglievo, le conquistavo, le consumavo, le salutavo. Il ciclo era sempre lo stesso, senza eccezioni. Ogni donna era un metro in più sul campo di battaglia. Una volta preso, si pensava a quello dopo.

Dopo una ventina di minuti Michelle arrivò. Si fermò accanto al mio lettino, restando in piedi.

« Le piace Kundera, mister Ahmed? »

Disse proprio così, mister Ahmed.

Si era cambiata. Non più il costume da bagno ma un kimono che la copriva tutta. Lei sapeva che avevo già visto prima il suo corpo, in piscina, e quindi il kimono era un ottimo segno.

« Molto. Non so leggerlo in lingua originale come lei, purtroppo. Vuole sedersi? »

Mi fissava dietro gli occhiali scuri, dall'alto.

« Lei parla americano benissimo, mister Ahmed. Non come gli italiani. Ha una traccia di accento, saudita forse? Sa, Jack ha degli affari laggiù... »

Non accennò a sedersi.

« Egitto, in realtà. Davvero non vuole sedersi e parlare un po' di Chantal? »

Parve davvero un po' sorpresa.

« Lei vuole chiacchierare con me? »

Aveva le guance arrossate, di nuovo. Ed era deliziosa.

« Senta, lei deve ancora finirlo quel libro, ma mi creda: gli uomini la guardano, Chantal, anche se ha quarant'anni, la guardano più di quando ne aveva venti. »

Lei arrossì ancora di più.

« Mi sento stupida. Non so... »

Perfetto. Era fatta. Era ora di fare la proposta. Lei non poteva andare oltre, da sola.

« Michelle, parliamo sulla terrazza della sua stanza. La raggiungo lì con due Martini tra pochi minuti, va bene? »

Sorrise, giustamente. Ero stato molto cortese. Era grata, per averla aiutata.

« Stanza 421. »

Si voltò e se ne andò.

Calcolai che avevamo almeno due ore prima del ritorno di Jack e Barbie. Il tempo sufficiente per nulla o per tutto. Decisi di darle solo un minuto, sapevo che non era il caso di lasciare troppo spazio alla riflessione che avrebbe attivato sensi di colpa e barriere difensive.

Mi avviai verso il bar e ordinai i Martini. E il mio cellulare squillò. Il nome beffardo sullo schermo era *Pace* e quindi non potevo esimermi dal rispondere.

« Sono Guerra, mi dica. »

Quelle precauzioni coi nomi in codice, *Pace e Guerra*, erano davvero ridicole ma il mio contatto italiano ci teneva molto e pagava bene.

« Deve prendere la funicolare subito, l'aliscafo per Napoli parte tra mezz'ora. Una nostra macchina l'aspetterà al molo Beverello a Napoli, signor Guerra. »

« Veramente ho terminato l'incarico, signor Pace. Grazie al vostro generoso primo bonifico mi sto godendo una vacanza a Capri. »

« Un nuovo incarico, signor Guerra. Urgente. »

« Come le dicevo sono in vacanza e grazie a voi non sono a corto di soldi. »

La voce del signor Pace, o comunque diavolo si chiamasse, divenne ancora più morbida. Potevo vedermi di fronte quel sorriso da clown sospeso tra il riso e il pianto.

« Le faremo un'offerta che non potrà rifiutare, signor Guerra. »

Stavo cominciando a seccarmi, cliente o non cliente.

« Davvero? Be', so che voi italiani siete bravi in questo ma non ho cavalli a cui potete tagliare la testa e neanche... »

« Branka Pavlovic, signor Guerra. Ora si muova o perderà funicolare e aliscafo. Deve essere a Roma questa sera. »

Tutto pronunciato con la massima gentilezza, come se avesse detto *guardi che abbiamo preparato sfogliatelle incredibili apposta per lei, la prego, non può perderle!*

La comunicazione venne chiusa.

C'era solo il tempo per salire in camera, mettermi una camicia e un paio di calzoni e prendere uno spazzolino. Potevo chiamare la 421 e scusarmi con Michelle, ma decisi che era meglio di no. Cosa potevo dirle? Che ero sposato e mi ero pentito? Che mi era preso un improvviso attacco di dissenteria? Che avevo un cavallo e gli volevano tagliare la testa?

Scrissi un biglietto, velocemente.

Ho capito che ti farei soltanto del male. Parto, per non vederti. A

Un po' melodrammatico, ma non volevo che soffrisse. Non era mai mia intenzione dare dolore, solo piacere.

Chiusi il biglietto in una busta e la consegnai all'usciere con venti euro.

« La porti alla 421 per favore. Non aspetti risposta. »

Il signor Pace mi aspettava al molo Beverello dentro una FIAT Thema blu, alla cui guida c'era un militare con la divisa dell'esercito italiano. Gli indicai la fila di gente in attesa di partire.

« L'aliscafo da Capri a qui era vuoto, tutti vanno, nessuno torna oggi. Sicuro che sia così urgente? »

Era un uomo calvo di età indefinibile, con due cocci di bottiglia come lenti, l'aria del contabile nato e un sorriso ambiguo, a U come i clown, triste e ironico allo stesso tempo. Ignorò la mia protesta e mi fece cenno di accomodarmi sul sedile posteriore accanto a lui. Non mi strinse la mano, ci conoscevamo da alcuni anni e non l'aveva mai fatto.

« Grazie per aver accettato l'invito all'ultimo minuto, signor Guerra. »

« Non era un invito. Cos'è questa storia di Branka Pavlovic? »

Solito sorriso ambiguo. Se gli avessi detto che mi ero appena scopato sua moglie avrebbe fatto lo stesso sorriso.

« Le dirà tutto l'uomo che incontrerà più tardi. E ora, se non le spiace... »

Mi infilò il cappuccio in testa. Era una cosa davvero ridicola. L'auto mise in moto e partì. Dalla velocità e dai rumori compresi che avevamo imboccato l'Autostrada del Sole. Mi rilassai, tanto doveva trattarsi di qualche bega burocratica legata al saldo di ciò che gli italiani dovevano ancora pagare per il Kosovo. Pensai a Michelle. Aveva pianto per la delusione? O mi era grata per la rinuncia? Non la conoscevo abbastanza ma sperai che non soffrisse, doveva già sopportare quel marito idiota e quella mezza squinternata della figlia. A un certo punto decisi di non pensarci più e mi appisolai.

Mi svegliai quando l'auto si fermò.

« Siamo arrivati, signor Guerra. »

Il signor Pace mi aiutò a uscire dall'auto e sentii sotto le scarpe terra, poi cemento, poi un tappeto. Mi fece sedere su una sedia e mi disse di aspettare lì. Passarono pochi minuti, poi arrivarono dei passi e qualcuno si sedette, credo, di fronte a me.

« Buonasera, signor Guerra. »

La voce era metallica, sintetizzata per essere irriconoscibile. Non bastava neanche il mio cappuccio, doveva essere un pezzo grosso.

« Buonasera, signor... »

« Mi chiami pure signor A. »

« Come James Bond con M? »

Non raccolse la battuta, forse non aveva un gran senso dell'umorismo.

« Ha fatto un ottimo lavoro in Kosovo. Abbreviato la guerra, salvato molte vite. »

« Grazie, nessuno mi aveva mai fatto un complimento così bello. »

Ancora una volta la battuta fu ignorata.

« Ora deve fare un altro lavoro per noi. In Libia. »

« Per l'estate preferisco Capri e la Costa Azzurra. Non mi piacciono le spiagge senza alcol e senza donne. »

« Ah, certo. Tripoli d'estate non piace a nessuno. Ma lei conosce il posto, la lingua, la mentalità. E per il suo aspetto potrebbe essere uno di loro. Per noi, in questo momento, è insostituibile. »

« Insostituibile per fare cosa, signor A? »

« Abbiamo diversi interessi in Libia. »

« Certo: estrarre petrolio e vendere armi. »

Pensavo di irritarlo, invece no. Il tono non cambiò.

« Gheddafi sta finalmente mostrando un volto più ragionevole, ora che ha consegnato i due autori della strage di Lockerbie. »

« Certo, lui vi conosce bene. Sa che dopo un po', quando le acque si calmeranno, li restituirete. »

Questo lo colpì un po'.

« Qualcuno che conosco mi ha detto la stessa frase, signor Guerra. »

Ero davvero stufo.

« Senta, mi spiega perché ha interrotto la mia vacanza? »

« Ha sentito parlare di Rosaria Musumeci, vero? »

« Ho visto al tg un gruppo di studenti col passamontagna urlare slogan idioti davanti all'ambasciata libica e poi hanno dipinto Gheddafi coi baffetti di Hitler. Chissà quanta paura avranno messo al Colonnello! »

Il signor A rise. Una risatina sintetica, ma sempre una risatina. Dunque rideva!

« Siamo perfettamente d'accordo su questo, signor Guerra. Ma il nostro è un paese democratico, per questo

Capri è più bella di Tripoli. E quindi dobbiamo dare una risposta all'opinione pubblica su cosa è accaduto a Rosaria Musumeci. »

« Ho letto che è annegata facendo surf. Davanti a Tripoli ci sono punti con correnti e mulinelli improvvisi. »

« Forse. O forse no. Ne sapremo di più dopo che lei avrà concluso la sua missione. »

Questa volta fui io a ridere. Una vera risata che risuonò sulle pareti. Doveva essere una stanza piccola.

« Lei davvero ha visto troppi film di James Bond, signor A. Io sono un soldato per i tempi di guerra. Non un poliziotto o un agente segreto per i tempi di pace. »

« A noi non serve né un poliziotto né un agente segreto. Ci serve una persona che conosca Tripoli e i libici e che faccia da aiuto e tramite a una nostra agente. »

« Non capisco di che parla. »

« I libici ci hanno offerto di sostituire Rosaria Musumeci con un'altra studentessa nei corsi che seguiva all'università Al Fatah, noi la sostituiremo con una nostra agente. »

« Ma siete matti? Per un semplice annegamento rischiate di crearvi un problema serio col regime di Gheddafi? Perché? »

« Perché il Colonnello Gheddafi vuole far pace con l'Occidente e non si fa amicizia con chi copre un delitto. »

Avevo a che fare con degli ipocriti prepotenti.

« Pensate davvero che, se qualcuno l'avesse uccisa, il Colonnello Gheddafi metterebbe a repentaglio i suoi rapporti con l'Occidente per coprire il colpevole? La verità è che la vostra bella democrazia è piena di coglioni che vogliono un'inchiesta anche quando non c'è niente da scoprire. Io me ne torno a Capri.»

Il tono divenne gelido.

«Signor Guerra, tagliare in due una donna e crocifiggerne il corpo è un crimine di guerra, anche se si è dalla parte dei vincitori.»

«Mi avevate chiesto voi di far finire al più presto quella guerra, no?»

«Vero. Ma sa, a noi cattolici piace vincere nel nome di Dio e della legge. Se si venisse a sapere temo che non passerebbe l'estate né a Capri né in Costa Azzurra.»

Era incredibile.

«Mi sta ricattando?»

«Abbiamo foto e testimonianze su ciò che ha fatto a Branka Pavlovic. Alla Corte dell'Aja le darebbero minimo dodici anni di carcere.»

«Che diavolo volete?»

«Due mesi di lavoro tranquillo, da qui a metà settembre, e un ottimo compenso.»

Ero fregato, incastrato da ciò che avevo fatto per loro stessi, per finire prima la loro maledetta guerra. C'era ben poco da fare.

«Chi è il vostro agente?»

Ci fu una pausa.

«Una giovane donna, con la copertura da studentessa. Partirà tra qualche giorno.»

«Questa ragazza conosce bene la Libia e il mondo arabo, immagino.»

«Conosce la lingua ma non è mai stata a Tripoli. Riferirà a lei ciò che scopre.»

«Non scoprirà niente, perché non c'è niente da scoprire. Inoltre il Mukhabarat di Gheddafi la terrà d'occhio.»

«Certo. La nostra agente non deve correre alcun rischio, dovrà chiamare in Italia solo finti genitori e finti amici, conversazioni del tutto innocenti. Sarà lei a tenere i contatti con me, mister Guerra. E soltanto nel caso in cui la nostra agente scoprisse qualcosa.»

«Se viene in ambasciata per incontrarmi, il Mukhabarat capirà che non è affatto una studentessa...»

«Sarà tutto alla luce del sole. È una giovane donna carina e lei un giovanotto di aspetto decente. La abborderà e poi la corteggerà. Mi dicono che ha le competenze giuste al riguardo. Formalmente, farà da interprete e guida a un gruppo di archeologi dell'Università di Roma.»

Andava di male in peggio. Fare da finta balia a un gruppo di archeologi e da vera balia a una novellina che non conosceva la Libia era un pessimo modo di passare l'estate. Ma finire sotto processo per aver fatto tagliare in due Branka Pavlovic era peggio, molto peggio.

Meglio sbrigare questa faccenda e poi tornare a Capri, che a settembre è meravigliosa.

«Come si chiama la vostra agente? O almeno come si chiamerà lì a Tripoli.»

«Alba. Alba Rossi. Il signor Pace le darà tutto il necessario. Buona fortuna, signor Guerra.»

Il signor Pace fu molto efficiente. Mi consegnò un biglietto aereo per il giorno seguente e un passaporto italiano intestato a Giovanni Guerra, a loro piacevano questi dettagli, *Johnny e Giovanni*, con un biglietto da visita da cui risultavo guida e interprete. E l'indirizzo del mio alloggio a Tripoli.

«Piccolo ma pulito, si troverà bene.»

Certo, probabilmente non avrei avuto la stessa vista che avevo dalla mia camera d'albergo a Capri. Ma era sempre meglio che la vista sui mulini da una prigione olandese.

4

IL GAMBETTO DI HALLOWEEN

Metà luglio, Tripoli

Johnny

Rispetto alla mia ultima visita c'era un'eccitazione collettiva a Tripoli, nonostante l'afa e gli oltre trentacinque gradi che avrebbero consigliato sano riposo invece che quell'euforia da fine della guerra. Nessuno poteva dirlo apertamente, ma tutti erano felici che Muammar Gheddafi avesse consegnato i due sospettati di Lockerbie. I libici volevano solo che le sanzioni internazionali cessassero e che il commercio e gli investimenti esteri ripartissero. Tutti i libici sani di mente, tranne i fondamentalisti islamici, che però non erano libici.

A me non interessava nulla di tutto ciò. Né di Gheddafi, né dei suoi vecchi e nuovi nemici, né di Rosaria Musumeci, una morta che per me non era più importante delle tante ragazze che avevo visto stuprare e uccidere in guerra, né di Alba Rossi, a cui avrei dovuto fare da balia.

Ero stato tante volte a Tripoli, ma i miei soggiorni erano sempre saltuari, legati a brevi visite a zio Karim o a incontri d'affari col signor Pace, o entrambe le cose. Solo una volta c'ero stato per dodici mesi di fila, dopo l'Afghanistan, l'ultimo anno di superiori che zio Karim mi aveva imposto a Tripoli per separarmi da Mahmoud, anche se lui veniva a trovarmi molto spesso e facevamo le nostre gite nel deserto e in mare. Poi zio Karim mi aveva imposto anche l'Università per stranieri di Perugia, ed erano stati tre anni molto belli, anche Mahmoud era venuto in Italia. A quel punto, avevo dovuto scegliere tra un impiego come guida museale o la guerra dei Balcani. E avevo scelto.

Era diventato un posto equivoco, Tripoli. Il Colonnello Gheddafi teneva i piedi in due staffe. Laicismo e islamismo. Donne libere di non portare il velo ma niente alcol, almeno legalmente. Infermiere e hostess straniere a volontà, ma per le donne libiche c'erano solo matrimoni combinati. Gru, cantieri e operai dovunque, e il deserto a pochi chilometri. Facciata di libertà e polizia segreta dappertutto. Potevi fare qualsiasi cosa impunemente oppure finire in galera per un nonnulla.

Era davvero improbabile che l'agente italiana riuscisse a scoprire qualcosa di utile sul caso di Rosaria Musumeci. Ero certo che fosse stato un incidente o un suicidio, il regime di Gheddafi non avrebbe rischiato in quel momento i rapporti con l'Italia per coprire un assassino libico. Ma ero costretto ad assisterla e accudirla, così il signor A, la voce metallica, mi avrebbe pagato e avrebbe lasciato perdere quella brutta storia di Branka Pavlovic. E me ne sarei tornato a Capri.

Zio Karim viaggiava molto per i suoi vari business, spesso non era a Tripoli. E in passato ci eravamo visti sempre su suo invito. Decisi di non chiamarlo, mi avrebbe chiesto cosa ci facessi lì e io non avevo una buona risposta.

Adesso sono un agente segreto, zio.

Mi avrebbe trascinato da un medico dei pazzi.

Il signor Pace mi aveva sistemato al terzo piano di una palazzina moderna costruita secondo criteri di massimo squallore estetico. Era in un vicolo proprio dietro il palazzo con le due provocatorie cupole d'oro, la ex reggia dei Senussi, oggi trasformata in museo, in quella zona che un tempo si chiamava Città Giardino. Un salottino con angolo cottura, una stanza da letto, un piccolo bagno, un piccolo balcone, arredamento essenziale, nulla alle pareti, un vecchio condizionatore che quando veniva acceso faceva più rumore dei jet della NATO. Una casa per una spia di passaggio.

Il mattino dopo il mio arrivo mi presentai in ambasciata. Il signor Pace era già lì, col solito sorriso curvo e oscillante tra riso e pianto. Mi spiegò che l'agente italiana sarebbe arrivata entro pochi giorni, nel frattempo dovevo solo rendere plausibile la mia presenza a Tripoli, la mia copertura. Mi consegnò le chiavi di un Maggiolino Volkswagen verde di decima mano per gli spostamenti, *mi raccomando, lo tratti bene*, come se fosse una Ferrari. Poi mi presentò il professore italiano che conduceva gli scavi nei dintorni di Sabratha e i suoi studenti. Professor Pietro Sepolcro: come si dice, un nome un destino. Gli studenti archeologi, pieni di entusiasmo che presto il caldo africano avrebbe smorzato, erano tutti maschi, il che eliminò qualunque minima motivazione potessi avere. Iniziarono giornate estenuanti, tra polvere e sole cocente. La mia presenza era utile solo come interprete con i lavoranti, *scavate qui, spostiamoci più in là, attenti con l'escavatore*, una grandissima seccatura, sotto un sole molto meno gentile di quello di Capri. Non si trovava nulla, ma contro ogni mia aspettativa, i miei archeologi non si abbattevano. Certo, loro erano guidati da un vero obiettivo mentre io cercavo solo di starmene all'ombra e riposarmi. Per fortuna si scavava solo dall'alba alle undici, poi il calore diventava insopportabile e me ne tornavo a casa per dedicarmi ai libri che mi ero portato dall'Italia. Dovevo interrompere la lettura con una doccia ogni ora, visto che il condizionatore funzionava poco. Una cosa non mancava nella Libia di Gheddafi, ed era l'acqua, il segno tangibile del bene comune che il Colonnello vantava.

La sera era dedicata all'altra passione. Prima andavo a mangiare in una bettola di Suk el Giuma che faceva la migliore sciorba a Tripoli, un brodo di carne e prezzemolo in cui io mettevo cubetti di ghiaccio per averlo freddo, come il gazpacho. Dopo le dieci, grazie al passaporto italiano, avevo accesso al bar del Rixos. Lì c'erano le infermiere e le hostess, libanesi, bulgare, rumene, con i giovani rampolli della borghesia libica e con i diplomatici occidentali. Erano prede ideali, non avevano altre aspettative che una bottiglia di vino rimediato al mercato nero e una bella notte di sesso. All'alba squillava la sveglia, loro andavano al lavoro e io ripartivo per Sabratha col gruppo dei pazzi.

Avevo sopportato di peggio, certo. Ma in guerra, non in pace. Eppure avevo letto Clausewitz, *la pace è solo la continuazione della guerra con altri mezzi*. Solo che la vita non è come la guerra: lì, il sibilo di un aereo o un cannone lontano sono il preavviso della tempesta. Qui c'erano solo afa, archeologi, sabbia e infermiere. E Alba Rossi in arrivo.

Dormivo profondamente quando lo Startac vibrò sul pavimento accanto al letto. Mi svegliai di colpo e mi slacciai dall'abbraccio del corpo femminile al mio fianco. Era il numero del signor Pace, il mio datore di lavoro, dovevo rispondere.

« Scusa, Ekaterina... »

« Aleksandra. »

« Scusa comunque. »

Mi alzai e portai il cellulare nel bagno.

« Mi dica. »

« Lei è atterrata. »

« Bene, fissiamo per domani? »

« No, oggi. Al bar sotto gli archi nella piazza Verde. Tra un'ora. »

« Ma è venerdì. Speravo di dormire un po' visto che non si lavora. »

« Alba Rossi alloggerà questa notte e domani al Corinthia, mentre domenica andrà al dormitorio universitario. Quindi deve cominciare a frequentarla oggi stesso. »

« Non si può fare almeno nel tardo pomeriggio? »

« È già tardo pomeriggio, ora sono le sei. Alle sette deve essere seduto lì con Alì. Lui porterà la scacchiera. Si ricordi di Roberto Baggio e cerchi di fare una buona impressione. »

Mi immaginai il sorriso ironico del clown. Troncai la conversazione, tornai nella stanza da letto e cercai di concentrarmi sulla ragazza. Come diavolo aveva detto di chiamarsi? Decisi di scuoterla e basta. Lei aprì gli occhi.

« Vuoi fare ancora sessantanove, *ljubov*? »

« Non ora. Anzi, ho un'emergenza. Vestiti, ti accompagno ai tuoi alloggi. »

Protestò un po', ma era una brava ragazza senza particolari illusioni e in fondo le avevo offerto un ottimo vino bianco comprato al mercato nero a Suk el Giuma e una notte molto attiva. Indossai la T-shirt azzurra con il numero 10 e la scritta Roberto Baggio, come mi aveva raccomandato il signor Pace.

Cerchi di fare una buona impressione.

Quasi dovessi davvero far colpo su una novellina. Indossai un paio di jeans lunghi invece degli shorts. Più di così non potevo sforzarmi, ai piedi tenni i sandali aperti. Cinque minuti dopo eravamo sul Maggiolino. Scaricai Ekaterina o Alexandra o chiunque fosse davanti a uno degli orrendi palazzoni del socialismo gheddafiano, le famose matrioske russe che ospitavano gli operai chiamati da mezza Africa per costruire ponti, dighe, strade, palazzi e fontane. Ci salutammo con la solita vaga promessa di rivederci.

Mi avviai verso la piazza Verde. Era venerdì, giorno di festa. Alla guida dell'auto scoperta vedevo la gente sui marciapiedi e nei bar, la normalità della pace. Non avevo proprio nessuna aspettativa o preoccupazione, solo voglia di andarmene il prima possibile. Era solo un incarico, molto più noioso e molto meno pericoloso della guerra. Un paio di mesi al massimo, un riposo pagato e nient'altro. Poi mi sarei preso una lunga vacanza, in attesa di un'altra guerra.

Aba

Poco più di un'ora d'aereo mi aveva portato in un mondo dai colori molto più forti. Caldo misto di sale e sabbia, odori di spezie mescolati agli aromi della sciscia dei narghilè, panni stesi ad asciugare accanto a motori di condizionatori e parabole su tutti i balconi, auto, pick up, moto, betoniere, gru e cantieri, fontane ovunque, una a ogni piazzola, tanta gente, tutti uomini, che stazionavano nei caffè sotto i vecchi portici dell'architettura fascista per proteggersi dal sole.

Adesso ero Alba Rossi, studentessa venticinquenne di scienze politiche, vestita con camicia verde a maniche lunghe, jeans lunghi, scarpe da ginnastica e un foulard sui capelli tinti con le mèche rosse e la frangetta. Quell'acconciatura e quel colore erano parte del travestimento. Ma gli abiti erano la protezione della mia pelle dalle zanzare che volevano il mio sangue.

Lui era solo uno dei tanti ragazzi ai tavolini di un bar affollato, sotto i portici di una piazza che si chiamava piazza Verde ma che si era chiamata piazza Italia durante il fascismo e piazza Indipendenza sino all'arrivo di Gheddafi, nel 1969. Un giovane come tanti, la barba di un paio di giorni, capelli neri un po' troppo lunghi, né alto né basso, né magro né grasso, la maglietta di Roberto Baggio come convenuto, jeans lisi e consunti e sandali da cui sporgevano unghie un po' troppo lunghe. Proprio un tizio qualunque. Tranne per gli occhi, neri, profondi, calmi.

Uno di cui ci si può fidare se lavora per te. Uno da temere se è contro di te.

«*Mati!*»

Il suo avversario fissò la scacchiera, lo insultò bonariamente in arabo, poi buttò giù il suo re. Scambiarono ancora due parole, poi l'altro si congedò. A quel punto lui si voltò verso di me, seduta al tavolo accanto. Parlò in inglese, con un accento arabo.

«*You play chess, lady?*»

Era la frase concordata, oltre alla maglietta di Baggio e agli scacchi. Papà doveva aver ecceduto in sicurezza, per me. Risposi come dovevo, in italiano.

«Abbastanza bene.»

Lui passò all'italiano.

«Facciamo una partita?»

Ci presentammo, Johnny e Alba, due nomi falsi, tanto per cominciare col piede giusto. Poi iniziammo una partita. Lui si spostò con la scacchiera al mio tavolo e si prese il bianco, senza chiedere. Mosse il pedone in e4, io risposi allo stesso modo, poi lui mosse il cavallo, io idem, lui l'altro cavallo.

Il gambetto di Halloween.

Non sapevo che quella partita sarebbe durata vent'anni. Avremmo perso entrambi, ma in quel momento non potevamo averne idea, né lui né io. Perché in fondo è così, no? Anche se la tempesta ci avvisa con fulmini e tuoni, certe cose sono più come i terremoti, iniziano con piccoli movimenti in punti lontani da noi. Potrei dirmi che fu il destino, ma non è vero. Io avrei potuto non essere lì, in quella piazza, quel giorno. Invece ero lì per mia scelta, avevo praticamente costretto mio padre.

Vent'anni dopo, guardando indietro, vedo con chiarezza la sorgente del lungo fiume, le sue anse iniziali, le biforcazioni fatali, il lungo viaggio sino alla fine. Ma non ho alcun rimpianto: se non fossi stata lì, se non mi fossi seduta quel giorno davanti a Johnny o come diavolo si chiama, avrei attraversato la vita come tanti, senza mai essere viva.

Johnny

Il signor A aveva scelto bene. Alba Rossi sembrava una vera studentessa. Certo, era una ragazzina, ma era difficile sospettare che fosse un'agente dell'intelligence italiana in missione a Tripoli. Sotto la frangetta i suoi occhi erano attenti, come se volesse capire qualcosa di me. Non mi aveva chiesto conto di quel nome, Johnny. Sapeva che era inventato, esattamente come il suo. E allora che diavolo voleva sapere? Se ero fedele e affidabile? Se ero esperto?

Certo Alba, sono fedele, affidabile, esperto. Ho tagliato una donna in due per fare felice il tuo capo, il signor A. E ora lui dice che non dovevo, e per espiare devo farti da balia.

Alba osservava la scacchiera con una smorfia disgustata.

« Non era meglio conoscerci giocando a dama, Johnny? »

« Gli scacchi sono nel tuo curriculum ufficiale. Così è tutto più plausibile. In ogni caso, non so giocare neanche a dama. Non ho tempo per queste cose. »

Lei sorrise. Aveva un bel sorriso, un po' troppo infantile, con i denti bianchi che si intravedevano tra le labbra.

« Non credo sia questione di avere il tempo. Immagino che per ciò che ti piace il tempo lo trovi, no? »

« Sì. Ma non si tratta di cose adatte a questa circostanza. »

Lei restò un attimo incerta e mi resi conto di aver esagerato, non era una preda ma una cliente.

« Intendevo dire che leggo molti libri. »

« E non ci sono librerie o biblioteche qui a Tripoli? »

Ecco, era puntigliosa. Di fronte al mio silenzio sorrise nuovamente.

« Capisco quando uno vuol dire una cosa e poi cambia idea e ne dice un'altra. »

Con qualsiasi altra donna, in condizioni normali, quella frase mi avrebbe messo all'erta. Invece mi dissi che era ovvio.

È un'agente segreto, Johnny.

Lei si guardò intorno.

« Qualcuno ci sta osservando? »

« Non ti guardare intorno. Ci puoi scommettere che qualcuno ti sta osservando. Mai sentito parlare del Mukhabarat? »

« So benissimo cos'è il servizio segreto libico. Ma se chi ci osserva sa giocare a scacchi capirà facilmente che è una farsa. Non potevi almeno scegliere un'apertura più semplice del gambetto di Halloween? »

Era impertinente. O semplicemente sincera. In entrambi i casi, non andava bene per un'agente. In fondo era molto meglio così, in pochi giorni avrebbe rinunciato e io me ne sarei tornato a Capri.

« Mi piaceva il nome, gambetto di dolcetto o scherzetto. Serviva solo per abbordarti, e ho avuto pochi giorni per studiare questo noiosissimo gioco. In ogni caso, non giocheremo più a scacchi. »

Il volto infantile era arrossato dal sole e dalle punture delle zanzare, niente di sessualmente attraente. Almeno per me, il che ovviamente non aveva alcuna importanza perché lei era lavoro, off limits E i clienti vanno sempre serviti e rispettati. Specialmente se il datore di lavoro può mandarti in galera per diversi anni. Aveva solo qualcosa in fondo a quegli occhi, come una forza sproporzionata al suo aspetto.

« Diamo un po' di credibilità. Sposta in avanti il pedone sul lato destro, Johnny. »

Continuammo così per una ventina di minuti, lei dettava a bassa voce le mie mosse e io eseguivo. Era un'esperienza nuova, davvero. Per fortuna era una farsa.

« Bene, Johnny. Ora propongo un pareggio, tu accetti e ci stringiamo la mano. »

Lei mi porse la mano e io la strinsi ben più a lungo del necessario, sino a che lei la sottrasse alla mia presa.

« Si usa così qui da voi, Johnny? »

« Non sono libico. E se ci stanno osservando, ti sto facendo la corte, ricordi? »

« Dopo soli venti minuti che ci conosciamo? »

Non volevo essere scortese ma cominciava a darmi un po' sui nervi con tutte quelle precisazioni e obiezioni.

« Senti, Alba. Il tuo curriculum dice che hai venticinque anni, non dodici. E conosco bene l'Italia. Scusa se te lo dico, ma ti sarà capitato di essere abbordata senza troppi preliminari, solo per scopare? »

Lei si rabbuiò.

« No, a me non capita, ma hai ragione, alla mia migliore amica succede ogni giorno. Immagino che dipenda da me. Se devi corteggiarmi, sappi che non mi piacciono le parolacce. »

« Ci vedono ma non ci sentono. Quindi non ha molta importanza, non credi? »

Mi resi conto che c'era rimasta male.

« Scusami, non volevo essere brusco. Intendevo solo dire che secondo le istruzioni dovremo avere una relazione da subito, quindi non c'è tempo per il corteggiamento. »

« Certo, capisco. E poi, il corteggiamento è come una partita a scacchi di cui si sa già il finale, un gioco inutile, noioso. »

Parlava in tono serio, come se avesse una qualche importanza. Io non dissi più nulla.

« Allora, me lo chiedi il numero, Johnny? Per non insospettire chi ci spia. »

« Certo. Scrivimelo su un bigliettino e passamelo. »

Lei tirò fuori una specie di agendina dalla tasca di uno zainetto, strappò un foglietto, scrisse un numero e mi porse il foglietto.

« Ti chiamerò più tardi in albergo per invitarti al cinema domani. La sera andrai al dormitorio universitario e domenica cominci le lezioni. Quindi dobbiamo iniziare prima.»

«In che senso?»

«Te lo spiego domani. Un'altra cosa: qui non siamo in Arabia Saudita, puoi metterti una gonna o gli short. Visto che dobbiamo simulare un flirt, domani dovrai mostrare le gambe.»

Lei scosse il capo.

«Non se ne parla, le zanzare non mi danno tregua. Caso mai tu mettiti un paio di pantaloni decenti e le scarpe chiuse. Sai, a noi ragazze occidentali i sandali con le unghie lunghe non piacciono, non sarebbe plausibile.»

Cercai di controllarmi. Era stupida o arrogante? Poi lei sorrise.

«Scherzo, Johnny. Volevo vedere che tipo sei, se ti arrabbi facilmente. Comunque mi vanno bene i sandali ma tagliati le unghie.»

«Che importanza ha che tipo sono?»

Lei sembrò colpita da quella domanda.

«Giusto. Non c'entra niente.»

La misi su un taxi e lei tornò in albergo.

Sarà una rottura di scatole terribile.

Andai a mangiare la sciorba nella mia bettola preferita a Suk el Giuma. Era pieno di famiglie libiche coi bambini, era la sera di festa. Dopo mi aspettava il bar esclusivo del Rixos, una nuova *ljubov* o *habibi* e poi un paio d'ore di sesso. Libero dai pensieri e da quella ragazzina troppo sveglia, troppo decisa e troppo ragazzina per essere attraente.

5

MARLOW E KURZ

Aba

Passai la mattinata in giro, a esplorare. Non le strade, le piazze, le fontane, i palazzi, ma l'anima di quel posto dove Rosaria era morta. Tripoli era una mescolanza di antico e moderno. I bar all'aperto pieni di gente in orario lavorativo davano l'idea di un paese di provincia la domenica mattina, gli operai di colore sulle impalcature e le gru degli innumerevoli cantieri erano invece più da metropoli. Il mio arabo, che mio padre mi aveva fatto studiare sin dalle medie, chissà perché, forse presagendo che un giorno mi sarebbe servito, era sufficiente per capire. I telegiornali sugli schermi dei bar spiegavano che erano gli occidentali a essersi piegati a un giusto processo e non il Colonnello Gheddafi a consegnare i due attentatori di Lockerbie. Che erano innocenti, come quel giusto processo avrebbe dimostrato.

Non ero preoccupata di nulla, ero carica di buone intenzioni e decisa a essere utile. Quella missione non poteva essere pericolosa, altrimenti papà non mi avrebbe mai spedito fin lì, ma forse avrei potuto aiutare i magistrati e i poliziotti italiani.

Avevo letto il rapporto su Rosaria Musumeci. Un viso intenso, capelli neri lisci sulle guance sino alle spalle, occhi azzurri e un bel corpo, piccolina ma con parecchie curve. Aveva venticinque anni, era nata in un paesino della Sicilia meridionale, laureata in scienze politiche col massimo dei voti a Palermo, molto sportiva, un fidanzamento ufficiale durato otto anni ma finito pochi mesi prima della partenza per Tripoli. C'erano tanti dettagli inutili sulla sua morte, autopsia, un testimone, ma niente sulla sua vita a Tripoli.

Se c'è qualcosa di strano lo troverò io. E Johnny lo riferirà a mio padre.

Johnny. Lo avevo volutamente trattato con un po' di supponenza, per capire subito che persona fosse. Era serio e gentile, ma probabilmente un po' misogino e noioso. E naturalmente credeva che Rosaria Musumeci fosse una stupida italiana che aveva sottovalutato i rischi del mare locale. Il signor Pace mi aveva detto che Johnny faceva dei lavori per loro, ogni tanto: interprete, guida, traduttore. Non aveva l'aria dell'intellettuale. I muscoli delle braccia che uscivano dalla maglietta di Baggio non crescevano leggendo, eppure non sembrava il tipo da palestra. Quanti anni aveva? Qualunque età tra i 25 e i 35, a seconda dei momenti. Era occidentale o arabo? Naturalmente lui credeva che io fossi un'agente, non una vera studentessa, e tanto meno la figlia del grande capo.

Dopo la passeggiata per Tripoli tornai in albergo. Una doccia, un po' di trucco, sciolsi i capelli con le mèche rosse. Come messaggio per chi mi spiava non era sufficiente. Sopra i pantaloni scelsi di indossare una maglietta invece della camicia a maniche lunghe. La frangetta non mi piaceva, mi dava l'aria di chi nasconde qualcosa. Ma era parte del mio travestimento, visto che nascondevo la mia vera identità.

Alle otto meno cinque scesi nella hall del Corinthia, la attraversai e mi affacciai all'aperto. Il sole era basso sul mare e l'afa stava calando. Johnny era lì fuori, su un Volkswagen Maggiolino col tetto scoperto, di un improbabile verde che un tempo doveva essere stato scuro, ma che il sole e la sabbia avevano sbiadito. Lui era alla guida, con un cappellino in testa con una scritta in arabo che era il nome della squadra di calcio di Tripoli. Indossava una Lacoste po' stinta invece della maglietta di Baggio, jeans fuori moda e i soliti sandali, ma si era almeno tagliato le unghie dei piedi. Uno degli innumerevoli inservienti dell'albergo, tutti di colore, mi aprì la portiera dell'auto, forse temendo che potesse restarmi in mano.

Lui mi gettò appena un'occhiata e avviò l'auto.

« I nostri ipotetici osservatori penseranno che ti sei tagliato le unghie per fare colpo su di me, Johnny? »

« E tu? Le maniche corte sono il massimo della tua provocazione? Sembri una che si appresta a esplorare il Sahara. »

« Mi pungono le zanzare, te l'ho già detto. Che mai faranno gli spioni, lo scriveranno nel loro rapporto? »

Li avevo già notati i suoi occhi. Erano neri, profondi, calmi. Ma ora c'era una luce diversa, o forse era il sole al tramonto. Rimprovero, preoccupazione.

« Non ci scherzare troppo. Qui siamo in Libia, non in Italia. E tu sei una spia, non una studentessa. »

Si preoccupava per la mia sicurezza, in fondo era quella la missione che gli era stata affidata. Ma io non avvertivo il minimo bisogno di essere protetta. Mi guardai intorno. Tripoli non aveva nulla di minaccioso. L'edilizia imponente di nuovi palazzi, nuove strade, nuove fontane, oscurava la bellezza, che ancora si intravedeva, come se fosse quasi un peccato da cancellare. Il volto del Colonnello Gheddafi campeggiava dovunque dai cartelloni ai lati delle strade, con scritte che inneggiavano ai grandi progetti della rivoluzione. Ma in tutto ciò non c'era nulla di minaccioso.

Johnny accese un mangianastri in cui infilò una musicassetta, roba che in Italia non vedevo da tempo. Musica araba, grande ritmo.

« Si innamora di una ragazza viziata? »

Lui si voltò, stupito.

« Conosci Tarkan? »

« No, conosco un po' il turco. »

« Ah, devo rileggermi il tuo curriculum. Comunque sì, *simarik* vuol dire viziata. Lui era molto popolare due anni fa nel mondo arabo, i miei genitori in Egitto ne andavano pazzi. »

« Sei davvero cresciuto in Egitto? »

« Perché dici *davvero*, Alba? »

« Perché il nostro rapporto è falso. Quindi non so mai se ciò che mi dici è vero. »

« Credo che tu intenda falsato. Basato su presupposti non reali. »

« Come per tanti amori. Ho letto un bellissimo libro, lui è costretto a ospitare lei solo perché lei si prende l'influenza mentre è ospite a casa sua. Ma poi restano insieme per tutta la vita. »

Lui annuì.

« Sì, ma poi Teresa rovina la vita di Tomas. »

Fu il mio turno di restare interdetta. Non mi succedeva quasi mai e quando accadeva era solo e sempre con mio padre.

« Hai letto Kundera? »

« So che il mio aspetto non depone a mio favore. Ma ho fatto le superiori al Cairo e poi ho preso una laurea all'Università per stranieri di Perugia. »

Stavamo percorrendo il lungomare costeggiato dalle palme e dal mare blu.

« Qui è bellissimo, sembra di essere in tutt'altro posto rispetto al resto della città. »

« Infatti, Gheddafi ha intenzione di radere tutto al suolo. Vuole costruire un'autostrada che separi la città dal mare. »

« Perché? »

« Lui viene dal deserto e non gli piace che la capitale della Libia sia sul mare. »

Pensai a Roma, a un ipotetico sindaco a cui non piacesse il Colosseo.

« E gli abitanti di Tripoli non possono opporsi? »

Lui scosse il capo.

« La gente vuole sicurezza, pane, lavoro. Rinuncia volentieri alla libertà. »

Era lo stesso cinismo di mio padre, forse per quello l'aveva scelto.

« Ti piacciono i tiranni, Johnny? »

Lui si strinse nelle spalle.

« Nel mondo greco il tiranno era amato dal popolo,

perché limitava i poteri politici degli aristocratici, considerati cinici e corrotti.»

«Ma Gheddafi non è così.»

«Devi guardarlo con gli occhi dei libici, non con quelli di una giovane donna occidentale. Gheddafi è amato perché ha cacciato i colonialisti ed emarginato i ricchi e i corrotti.»

Erano i discorsi che avevo sentito fare a mio padre. Ma Johnny li esponeva come dati di fatto, senza condivisione né riprovazione.

«Non ti interessa la politica, i diritti?»

«Non è il mio campo, Alba.»

«E quale è il tuo campo?»

Lui fece un gesto vago.

«Guidare turisti, archeologi. Ti piace il cinema?»

Ero certa che mentisse, forse perché aveva cambiato discorso, esattamente come faceva mio padre.

«Cosa mi porti a vedere?»

«*Apocalypse Now*.»

«Non mi piacciono i film di guerra.»

«Abbiamo solo un'arena all'aperto, qui i cinema chiudono in estate. Non c'è scelta. E il cinema fa parte del corteggiamento, qui a Tripoli sono tutti un po' all'antica.»

Attraversammo una grande piazza con quella che era stata una chiesa.

«Era la cattedrale italiana, vero?»

«Sì. Ora è una moschea.»

«Tu sei musulmano o cristiano, Johnny?»

«Le religioni servono solo a giustificare le guerre. Siamo arrivati.»

Aveva di nuovo troncato il discorso. Parcheggiò il Volkswagen, acquistò i biglietti dal cassiere e una boccetta di qualcosa. L'arena all'aperto era piena, trovammo due posti in ultima fila. Mi diede la boccetta.

« Spalmatelo sulle braccia, tiene lontane le zanzare. »

Ero sorpresa da quel gesto gentile, e incerta su come interpretarlo. Era il suo vero modo di essere o si comportava così per lavoro, visto che ero una sua cliente?

Quando uscimmo dal cinema, il corso era pieno di gente che passeggiava approfittando della temperatura scesa a trenta gradi. Lui indicò un locale da cui arrivava musica araba.

« Fanno un ottimo couscous, dentro c'è l'aria condizionata, niente zanzare. »

Trovammo un tavolo e ordinammo couscous di pesce e birra analcolica.

« Davvero la guerra non mi interessa. A te il film è piaciuto? »

« Non mi piace il finale. Marlow non dovrebbe uccidere Kurz. Nel libro di Conrad è giusto, qui no. »

Di nuovo mi sorprendeva. Per qualche motivo non associavo *quel* Johnny a *quei* libri. *Cuore di tenebra* faceva parte delle letture che mio padre mi aveva sconsigliato, per cui lo avevo letto, di nascosto.

« E cosa cambia, Johnny? La violenza è sempre violenza. »

« In guerra la violenza può essere giusta. »

« Vuoi dire giustificabile? »

« No. Giusta. La bomba su Hiroshima risparmiò mesi di guerra e di morti. »

C'era una nota strana in quelle parole.

«Nel tuo curriculum non si parla di servizio militare.»

Johnny mi guardò, con quegli occhi scuri, seri, calmi.

«Non lo hai chiesto al tuo capo a Roma?»

«No. Sei stato in guerra?»

Arrivò uno scroscio di risa un po' sguaiate dal tavolo accanto, dove due uomini di mezza età in uniforme militare cenavano con due ragazze in divisa da hostess che dovevano essere bulgare o cecoslovacche.

«Come quei due? No, Alba. Che tipo è il tuo capo, il signor A?»

Aveva di nuovo cambiato discorso e dovevo stare molto attenta.

«Un uomo esigente, con un forte senso del dovere.»

«Ed è convinto che qualcuno abbia fatto del male a Rosaria Musumeci al punto da sostituirla con un'agente dell'intelligence?»

Esitai. Quello era il prezzo da pagare per ciò che avevo scelto di fare: le odiose bugie. E per qualche motivo mi pesava ancora di più mentire a quel giovane uomo. Cercai aiuto nel metodo appreso da mio padre.

Se proprio devi mentire, fallo dicendo la verità.

«Rosaria Musumeci non era depressa e sapeva nuotare molto bene.»

«E cosa pensi le sia accaduto?»

«Non lo so. Ma inserendomi nel suo ambiente universitario forse avrò modo di scoprire qualcosa.»

«Non troverai nulla.»

Lo guardai. Era calmo, gentile, anche attraente. Ma se ne infischiava di Rosaria Musumeci, aveva la stessa opinione e lo stesso cinismo di mio padre anche se aveva quarant'anni di meno.

Cosa lo ha reso così?

Johnny

Quella frase, *sei stato in guerra?* mi impensieriva. Ero certo che il suo capo, il signor A, la voce metallica, non avesse motivo di rivelarle chi fossi davvero. Ma la domanda era un avvertimento. La ragazzina era inesperta, ma aveva cervello e intuito, e quella specie di forza *eccessiva* negli occhi, non dovevo sottovalutarla troppo. Parlavo ogni sera con le donne, certo, ma per sedurle, in quello ero esperto, cosa che in questo caso però era fuori discussione, non si poteva e non si doveva.

A letto sarà uno stoccafisso, freddo come un pesce.

Era mezzanotte quando parcheggiai il Maggiolino poco distante dal Corinthia. Faceva ancora molto caldo, la luna era pallida, sfocata dall'umidità.

« Grazie della serata, Johnny. »

« Non abbiamo finito, Alba. Ora saliamo in camera tua. »

Lei aggrottò la fronte.

« Perché? »

« Se qualcuno ci osserva, non sarebbe credibile che la serata finisca qui. »

« Davvero? La vostra polizia ritiene che in Occidente siamo tutte del tipo che fa sesso alla prima uscita? »

« Non è questione della tua reputazione, ma della credibilità della mia. »

« Della tua? »

« Se mi seguono sanno che non perdo tempo. E questa non è la nostra prima uscita, è la seconda. »

Perché l'avevo detto? Che motivo c'era di metterla in imbarazzo? Be', la verità era che quel lavoro mi pesava enormemente e che lei peggiorava le cose con quelle domande tipo *sei stato in guerra?*

Lei, più divertita che offesa, si mise a ridere.

« Accidenti, Johnny! Sei una specie di Casanova venuto dalla sabbia? »

« Questo è un lavoro, Alba, serve per rendere credibile la tua copertura. »

Scendemmo dall'auto, lei mi prese per mano.

« Allora va bene se faccio così, Johnny? »

Non era per me quella storia, ero un soldato, non una spia. E Alba Rossi era solo una ragazzina idealista, convinta di essere una specie di paladina della giustizia.

Tanto non troverà nulla e fra un paio di settimane rinuncerà e me ne torno a Capri.

Aba

Nella mia camera c'erano solo una poltrona e il letto. Stranamente, sembrava proprio lui quello più a disagio. Non ero né imbarazzata né preoccupata che mi saltasse addosso. Anzi, era una situazione nuova ma piacevole, un po' come la prima volta in cui nella villa in campagna mi ero affacciata sull'orlo del pozzo proibito.

C'è qualcosa in questo Johnny. Che cosa?

Non riuscivo a capirlo. Non aveva a che fare col suo

aspetto, o forse sì, ma non in senso strettamente fisico. Per strada lo avevo preso per mano, una recita obbligata, ma non mi ero sentita obbligata e avevo avuto la netta sensazione che lui fosse imbarazzato, non era il tipo da prendere le sue donne per mano.

Ma questo come facevo a saperlo? Lo sapevo e basta, come quando al ristorante alzi lo sguardo perché già sai che qualcuno ti sta guardando. Vedere prima di vedere. Sentire prima di sentire.

« Nel frigobar c'è dell'acqua o dell'aranciata, serviti pure. »

« Odio le stanze d'albergo, hanno tutte un odore di gente che va e viene. »

« Possiamo spalancare le finestre. »

« Entrerebbero le zanzare che ti pungono. »

« Giusto. Spengo la luce e accendo l'abat-jour. Così i nostri osservatori penseranno che ci stiamo dando da fare. »

Ero un po' sorpresa da me stessa, da quella battuta. Lui cambiò subito discorso.

« Basta, parliamo di lavoro. Perché credi che Rosaria non sia morta per suicidio o incidente? Il corpo è stato ritrovato su una spiaggia. Era in mare da diversi giorni, l'autopsia parla di varie fratture causate dallo sballottamento contro gli scogli e di una gamba divorata da uno squalo. Non è tutto chiaro? »

« I magistrati italiani non hanno potuto presenziare all'autopsia. Solo quando il cadavere di Rosaria è stato spedito in Italia hanno avuto il rapporto autoptico libico. »

« C'è un testimone che l'ha vista entrare in mare con il surf, sebbene ci fosse molto vento e molta corrente. »

« Già, un certo Alì Saleh. Un nome come Mario Rossi in Italia o John Smith in America. Nel rapporto non c'è alcun indirizzo, nulla. »

« Il che non vuol dire che sia falso, Alba. Mi spieghi cosa pensi di fare? »

« Indagare nell'ambiente che Rosaria frequentava, quello universitario. Nel corso ci sono una ventina di ragazze, di cui solo cinque europee. Rosaria era in stanza con una francese, Marina Lafont. Io prenderò il posto di Rosaria e partirò da lì. »

Lui scrollò le spalle.

« Non troverai nulla a parte qualche pettegolezzo. Io ti consiglio... »

Lo interruppi.

« Proprio non ti interessa aiutarmi a trovare la verità su quella povera ragazza? »

« Non credo che le sia accaduto nulla di sospetto, ma soprattutto non sono affari miei. Ogni giorno muoiono migliaia di innocenti nel mondo, di cui non si preoccupa nessuno. Ma ho preso un impegno col tuo capo, quindi ti aiuterò a mantenere i contatti con lui. Ora vado. »

« Poco tempo per chi ci spia, Johnny. O fai sempre così alla svelta con le ragazze? »

Mi pentii immediatamente. Una battuta assurda, insensata. Una piccola rappresaglia per la sua freddezza su Rosaria, come facevo da bambina quando mio padre mi dava scacco matto. Ma questi non erano scacchi, io non ero una bambina e lui non era mio padre.

Lui non replicò.

« Domani alle undici ti passo a prendere per portarti

all'università. Così chiunque ci spia sarà convinto che abbiamo avviato una storia.»

Prima di uscire lasciò sul mio letto il repellente contro le zanzare.

Aba

Il mattino seguente, il facchino di colore portò giù i miei bagagli. Johnny lo aiutò a caricare tutto sul Maggiolino, come un bravo boyfriend con la sua recente conquista. Indossava una T-shirt talmente sbiadita da rendere indefinibile il colore originale, jeans tagliati al ginocchio e sandali.

«Hai sabbia nei capelli, Johnny.»

«Ho appena passato tre ore in mezzo alle dune con quei maledetti archeologi.»

Durante il tragitto lui riaccese il vecchio mangianastri, con la solita compilation di musica araba. Mi guardavo intorno, nel groviglio di auto, camion, pick-up, motorini, lavoratori di colore che riempivano i ponteggi dei palazzi in costruzione, marciapiedi affollati. Aveva abbassato la capote, ma dai finestrini aperti entravano folate di aria bollente miste a polvere. Tutti i colori erano molto più chiari rispetto al mio mondo, tranne quelli degli esseri umani.

Arrivammo all'Università Al Fatah. Per accedere alla zona dei dormitori c'era una sbarra controllata da guardie di colore. Mostrai i miei documenti alle sentinelle, loro controllarono su una lista e annuirono.

«Il dormitorio è duecento metri più avanti, il terzo

vialetto a destra, miss Rossi. Ma il suo accompagnatore non può entrare. Deve scaricare qui i bagagli.»

Johnny gli parlò sottovoce, in un arabo poco comprensibile. Vidi la banconota da venti dollari passare di mano, la sbarra si alzò, una delle sentinelle disse *five minutes*. Lui riavviò il Volkswagen ed entrammo.

«Che bei metodi, Johnny.»

«Come i vostri politici, no? Solo che questi sono dei poveracci.»

Gli studenti e le studentesse, vestiti all'occidentale, giravano per i vialetti e sedevano sulle panchine all'ombra degli eucalipti, scherzando e ridendo. La gioventù era uguale dovunque. Soltanto dopo un po' cominciai a percepire le differenze. Era tutto molto più ordinato. Vialetti ad angolo retto, fontane enormi in mezzo a sorprendenti prati all'inglese, palazzine a due piani color sabbia, tutte uguali. Ecco, mancava il disordine. E di certo non c'erano i collettivi.

Johnny si fermò davanti al dormitorio color sabbia a tre piani e cominciammo a scaricare i bagagli. Da una finestra si affacciò un bel ragazzo, coi corti capelli rossi.

«Tu sei Alba?»

Si sporse in avanti. Dalla voce e dai seni perfetti e nudi mi resi conto che il taglio dei capelli mi aveva ingannato.

«Marina?»

«Mi vesto e scendo ad aiutarti.»

Johnny era già seduto nel Volkswagen. Era evidentemente felice di andarsene.

«Come restiamo? Ci sentiamo domani?»

Lui scosse il capo.

«Non serve.»

« E la copertura? La nostra finta love story? »

« Per il momento è solo sesso saltuario. Se devi riferire a Roma chiamami e ricordati che potresti avere il telefono sotto controllo. Se non trovi niente ci sentiamo per il prossimo fine settimana, così avviso il tuo capo e ce ne andiamo da Tripoli. »

Il tono era gentile, ma forse era anche quella falsa cortesia a darmi sui nervi.

« Ce ne andremo quando lo deciderò io, Johnny. »

La ragazza coi corti capelli rossi arrivò sul marciapiede. Era dieci centimetri più alta di me, aveva un fisico abbronzato, muscoloso, molto proporzionato, lentiggini, due splendidi occhi verdi, una sigaretta senza filtro le pendeva dall'angolo della bocca da bambola. Indossava una canottiera, pantaloncini e scarpe da ginnastica. Mi tese la mano.

« Sono Marina, mi hanno detto che arrivavi. Ti aiuto coi bagagli. »

« Grazie. Lui è Johnny, dell'ambasciata italiana. »

Non avevo alcuna intenzione di presentarlo in altro modo. Ero lì da due giorni e non intendevo passare per una ragazza facile con la mia compagna di stanza solo per via della copertura. Marina gettò un'occhiata a Johnny, in particolare ai piedi nei sandali. Non gli tese la mano, gli voltò le spalle e si rivolse a me.

« Il tuo autista non può stare qui. Ti aiuto io a portare tutto su. »

Tesi la mano a Johnny.

« Allora grazie di tutto, per il momento. Ti chiamerò per quei libri in ambasciata. »

Lui mi strinse la mano e se ne andò.

6

OMAR SHARIF

Marina prese il borsone più grosso e se lo caricò sulle spalle come fosse un fuscello. Aveva una muscolatura evidentemente ben allenata. Nel polveroso ascensore c'era odore di disinfettante. La seguii lungo un corridoio sino a una porta aperta. La stanza aveva una finestra, due letti, due armadi a due ante con i cassetti, due piccole scrivanie, un fornello, un lavello e un bagno con doccia. Il mio letto, con lenzuola e federa ripiegate, era quello lasciato libero da Rosaria Musumeci. Un po' lugubre ma molto efficiente. Marina posò il mio borsone e si sedette su un letto sfatto che doveva essere il suo.

« Benvenuta, Alba! Sono contenta che abbiano mandato qualcuno, da sola mi annoio. »

Mi sembrò una frase poco felice. Guardai il letto immacolato di Rosaria, la scrivania sgombra. Poi gettai un'occhiata al comodino di Marina, c'erano due foto di lei, una sul windsurf e l'altra in cielo, col paracadute. Sempre da sola.

Foto da narcisisti.

« Mi sono appena alzata, faccio una doccia. »

Lei si chiuse in bagno, io cominciai a disfare i bagagli e a riporre gli abiti nel mio armadio. Misi la foto dei miei finti genitori sul comodino. C'era anche un cane lupo, mio padre amava certi dettagli. Dal bagno arrivava lo scroscio dell'acqua e la voce di Marina che cantava *Like a Virgin.* Dopo un po', la porta del bagno si aprì. Marina era completamente bagnata e potevo vederlo benissimo perché era nuda.

« Scusa, Alba, la crema per il corpo è sul mio letto? »

Avevo visto Tiziana in reggiseno e slip, quando dormivamo insieme. Mai nuda, ed era la mia migliore amica. Rovistai sul suo letto sfatto pieno di integratori, libri, creme e trovai un tubetto. Lo passai a Marina cercando di non guardarla. Lei disse *grazie, Alba,* si voltò e si richiuse nel bagno. Terminai di sistemare le mie cose, cercando di scacciare il fastidio. Marina tornò, si accese un'altra sigaretta e cominciò a vestirsi.

« Allora, prima lezione per esordienti. Il cibo qui in mensa fa cagare, nel vero e proprio senso del termine. Stai alla larga dalle loro salsine. »

« Capito, grazie, starò attenta. »

« E poi ci sono le nostre compagne di corso, quindici noiosissime islamiche con cui non c'è il minimo scambio, e le occidentali, una spagnola, una croata, una greca. Più noi due. Le concorrenti. »

« Concorrenti a cosa? »

« Al nostro Omar Sharif. Solo loro, perché quelle del posto sono *off limits.* »

« Marina, non so di che parli! »

Lei mi guardò come se fossi demente.

« Senti, abbiamo tutte un ottimo curriculum accademico. Ma per il cv chiedono una foto a formato intero, non una fototessera. Anche per accettare te, il nostro professore si sarà guardato bene la tua foto. »

Ero davvero sorpresa.

« Khalil Hussein? Ma lui è famoso, e poi ha moglie e figli. »

« Ma dove vivi, Alba? La moglie e i figli sono a Harvard. E la fama lo aiuta, per il momento lui ci osserva e alla fine sceglierà. »

« Intendi dire che sceglierà un'amante? »

Lei spense la sigaretta in un posacenere traboccante di cicche sul lavello.

« Hai un linguaggio dell'Ottocento, Alba. Un'amante? No, solo una da portarsi a letto. E qui vogliono tutte essere scelte per pavoneggiarsi sul palco con lui per il 9999. »

Non capivo proprio di cosa stesse parlando.

« Quale palco? Cos'è 9999? »

« L'evento conclusivo del corso: 9 settembre 1999, alla presenza di Gheddafi in persona. Il professor Hussein ha promesso che sul palco con lui e il Rais ci sarà una di noi, per fare le domande degli studenti. Solo che per andare lì sopra non basta essere belle e intelligenti. Ora che lo sai, vuoi iscriverti anche tu alla gara? »

« Non ci penso proprio! »

Lei fece una smorfia.

« Non lo hai ancora visto, Alba. »

« Ho visto le sue foto e non cambierò idea neanche dopo. »

Poi mi ricordai perché ero lì.

« Rosaria ci teneva? Era tra quelle in lizza? »

Smise di ridere.

« Sono due domande molto diverse tra loro, Alba. Rosaria ci teneva, a modo suo. »

« Non capisco, Marina. »

Gli occhi verdi mi fissavano, come per decidere se e cosa dirmi. Poi lei scosse il capo.

« Non siamo ancora abbastanza in confidenza, Alba. Magari un giorno, vedremo... o magari lo capirai da sola... »

Diede un'occhiata al mio letto, al mio pigiama con il disegno di Paperina.

« Anche se non sarà facile. Ora preparati, fra poco c'è lezione. »

Mi chiusi a chiave in bagno, già con molti pensieri in testa.

Poteva andare d'accordo con Rosaria, una così?

Avevo molti dubbi. Da quel poco che avevo letto, Rosaria era una ragazza assolutamente normale. Marina Lafont aveva la stessa età di Rosaria, venticinque anni, ma mi sembrava tutto meno che normale.

Era troppo poco, troppo presto, era solo l'inizio della mia carriera da spia. Avrei voluto poter chiamare mio padre, raccontargli quell'inizio, forse lui avrebbe avuto dei consigli da darmi. Ma non si poteva. Dovevo farcela da sola, e ci sarei riuscita. Volevo tornare a Roma e sentirmi dire le parole che desideravo e che mi meritavo.

Brava, Aba, sei stata degna delle mie aspettative.

Ero allegra, ottimista, carica, una ventenne che stava per iniziare un'avventura un po' misteriosa, forse difficile, ma era il mio primo viaggio davvero da sola, la mia prima prova nel mondo. Sottovalutavo i rischi? Non è a quello che si pensa, a vent'anni.

A vent'anni, si pensa di essere invincibili.

Aba

L'aula era al secondo piano della palazzina color sabbia. Moderna, controsoffittata, pareti in legno, poltroncine verde scuro – il colore preferito dal Colonnello – disposte a emiciclo a gradoni, giù sino a un palco con la cattedra.

Quando io e Marina arrivammo era già piena, le studentesse sedute. Sulla fila più in alto, nel posto di corridoio accanto alla mia compagna di stanza, c'era l'unica poltroncina libera. Intuii che quello era stato il posto di Rosaria Musumeci. Vicino a Marina c'era una ragazza con occhi chiarissimi e lisci capelli biondi.

Marina ci presentò.

« Nina, lei è Alba Rossi, la sostituta di Rosaria. »

Nina era una bellezza dura, fredda. Tesi la mano, la bionda si limitò a un mezzo sorriso di circostanza.

« *I am Nina Susic from Croazia.* »

Arrivò una voce dall'altoparlante.

« *Please welcome professor Hussein.* »

L'uomo che uscì sul palco sembrava un attore consumato. Nei gesti, nei tempi, negli sguardi circolari alla sua adorante platea. Ed era bellissimo, somigliava davvero a Omar Sharif, coi folti capelli neri appena striati di grigio e occhi intelligenti, dolci e ironici. Era di media statura ma grazie al fisico longilineo sembrava più alto, dritto ed elegantissimo in un completo blu che gli calzava a pennello sulla giovanile maglietta girocollo con la scritta *Harvard* e le Nike ai piedi. Un colpo di genio, il classico e il moderno insieme. Non mi stupiva che le studentesse andassero pazze per lui. Era *troppo consapevole*, e quella consapevolezza era ingiusta, come se Anatolij Karpov sotto mentite spoglie si infilasse in un torneo di scacchi al circolo degli anziani. Avevo sempre pensato che non ci fosse niente di interessante da scoprire negli uomini come Khalil Hussein, solo il gusto di dire *me lo sono fatto*, che era un'idea molto diffusa all'università a Roma quando si parlava di certi professori.

Ci alzammo tutte in piedi, e dopo un suo cenno ci sedemmo.

« *Good morning, ladies.* Avete passato un buon fine settimana, spero. Io purtroppo ho lavorato, l'editore dei miei libri è preoccupato che con il caldo africano mi stia un po' impigrendo. A voi sembro pigro? »

Vistosi cenni di no, da tutte.

« Vi sembro uno che passa il tempo sulla veranda davanti alla spiaggia a fingere di scrivere mentre guardo le ragazze in costume? »

Vistosi cenni di no dalle libiche, risatine dalle occidentali.

« Be', vi sbagliate di grosso! »

Risate generali. Ecco, il metodo era quello. Lui non era solo il nostro professore, era una stella, al momento l'unica stella del nostro firmamento. Avevo avuto professori narcisisti, molto meno belli e molto meno famosi. Volevano che il loro mito, il loro culto, fosse alimentato, confermato, rafforzato a ogni occasione.

Poi Khalil Hussein cambiò tono e divenne il professore, il cattedratico, il maestro.

« Signorine, vi ricordo che le nostre discussioni, come a Harvard, sono coperte dal codice d'onore. Qualunque cosa venga espressa qui dentro resta qui dentro, potete dire ciò che pensate con la massima libertà. Per cominciare, oggi vi chiedo di accogliere con un applauso la sostituta della nostra bravissima Rosaria, Alba Rossi.»

Partì un fievole applauso. Da sotto, si voltarono tutte a guardarmi. Mi alzai in piedi.

«Buongiorno, professore. Mi scusi, non c'è stato il tempo di presentarmi prima della lezione.»

«Oh, per quello ci sarà tempo a fine lezione. E ora, siete pronte?»

Fece una piccola pausa a effetto, poi iniziò lo show. Quaranta minuti di slide e diapositive di diverse rivoluzioni dell'era moderna, a partire da quella francese. E alla fine il dibattito.

«Abbiamo visto come nasce una rivoluzione. Ora che il ventesimo secolo sta per concludersi possiamo fare i bilanci. Secondo voi Muammar Gheddafi è sul podio tra i grandi rivoluzionari?»

Marina alzò subito una mano. Khalil Hussein sorrise.

«Prepariamoci alle bombe a mano... Sentiamo, Marina.»

La ragazza coi capelli rossi si alzò in piedi. Era splendida, certo. Ma gli sguardi delle altre allieve non erano sicuro di ammirazione.

«Il Colonnello Gheddafi non è un rivoluzionario e non sarebbe mai su quel podio. Lui e i suoi amici non avevano l'appoggio di un intero popolo, non hanno combattuto una guerra civile, come ad esempio ha fatto Fidel Castro.»

Mi aspettavo che il professor Hussein mostrasse un

certo disappunto. Mi sbagliavo, lui era abituato a Harvard, al libero dissenso come strumento di formazione.

« Elabora meglio, Marina. »

« Fidel Castro è amato dal novanta per cento dei cubani, mentre altri sono amati solo dai beneficiari diretti delle loro rivoluzioni, come Stalin, come Mussolini, come Eltsin, come... »

Il professor Hussein la bloccò con un gesto imperioso, prima che Marina facesse quel nome. Ma non era arrabbiato. Sorrideva, calmo e padrone di sé. Evidentemente aveva già avuto modo di conoscere Marina Lafont e non era sorpreso.

« Ti sei spiegata, Marina. Allora, ragazze, commenti a ciò che ha detto Marina? »

Proprio sotto di noi una ragazza alzò la mano.

« Sentiamo, Penelope. »

« Fidel Castro ha liberato il suo popolo dal capitalismo, ma grazie al suo bel marxismo le ragazze ancora oggi a Cuba per vivere fanno le prostitute. Qui in Libia le donne sono rispettate, come possono testimoniare le nostre colleghe. »

Forti applausi da tutte. In quel fracasso, Marina si sporse in avanti.

« Meglio puttane che col burqa. »

Penelope si voltò verso Marina. Occhi enormi in un viso forte con zigomi alti e naso lungo, lunghissimi capelli neri folti e riccioli sino a metà schiena.

« Per te non c'è dubbio. »

Ero scioccata, paralizzata, immobile. Il professor Hussein non aveva sentito lo scambio di battute tra Marina e Penelope.

« Allora, altri interventi, ragazze? »

Si alzò una mano.

« Sentiamo, Julieta. »

La ragazza spagnola si voltò verso l'alto, verso di noi. Aveva occhi chiari, luminosi, e capelli scuri mossi, sino alle spalle. Un bel viso solare e simpatico.

« Un vero rivoluzionario si giudica da ciò che fa per il suo popolo dopo aver conquistato il potere, non è affatto rilevante il modo in cui lo conquista. »

Partì un lungo applauso. La rossa al mio fianco aveva una sigaretta spenta che pendeva dall'angolo della bocca. Non alzò nemmeno la mano per intervenire, parlò e basta.

« Immagino che Julieta si riferisca all'esempio del suo caudillo, Francisco Franco. Davvero un grande rivoluzionario. »

Nell'attimo di gelo che seguì, la bionda accanto a Marina alzò la mano e Khalil Hussein le diede la parola.

« Sentiamo, Nina. »

« Marina ha ragione. Io sono croata, appartengo a un popolo che l'ha fatta una vera rivoluzione, come quello di Marina. A differenza di greci e spagnoli. »

Khalil Hussein alzò una mano e tutto tacque. La dinamica di quelle lezioni mi apparve immediatamente chiara e prevedibile. Lui era in totale controllo di quel gruppo di scalmanate. Lasciava che si scontrassero tra loro, ma a un suo semplice cenno si fermava tutto.

« Ragazze, vi invito a non perdere di vista il fulcro argomentativo. Non vi ho invitato a discutere della civiltà dei vostri rispettivi paesi di provenienza, vi ho chiesto di riflettere sui criteri migliori per definire un leader rivoluzionario.»

Si rivolse a me.

«Alba, non ti fare impressionare dagli scambi molto aperti, siamo qui per questo. Vuoi intervenire?»

Avrei potuto dargli la risposta di Aba.

Gheddafi è solo un assassino.

Ma lì ero Alba Rossi, con una missione ben precisa. Non volevo farmi notare, né come sostenitrice né come oppositrice.

«No, grazie professore.»

«Bene. Riprenderemo l'argomento nei prossimi giorni.»

Chiuse la lezione, senza altri sussulti. Marina si alzò.

«Piaciuto lo spettacolo, Alba?»

«Insomma...»

«Be', il meglio viene adesso. Le schiave e il faraone...»

Vidi le studentesse mettersi in fila. Una per una salutavano il professore prima di uscire dall'aula, alcune con una stretta di mano, alcune con un inchino, altre facevano una domanda a cui lui rispondeva, serio, paziente e molto affascinante.

«Vai, mettiti in fila, Paperina. Iscriviti alla competizione per Omar Sharif.»

Marina uscì subito dall'aula, ignorando la fila e ignorando il professore. Io ero indecisa. Non avevo domande da fare, non volevo iscrivermi a nessuna competizione, tanto meno quella per Omar Sharif. Ma era chiaro che saltare quella fila era uno sgarbo nonché un modo nemmeno troppo sottile per mettersi in mostra, e io non ero lì per quello. Aspettai il mio turno alle spalle di Julieta, Penelope e Nina. Ciascuna di loro si trattenne col professore un po' più a lungo rispetto a quanto avevano fatto le studentesse libiche. Le loro domande erano intelligenti ma inutili, preparate ex ante, selezionate per fare buona impressione. Con tutte e tre il professor Hussein si mostrò cordiale, paziente, serio e inappuntabile. Nessuna battuta, ammiccamento, doppio senso. Nulla.

Quando arrivò il mio turno, Khalil Hussein mi tese una mano abbronzata. La stretta era forte e calda.

« Sono affranto per la disgrazia accaduta a Rosaria, era una magnifica studentessa, ma sono contento che l'Italia abbia proposto una sostituta con il tuo splendido curriculum. »

Anche la mia foto?

Mi limitai a un cortese sorriso.

« Grazie, professore. Farò il possibile per essere all'altezza di Rosaria. »

« Ne sono certo. Come sono andati i primi giorni a Tripoli? »

« A parte il caldo tutto bene, grazie. »

« E cosa ti porta a rinunciare all'estate con gli amici? »

Era una domanda pericolosa, ma ero ben preparata.

« Mia madre era un'interprete. È stata lei a trasmettermi la passione per la politica e per il mondo arabo. »

Era il curriculum che mio padre aveva accuratamente fatto predisporre per Alba Rossi. Lui annuì.

« Bene, spero che alla fine sarai soddisfatta. »

« Lo spero, professore. »

« Hai domande da fare sulla lezione di oggi o su altro? »

Era gentile, colto, attraente. Forse l'avrei anche fatta una domanda. Ma non volevo pensasse che fossi iscritta a quella competizione. Nemmeno per sbaglio.

« Per ora no, grazie. »

Lui mi parve leggermente sorpreso, forse addirittura deluso. Poi mi congedò con una formale stretta di mano.

Forse Rosaria mostrava più interesse.

Marina mi aspettava fuori dall'aula, con la sigaretta accesa tra le labbra e l'aria indolente, poggiata a un muro, sembrava una versione femminile di James Dean.

« Ti sei iscritta? »

Scherzava, ma cominciava a darmi sui nervi.

« Ti ho già detto che non ci penso proprio. »

« Perché sei una brava ragazza? »

« No. Perché lui ha moglie e figli. »

Scoppiò a ridere.

« Lo vedi che sei una brava ragazza? Voi italiane, così cattoliche, represse. Ma qui in Africa, col caldo, col fascino di Omar Sharif, col tempo... »

« Rosaria aveva cambiato idea col tempo? »

Smise di sorridere.

« Perché tiri sempre in ballo Rosaria? »

Dovevo stare attenta. Marina Lafont non era solo straordinariamente bella, ma aveva una sensibilità quasi animalesca.

« Perché ho visto suo padre piangere in tv, ho sentito il suo ultimo messaggio ai genitori. E ora ho preso il suo posto, dormo nel suo letto... È normale, no? Non faresti anche tu così? Dai, andiamo in mensa. »

« Ti ho già detto che in quello schifo di mensa non ci mangio. Vado a fare surf con Nina. Occhio alle salse. »

La mensa universitaria era molto affollata, c'erano voci di studentesse, odori di spezie, spifferi gelati di aria condizionata, musica araba in sottofondo, schermi tv con video del Colonnello Gheddafi che visitava ospedali, inaugurava dighe, premiava soldati.

Julieta e Penelope erano a un tavolo con un posto libero. Julieta mi sorrise.

« Vuoi sederti con noi, Alba? »

Ringraziai e mi sedetti. Erano belle tutte e due, in modo molto diverso. Caldo Julieta, duro Penelope. Così come Nina era gelida. La ragazza greca guardò inorridita il mio piatto di pasta fredda.

« Qui la pasta fa schifo. Dovrai abituarti al cibo locale. »

« Tu cosa mangi? »

« Bazin, un impasto di orzo, un piatto locale. »

« Magari domani lo provo. »

Julieta aveva davanti un piatto con hummus e salse.

« Voi italiane senza la pasta non sopravvivete, vero? Anche Rosaria mangiava solo pasta. »

Colsi al volo l'occasione.

« Mangiavate insieme? »

Julieta annuì.

« All'inizio, sempre, Rosaria era simpaticissima, ci raccontava storie incredibili della sua Sicilia. »

« Perché solo all'inizio? »

Penelope intervenne.

« Perché poi è subentrata la sua compagna di stanza. Che adesso è la *tua* compagna di stanza. L'ha staccata da noi e Rosaria purtroppo è cambiata. »

« Cambiata in che senso? »

La ragazza greca lanciò un'occhiata alla spagnola.

« Era stata plagiata. »

La guardai, perplessa.

« Rosaria era in pericolo? »

Julieta intervenne.

« Non è ciò che ha detto Penny, Alba. »

« In Italia si dice che forse non è stato... »

Penelope alzò un dito per fermarmi.

« Qui in mensa non vale il codice d'onore, Alba. Ti consiglio di stare più attenta a ciò che dici. Comunque, tu non corri rischi. Ora che Rosaria è morta, la tua Marina ha iniziato a plagiare Nina. »

Dopo pranzo tornai subito al dormitorio, almeno lì dentro c'era il condizionatore. La parte di stanza di Marina era un disastro: letto sfatto coperto di indumenti, scrivania ingombra di libri, briciole per terra, vasetti di yogurt aperti, un posacenere pieno di cicche. In bagno c'era di tutto, trucchi, asciugamani bagnati per terra, biancheria e magliette appese all'intelaiatura della doccia. Decisi di mettere ordine almeno lì, dato che era uno spazio in comune. Portai nella lavanderia a gettoni tutti gli asciugamani, la biancheria e le magliette. Al market interno comprai un piccolo stendino che sistemai sul minuscolo terrazzino esterno. Poi buttai nel water le cicche. Restava il lavandino, invaso da trucchi di ogni genere. Li portai in camera, ma non sapevo dove posarli. Il comodino di Marina era ingombro di datteri e banane. Aprii l'anta e cadde fuori di tutto: passaporto, soldi, buste di cacawia e datteri, riviste di ogni genere tra cui molti numeri di *Playboy*, e alla fine anche un vibratore di lattice nero a forma di fallo. Rimisi tutto dentro e riportai i trucchi in bagno.

Marina non tornava, ma decisi di attenderla. Volevo approfondire subito quella storia del plagio di Rosaria e pensavo che mi sarebbe stata grata per l'ordine e la pulizia. Tornò poco dopo la mezzanotte, con la sigaretta accesa a un angolo della bocca. Si infilò in bagno, orinò senza chiudere la porta. Quando tornò fuori mi guardò, torva.

«Hai toccato la mia roba?»

«L'ho portata a lavare, è stesa fuori sul terrazzino. E ho messo un po' in ordine.»

«Hai frugato?»

«Certo che no!»

La mia indignazione suonò falsa persino a me e di colpo lei scoppiò a ridere.

«Ah, hai trovato il mio boyfriend nero. Be', non sono gelosa, puoi usarlo quando vuoi, basta che dopo lo lavi. Anche se dubito di potermi prendere una malattia venerea proprio da te, Paperina.»

«E smettila di chiamarmi Paperina.»

Lei indicò il mio pigiama con Paperina ben ripiegato sul mio letto.

«Perché, non è tuo quel coso?»

Lasciai perdere. Lei si spogliò, rimase con solo gli slip addosso e si distese sul letto sfatto, l'auricolare del lettore

MP3 all'orecchio e la sigaretta senza filtro accesa tra le labbra.

«Mi dà un po' fastidio il fumo in camera con la finestra chiusa, Marina.»

«Allora apri la finestra.»

«Fuori ci sono trentacinque gradi e un'umidità da bagno turco. E le zanzare.»

«Ah, ti pungono? A me no, ho il sangue acido. Anche Rosaria aveva il sangue dolce come te. Ma lei non rompeva le palle.»

La guardai, ma lei teneva gli occhi chiusi, fumava ascoltando la sua musica.

«Non rompeva le palle perché aveva paura di te?»

Lei spalancò quegli incredibili occhi verdi da gatta e sfilò l'auricolare dell'MP3.

«Ti sei messa a spettegolare con quelle stronzette?»

«E non mi piace la volgarità e che giri nuda per la stanza.»

Lei fece una smorfia divertita.

«Be', nemmeno a Rosaria piaceva, all'inizio.»

Non ero venuta in Libia per farmi intimorire da una squinternata.

«Dicono che tu hai plagiato Rosaria.»

Lei non si scompose minimamente. Il tono era ironico, tagliente.

«Anche fosse, a te che te ne frega, Paperina?»

Dovevo stare molto attenta, seguire un'altra linea plausibile, che non destasse alcun sospetto. E rendere vivibile la convivenza. Evitare lo scontro.

Sorrisi.

« Se devo convivere due mesi con te voglio sapere cosa mi aspetta. »

Marina si passò una mano sul caschetto di capelli rossi, con l'altra allungò il braccio abbronzato e muscoloso e sfiorò la mia mano, appena un tocco leggero.

« Non ti aspetta proprio nulla, Paperina, tranquilla. »

Il contatto era stato leggerissimo, ma mi aveva turbato.

Lei si alzò. Si sfilò anche gli slip, li gettò sul letto, poi entrò nel bagno, lasciando la porta ben aperta. Poco dopo, sentii lo scroscio della doccia e la sua voce che cantava la hit di quell'estate 1999.

And if we burn away, I'll pray the skies above for snow to fall on the Sahara...

La neve sul Sahara. Forse, conoscendo papà, aveva pensato che a vent'anni ne avessi bisogno per temprare la mia volontà e il mio autocontrollo fuori dal perimetro della mia confortevole vita. Forse era quello il *lasciarmi andare* che Giuseppina gli aveva spiegato a gesti.

7

BASIC INSTINCT

Aba

Erano trascorse due settimane. Dopo l'inizio promettente mi ero arenata. Non c'era modo di scovare indizi reali e non c'era alcun motivo plausibile per continuare a fare domande su Rosaria senza mettere a rischio la mia copertura. Avevo costruito un buon rapporto con Julieta e Penelope, con cui pranzavo quasi ogni giorno e a cui avevo cercato di carpire altre informazioni su Rosaria partendo dalla verità, la mia emozione nel vedere i suoi genitori in tv e avendo ascoltato il suo ultimo messaggio. Ma le uniche cose certe erano quelle che avevo scoperto il primo giorno: Rosaria aveva avuto rapporti solo con le ragazze europee e, dopo un po' di tempo, solo con Marina Lafont che, stando a quanto sostenevano Julieta e Penelope, l'aveva plagiata. Anche se non mi era chiaro in che senso e in che modo l'avesse fatto. E poi c'era quella competizione per *Omar Sharif*, come la chiamava Marina.

Rosaria era in lizza, a modo suo.

Marina era un enigma, un misto di cordialità e volgarità, di acutezza e sfrontatezza insensata. Con lei facevo colazione e scambiavo quattro chiacchiere prima della lezione. Dopo, lei se ne andava al mare con Nina e io pranzavo con Julieta e Penelope. Marina tornava molto tardi la sera quando io già dormivo. Ma lei se ne infischiava. Fumava, ascoltava musica sull'MP3, si faceva una doccia. Poi si metteva a letto e russava. Non le interessava minimamente un rapporto con me.

I seminari del professor Hussein affrontavano argomenti diversi, politica, ambiente, energia, tecnologia, ma alla fine avevano un comune denominatore: il costante elogio del nuovo terzomondismo del Colonnello Gheddafi e il suo grande progetto, l'Unione Africana, che avrebbe inaugurato a Sirte la mattina del 9 settembre, la stessa data dell'evento conclusivo del nostro corso.

Io non intervenivo per fare domande e al termine della lezione mi mettevo in fila con le altre ragazze, limitandomi a un breve e formale saluto. Credo che lui mi avesse classificato come pesce lesso e andava bene così, volevo che gli fosse ben chiaro che non partecipavo alla competizione per Omar Sharif.

Ogni tre o quattro giorni mi incontravo con Johnny, per mantenere la copertura. Il nostro falso flirt si basava su passeggiate mano nella mano sul lungomare, fumate di shisha e tè alla menta, cene in bettole dal cibo squisito o nei ristoranti con vista sul mare. Prima che mi riportasse col suo Volkswagen al campus Al Fatah, facevamo una puntata di un'oretta a casa sua, per convincere eventuali sorveglianti che tutto procedeva secondo i canoni abituali del mio Johnny. Del resto, lui stesso mi aveva detto di avere una reputazione da difendere. Non avevo mai niente di utile da riferirgli per mio padre a Roma, ma lui non sembrava sorpreso o contrariato. Johnny era sempre convintissimo che a Rosaria Musumeci non fosse stato fatto nulla di male. Ed era sempre più evidente che considerava quella missione, e me, una colossale perdita di tempo.

« Alba, dovete farvene una ragione, è solo annegata. Perché non te ne torni a Roma? »

« Perché non sono convinta e lascerò perdere soltanto quando sarò sicura che sia andata come dici tu, Johnny. Mi è chiaro che non vedi l'ora di liberarti di me, ma purtroppo per te devi aspettare. »

La seconda parte della frase era inutile, lo sapevo bene. Cosa volevo? Che lui mi dicesse *guarda che mi piace davvero uscire con te?*

Dovevo ammettere, però, che io cominciavo ad aspettare le serate insieme a lui con un certo piacere. Quel pensiero mi dava fastidio, un fastidio che rivolgevo subito contro me stessa.

Sei scema, Aba? Questo è un incarico serio e non stai combinando nulla. Che c'entra questo Johnny che forse si chiama Giuseppe o Abdallah?

Poi mi dicevo che in realtà non stavo perdendo tempo, stavo lavorando. Se mai esisteva un modo per scoprire la verità sulla fine di Rosaria Musumeci, era senz'altro inserirmi nel giro di quelle ragazze, a giudicare dal grado di confidenza che avevo costruito con loro in quelle due settimane. Forse non erano giorni buttati, forse erano la base indispensabile della mia indagine. Forse il piccolo piacere di quel finto flirt non era che la misera compensazione dello stress che stavo accumulando. Finito il lavoro, svanito lo stress, anche quel piccolo piacere si sarebbe azzerato.

Con Julieta e Penelope ero riuscita via via a costruire un rapporto. Non un'amicizia, certo. Ma era pur sempre qualcosa. Le vedevo regolarmente a pranzo, in mensa, e ogni tanto, dopo aver mangiato, ci fermavamo a chiacchierare alla caffetteria interna.

Quel giorno c'era solo Julieta, la più malleabile.

«Posso chiederti una cosa ora che sei qui da un po', Alba?»

«Certo, dimmi pure. Anche io avrei qualcosa da chiederti, in effetti.»

«All'inizio pensavo che tu volessi partecipare alla competizione tra noi per 9999. Ora non lo so più.»

Era un dubbio legittimo, facile da sgombrare anche per conquistarsi la loro fiducia.

«Julieta, io sono qui solo per le lezioni.»

«Hai un ottimo curriculum, me lo sono letto.»

«Come tutti i vostri.»

«E sei bella.»

«Non più di voi.»

Lei mi guardava, dubbiosa.

«Non ti piacerebbe andare sul palco col professore e Gheddafi per l'evento 9999?»

«Il palco non fa per me, Julieta. Mi metterebbe solo in grande imbarazzo.»

«Diceva così anche Rosaria, all'inizio. E poi...»

«E poi cosa?»

Lei scosse il capo.

« E poi niente. Tu cosa volevi chiedermi, Alba? »

« Devo passare un altro mese in stanza con Marina e certe volte lei è inquietante. »

« Marina non è inquietante. Lei è molto peggio. »

« È vero che aveva plagiato Rosaria? »

« Sì. Come fa ora con Nina. »

« Ma che vuol dire plagiare? In che senso? »

Lei ci pensò un po', come se dovesse decidere se rispondermi.

« Fu lei a far cambiare idea a Rosaria. »

« Cambiare idea? E su cosa? »

« Rosaria all'inizio non ci teneva, alla competizione per 9999. Poi iniziò a frequentare solo Marina e cambiò idea. Credo che il professore la stesse prendendo in seria considerazione, prima che Rosaria sparisse dopo la festa sull'isola. »

Cercai di calmare il cuore che batteva forte e di ostentare distacco.

« Quale festa? »

« Il pranzo del 18 giugno. Era la festa per il cinquantesimo compleanno del professor Hussein. Quella è stata l'ultima volta che abbiamo visto Rosaria. »

Ero incredula, allibita. Nei rapporti della polizia libica che avevo letto non c'era alcuna menzione di quella festa.

« Dove si è tenuta? »

« Su un isolotto al largo di Gargaresh, dove abita il professore. C'erano altri insegnanti e tutte le studentesse. »

« E Rosaria era lì con voi? »

« Sino alla torta, poi non l'ho più vista. Ma c'erano i

motoscafi per tornare a Tripoli, ne avrà preso uno per rientrare al porto.»

In effetti, i tempi combaciavano con la testimonianza di chi l'aveva poi vista alla spiaggia di Gargaresh per fare surf. Ma quella testimonianza poteva essere falsa. E ora avevo un indizio, un punto di partenza: la competizione per 9999 e la festa sull'isola.

Marina era sdraiata sul suo letto a fumare. La affrontai subito.

«Hai convinto Rosaria a competere per il posto sul palco per 9999.»

«Chi lo dice?»

«Tu lo dici. Mi hai detto che lei ci teneva a modo suo, ma sei stata tu a spingerla. Ora fai la stessa cosa con Nina?»

Lei si accigliò.

«Anche fosse, a te che te ne frega?»

Dovevo stare attenta a non far saltare la mia copertura. E c'era solo un modo.

«È che sono stufa di farmi trattare come una bambina deficiente da te, Marina.»

«Ma tu sei una bambina, Alba. Una bambina col pigiama di Paperina. Rosaria era fatta di un'altra pasta, con lei condividevo cose che tu non concepisci nemmeno.»

Avrei voluto chiudere lì quella conversazione. Ma non ero Aba, ero Alba, ero lì per Rosaria Musumeci. Assunsi un tono di sfida.

«Davvero? E tu che ne sai?»

Lei mi guardò per un po', poi sorrise.

« E va bene. Ti va di venire in centro con me stasera? »

Dopo quelle settimane in comune ancora non sapevo cosa combinasse la sera in giro per Tripoli, che non era certo una città di grandi divertimenti. Ma uscire con lei era un modo per capire cosa fosse accaduto tra lei e Rosaria.

« Ok, Marina. Dove andiamo? »

« Surprise! Ti serve il bagno libero? Devi farti la doccia? »

« Già fatta, grazie. »

« Allora vado io. »

Si fece una lunga doccia, canticchiando le canzoni più provocatorie di Madonna, ormai conoscevo il suo repertorio. Uscì dal bagno nuda, come sempre. Poi indossò un abito nero che le arrivava a mezza coscia.

« Ti sei scordata la biancheria, Marina. »

Lei ridacchiò, con la sigaretta accesa tra le labbra.

« Non hai visto *Basic Instinct*, Alba? »

Chiamò un taxi e ci facemmo portare alla vecchia galleria De Bono, con le sue bellissime arcate. Era l'ora in cui un po' di brezza arrivava dal mare e si cominciava finalmente a respirare. Il bar sotto la galleria era pieno di gente, tutti maschi locali e qualche ragazza straniera. L'odore della shisha si mescolava a quello degli scarichi di auto e moto.

Marina mi pilotò verso un tavolo libero. Col suo abituccio che lasciava scoperte le spalle e le braccia ben abbronzate e muscolose, la solita sigaretta senza filtro appesa all'angolo della bocca e l'aria di chi si stava proprio divertendo un mondo, attirò subito gli sguardi di tutti i maschi. Lei fissò la mia camicia accollata e i miei calzoni larghi di lino.

« Mi spieghi perché ti vesti sempre da monaca, Alba? »

« Qui sono musulmani e non voglio... »

« Sono laici. Gheddafi non vuole sentirne parlare, dei musulmani. La verità è che hai la testa della monaca. Ci facciamo un gin tonic? »

La guardai, stupita. Lei ridacchiò.

« Magari, Alba! Al massimo possiamo farci una birra analcolica. »

Ordinammo, lei una birra analcolica e io un'acqua tonica. I suoi occhi verdi da gatta scintillavano, era felice come una bambina alle giostre.

« Ora ci divertiamo un po' con i giovanotti. Sai come si fa, vero? »

« Come si fa cosa? »

« Oh mamma mia, una principiante! Va bene, ti spiego al volo. »

Si chinò in avanti, verso di me.

« Allora, il gioco è questo. Io scelgo i due macho, li provoco appena un po', qui basta poco. Verranno in coppia, fanno sempre così. Io ci parlo, li incoraggio un po', tu taci ma a un certo punto fai una scena di gelosia da cui si capisce che siamo *fidanzate.* »

« Ma sei matta, Marina? Non ho proprio la minima intenzione di... »

Troppo tardi, ormai ero in trappola. Lei si voltò verso due giovanotti che fumavano la shisha, cambiò l'accavallamento delle gambe con studiata lentezza e i due quasi caddero dalle sedie. Un attimo dopo si avvicinarono.

Uno era molto basso coi baffetti, l'altro alto e stempiato con gli occhi sporgenti. Il piccoletto parlava inglese.

« *Can we offer you a drink?* »

Marina sorrise.

« *A gin tonic?* »

Risero tutti e tre mentre io non sapevo che fare. Si sedettero. Era evidente che solo il piccoletto parlava inglese e attaccò discorso con Marina su dove trovare alcolici di contrabbando. Lo spilungone era in difficoltà. Tentò in inglese.

« *Your name?* »

Nel frattempo mi fissava le tette sotto la camicia con quegli occhi da rospo. Non avevo alcuna intenzione di dare spazio a quella ignobile farsa. Prima di trovarmi una mano tra le cosce mi alzai.

« *Marina, it's late, we have to go.* »

Lei fece segno di no.

« Andare dove? Io ho ancora sete. »

« Io no. »

Lasciai una banconota sul tavolo.

« Andiamo! »

Lei, sbuffando, si alzò.

« Scusate, ragazzi. La mia ragazza è monosex, molto tradizionale. »

Quello coi baffetti impallidì, poi mormorò qualcosa allo spilungone che si alzò, spaventato. Forse temeva che lo contagiassimo con qualche terribile virus.

Marina mi prese per mano e mi trascinò via risalendo il corso sotto i portici. Lei rideva.

« Sei stata un po' affrettata ma perfetta, Alba. Una scenata magistrale! »

Io ero furibonda.

«Non era una scenata. Non mettermi più in queste...»

Lei ignorò le mie proteste.

«Neanche a Rosaria piaceva, all'inizio. Poi si è appassionata, eravamo diventate una coppia imbattibile.»

«Facevi questi scherzi con Rosaria?»

«Con Rosaria, certo. Lei all'inizio era timida, riservata. Andavamo a fare surf, io con i bikini striminziti e lei solo coi costumi interi coprenti. Ma dopo un po' ha imparato bene, era lei a sedurli, poi intervenivo io a fare la scenata. Le serviva come training per la competizione per Omar Sharif. Eravamo una coppia eccezionale. Se non fosse morta, questa sera sarebbe qui con me. Ora hai capito la differenza tra te e lei, Paperina?»

Dovevo dirlo a Johnny. Subito. La mollai lì sul marciapiede e me ne andai.

Johnny

Il tempo non passava mai. Avevo trascorso delle giornate infernali a portare in giro quei matti di archeologi, sotto il sole cocente, tra sabbia e rocce, senza che trovassero nulla. Come Alba, del resto. Non c'erano progressi e la missione a Tripoli rischiava di prolungarsi davvero sino a settembre, un vero disastro. E tutto per quella ragazza italiana, Rosaria, che era annegata stupidamente.

L'unica consolazione erano le serate di sesso con hostess o infermiere. Serate che però ero costretto ad alternare con quelle dedicate alla copertura di Alba Rossi, cene vere e finte scopate trascorse ad ascoltare le insulse storie di quelle studentesse litigiose e pettegole, la presunta contesa per il loro Omar Sharif che secondo Alba poteva aver coinvolto Rosaria e altre scemenze del genere. Volevo liberarmi di lei e di quella storia il prima possibile.

Il giovedì sera, approfittando del fine settimana, mi ero ripulito dalla sabbia e dalla fatica archeologica e avevo trovato la forza di tornare al bar del Rixos per fare nuove amicizie. Non ero certo del suo nome, forse Yasmine?, ma era una hostess delle linee aeree libanesi. Il venerdì ci alzammo tardi e lei scese per comprare la frutta fresca per pranzo. Portò degli ottimi fichi e datteri. Erano davvero troppi ed era un peccato sprecarli. Con gli avanzi iniziammo un esperimento sul tavolo del soggiorno, lei ricoperta di polpa dei fichi e io a mangiarla. Andava avanti da un po' ed eravamo a un punto cruciale quando suonarono alla porta.

« Sono io, Johnny. Alba. »

Mandai Yasmine in camera mia imponendole di non fare alcun rumore, mi infilai gli short e la maglietta e andai ad aprire. Alba indossava un abito bianco lungo sino alle caviglie, con le braccia coperte, e un cappello di paglia sopra la frangetta.

Restò lì sulla soglia. Aveva una specie di smorfia beffarda che mi infastidiva.

« Come fidanzata devo anche fare una scenata a beneficio di chi ci spia? »

« Ti avevo detto di telefonare prima. »

« Le fidanzate gelose non telefonano prima. »

Gettò un'occhiata al tavolo e al pavimento cosparsi di polpa dei fichi.

« Da fuori si sente tutto, Johnny. Ma non ho mica capito. Cosa stavate facendo? »

Ora era davvero troppo, cliente o non cliente.

« Non sono affari tuoi. Scendiamo, parliamo giù in strada. »

Alba indicò la porta chiusa della mia stanza.

« E lei? »

« Capirà. E comunque, te lo ripeto: non sono affari tuoi. »

Poco dopo eravamo sul marciapiede bollente, mentre il sole infuocato saliva nel cielo. Quel sole scottava la sua pelle chiara e la portai all'ombra di una palma.

« Mi spiace per il caldo, ma dobbiamo parlare all'aperto per sicurezza, o in casa mia. »

« Già, solo che ora è occupata dalla tua fruttivendola Cosa ti fa, dei frullati per renderti così energico? »

Cercai un tono cortese, era una mia cliente.

« Mi spieghi perché non hai telefonato prima? »

Lei mi guardò, con quegli occhi intelligenti e infantili sotto la frangetta.

« Visto che dobbiamo lavorare insieme, voglio capire che tipo sei. »

« Non credo che sia importante. »

« Lo è per me. »

« E ora pensi di averlo capito? »

« Diciamo che ne so un po' di più. »

« Per il tavolo e i fichi? »

« No. Nel tuo soggiorno ho intravisto anche libri di Dostoevskij, Conrad, Henry Miller. »

«Li tengo per impressionare le ragazze ma non li ho mai letti.»

Lei mi fissò per qualche istante, poi scosse il capo.

«Non sai mentire, Johnny. Ti servirebbe un allenatore come mio padre.»

«Tuo padre è un professore di menzogne?»

Lei sobbalzò leggermente.

«Mio padre non c'entra.»

«Va bene, Alba. Sei qui perché hai qualche novità?»

Lei si passò una mano tra i capelli per spostare la frangetta.

«Secondo le altre ragazze occidentali, Rosaria era stata plagiata da Marina Lafont.»

«E allora? Continuano a sembrarmi i soliti pettegolezzi tra femmine.»

I suoi occhi si incupirono. Ma davvero non vedevo nulla di misterioso o minaccioso, in ciò che mi aveva riferito fino a quel momento, nulla che gettasse ombre sul modo in cui era morta Rosaria Musumeci.

«Pettegolezzi tra femmine, Johnny? Questa è la tua idea delle donne? La verità è che siete un paese incivile. Maschi al bar e al volante, donne a casa.»

«Ho la doppia nazionalità, Alba, italiana ed egiziana. Questo non è il mio paese. Hai qualcosa di più concreto da riferire a Roma?»

Lei mi guardò, con aria di sfida.

«Julieta dice che Marina aveva convinto Rosaria a concorrere per l'evento 9999. Sul palco ci saranno il professor Hussein, il Colonnello Gheddafi e una sola delle studentesse. Tutte vorrebbero essere scelte, in particolare le occidentali. Tutte tranne la mia compagna di stanza

Marina Lafont. Pare che lei abbia aiutato Rosaria. E ora fa la stessa cosa con la ragazza croata, Nina. »

Cercai di non mostrare il mio scetticismo.

« Scusami ma non capisco cosa abbia a che fare tutto ciò con la morte di Rosaria. »

« C'è stata una festa per il cinquantesimo compleanno del professore, ma a un certo punto Rosaria è sparita. Era il 18 giugno, il giorno della sua scomparsa. »

Cominciavo davvero a stufarmi, ma non volevo essere scortese.

« Continuo a non capire il collegamento, Alba. »

« Non c'è traccia di quella festa nei verbali della polizia libica. »

« Dove si teneva questa festa? »

« Su un isolotto al largo di Gargaresh. Rosaria era lì, almeno sino a mezzogiorno. »

« L'hanno vista alla spiaggia ore dopo, Alba. »

« Certo, quel tale, Alì Saleh, alias John Smith, senza generalità, senza indirizzo, un testimone perfetto per questo paese incivile! »

Ecco, ora aveva quella luce in fondo agli occhi, una forza eccessiva per il suo volto.

« Alba, tu sei un'agente dell'intelligence, io solo un interprete che fa anche la guida. Decidi tu, vuoi che riferisca a Roma queste cose? »

Lei scosse il capo.

« Lo so che non te ne frega niente di Rosaria, Johnny. Potresti almeno fingere, no? »

Era davvero arrabbiata, oltre il dovuto.

« Hai chiesto a Marina se è vero? »

« Mi ha portato in un bar a fare una scena, dice che la faceva con Rosaria... »

Non la seguivo più.

« Che scena? »

Lei arrossì visibilmente.

« Ragazze che provocano i maschi e poi si rivelano fidanzate? »

« Fidanzate? »

Cercai di non ridere, ma lei se ne accorse.

« Insomma, basta, non c'entra. Siete incivili, per voi una ragazza morta non vale nulla! »

« Alba, non volevo offenderti. E te l'ho detto, io non sono libico! »

« Già. E cosa sei, Johnny? Come ti chiami? Mohammed, Giuseppe, Manuel... chi diavolo sei? »

« Non lo so. Non conosco i miei genitori, potrebbero essere stati qualunque cosa. »

Mi bloccai. Era stata un'imprudenza dettata dalla sua aggressività. Per un attimo lei pensò che stessi scherzando. Poi si rese conto che parlavo sul serio.

« Come è possibile? »

« In Egitto all'inizio degli anni Settanta tutto era possibile. Avevano perso una guerra disastrosa, il paese era pieno di orfani e sbandati. »

« E quindi? »

Avevo già detto anche troppo.

« E quindi è così che stanno le cose. Insomma, vuoi che riferisca queste cose al tuo capo a Roma, sì o no? »

Lei scosse subito la testa.

« No. Vorrei prima vedere il posto dove hanno festeggiato il professore, è stato su un isolotto davanti a Gargaresh.»

«C'è un solo isolotto davanti a Gargaresh, la Moneta. Ci andavo ogni tanto a pescare, c'è un ottimo fondale. Posso portarti lì in barca.»

«Possiamo andarci subito?»

«Domani, devo prima procurarmi la barca. Ti chiamo più tardi.»

Lei si alzò dalla panchina.

«Certo. E devi finire la cura di iniezioni con la tua infermiera.»

Se ne andò. Qualcosa non andava dentro di lei. Forse l'inesperienza, la tensione, il caldo. Eppure non era affatto stupida. Era solo invasata, si sentiva depositaria di una verità che per lei era assoluta.

Tornai da Yasmine, o forse si chiamava Layla. Il condizionatore si era rotto, nel mio bilocale si soffocava. Pensai che fosse una maledizione di qualcuno. Le chiamai un taxi e dopo che se ne andò mi infilai nella vasca da bagno piena di acqua fredda e cubetti di ghiaccio.

Squillò il cellulare. Era Mahmoud.

«Sempre nello scatolone di sabbia bollente, Johnny?»

«Già, a te come va?»

«Bene. Il ristorante ad Assuan è aperto, adesso, grazie alla prima tranche dei soldi guadagnati in Kosovo.»

«Non ti ci vedo come cuoco.»

«Mica cucino, Johnny. Io sono il boss, un businessman. Ora stiamo pensando di aprirne altri in posti desertici ma turistici in Tunisia, in Marocco, forse anche in Libia. Se vieni a trovarmi al Cairo parliamo con gli amici ed entri in società anche tu.»

Sapevo chi erano i suoi amici, e non volevo averci a che fare.

« Ho un incarico ben pagato degli italiani a Tripoli con un gruppo di archeologi. »

« O archeologhe, Johnny? Qui i bordelli sono molto migliorati, ti divertiresti un mondo. »

« Niente archeologhe, qui però ci sono infermiere e hostess. Gratis. »

« Allora ci vedremo lì. Divertiti, fratello. »

Eravamo rimasti d'accordo di incontrarci appena possibile, al Cairo o a Tripoli, ma in realtà non avevo fretta di rivedere Mahmoud. La nostra grande amicizia era nata nelle guerre tra bimbi nei campi dietro Al Azhar ed era proseguita in guerre vere ben più cruente. Nulla a che fare con l'amicizia nata al mare, a scuola, a un concerto. La nostra era molto più di un'amicizia comune, ma solo in tempi di guerra, dove la combinazione di logica e forza, di freddezza e coraggio, di Ahmed e Sandokan, ci aveva salvato la vita e fatto guadagnare molti soldi.

8

GIOVANNA D'ARCO E LA VECCHIA SDENTATA

Johnny

Ci avevo pensato sopra. Rifiutarmi di portarla a vedere la Moneta avrebbe inasprito il rapporto, e lei era una mia cliente, una cliente molto testarda. E poi non c'erano rischi a portarla un po' a spasso sul mare. La chiamai verso sera.

« Mi manchi, *habibi.* »

Quella recita a beneficio di eventuali intercettatori era ridicola e cominciava a infastidirmi. Ma dovevo aiutarla a convincersi che non c'era un bel niente da scoprire in modo da potermene finalmente andare da Tripoli.

« Davvero, Johnny? »

Il tono era tra il gelido e lo scherzoso. Uno dei due, ma non riuscivo a distinguere la recita dalla realtà.

« Ho pensato di portarti a fare un giro in barca domani mattina, *habibi.* Ti va? »

« Certo, se stai meglio dopo le iniezioni. »

Mi chiesi cosa avrebbe capito un eventuale ascoltatore. Conclusi che in fondo non aveva importanza, una finta crisi di gelosia andava comunque benissimo.

« Ti passo a prendere domani alle nove. »

Avevo una sensazione sgradevole e non c'erano fatti concreti a giustificarlo. Era come uno di quei giorni in cui ci si sveglia con la luna storta, senza un vero motivo. Ma poi, col tempo, si scopre che c'è sempre un perché.

Aba

Ero inquieta, non capivo me stessa e questo era un fatto del tutto insolito. Perché mi ero arrabbiata così tanto quando avevo sorpreso Johnny con una ragazza? Era un finto flirt, quello tra me e lui, no? O ero gelosa sul serio? Io?

Impossibile. Non ero mai stata gelosa di nessuno dei pochi fidanzatini che avevo baciato e di cui mi ero sbarazzata prima che mi infilassero le mani negli slip, me ne ero liberata non per pudore, ma per noia.

Il problema era che Johnny non somigliava minimamente a nessuno di loro. Non somigliava a nessuno che avessi conosciuto, nemmeno all'università. Era calmo, gentile, ma non remissivo. Era rassicurante, dava la sensazione di essere forte ma non aggressivo, non offriva protezione come fanno più o meno esplicitamente tutti i maschi, ma ero certa che se si fosse reso necessario mi avrebbe protetta.

E tutto questo lo hai capito in pochissimi incontri, Aba? Non sarà solo perché somiglia a Johnny Depp?

Conoscevo la risposta e Johnny Depp non c'entrava affatto. Ero da sempre convinta che i rapporti con molta conoscenza pregressa nascessero già con un limite ben preciso e che il colpo di fulmine fosse la semplificazione di una realtà fin troppo ovvia.

Il vero amore tra due persone non nasce dalla frequentazione ma da ciò che sono prima di incontrarsi.

Rigettai quell'idea quasi con rabbia.

Come osavo avventurarmi in certi pensieri? Ero lì per Rosaria Musumeci, per i suoi genitori, per la giustizia che il mondo non voleva darle. E ora mi comportavo come una qualsiasi ragazzina con turbamenti sentimentali?

Basta, Aba. Usa il cervello, lascia perdere tutto il resto.

Stavo scegliendo tra i tre costumi interi quello più castigato quando Marina rientrò.

« Vai al mare, Alba? »

« Sì. »

« Col tuo finto autista? Non vuoi uno dei miei bikini così lo stuzzichi un po'? »

« No, grazie, preferisco i costumi interi. »

Lei sbuffò.

« Deve essere una malattia italiana, anche Rosaria non voleva saperne del bikini. »

Aba

Johnny si presentò con una Lacoste blu quasi nuova. Ma il resto del suo abbigliamento era inguardabile: orrendi occhiali a specchio, shorts sdruciti, squallide ciabatte consunte e, per finire in bellezza, cappellino a visiera con la scritta *Kill them all.* Io ero coperta da testa a piedi da un pareo, con la borsa piena di creme protettive e la boccetta del liquido antizanzare, il regalo vero del mio corteggiatore finto.

Lui avviò il Volkswagen e partimmo.

« Bel cappellino, Johnny. Chi la canta *Kill them all*, Frank Sinatra? »

« Non è una canzone. Me l'ha regalata un mio amico, Mahmoud. »

« Un po' lugubre, no? »

« Serve a terrorizzare i nemici. »

« I nemici? »

Non vedevo i suoi occhi dietro le lenti a specchio.

« Beach volley. Eravamo una coppia imbattibile sulla spiaggia di Marsa Matruh da ragazzi. E anche nelle risse tra bambini al Cairo, come quelli della via Pál. »

« In effetti hai l'aria di essere stato un bambino rissoso. »

Era una battuta, ma come era accaduto in altre occasioni, lui la prese sul serio.

« Non ero rissoso. A picchiare ci pensavano Mahmoud e gli altri, io pensavo a come farli vincere prendendo meno botte possibili. Insomma, ero un fifone. »

Ebbi l'impressione che dicesse la verità e che mentisse, allo stesso tempo. Ma non aveva alcuna importanza.

Chi se ne frega di chi è questo troglodita erudito?

Poi lui fece partire il mangianastri. Oggi il menu musicale prevedeva una voce nasale americana.

« Niente musica araba, Johnny? »

Lui guardava davanti a sé.

« Per farti sentire più a tuo agio. »

« Prima invece volevi farmi sentire a disagio? »

Lui sospirò. Forse mi trovava petulante. Forse aveva anche ragione.

« No. E comunque, Cohen è un poeta. Se non lo conosci ti perdi qualcosa. »

La voce strascicata continuava.

The flames they followed Joan of Arc, As she came riding through the dark.

« Di che parla? »

« Di una ragazza che era convinta di poter cambiare il mondo e invece finì al rogo. »

Lo disse col suo solito tono serio.

« Cos'è, Johnny? Un'allusione? »

« No. Nessuno finisce più al rogo. »

Johnny svoltò lungo una stradina segnalata da un cartello in arabo, *Al Haji Mathi.* La stradina diventò un viottolo, sino a che sfociò in uno spiazzo davanti a un pontile. Scendemmo e un vecchio libico ci venne incontro.

« *Ke falek, Johnny.* »

« *Quais Muhammad, handulillah.* »

« E Mahmoud? »

« Mahmoud è al Cairo. Vorrei fare un giro in barca con la mia bella. »

Lo disse in arabo, la mia *jamila.* Faceva parte della copertura, certo. Al pontile erano ormeggiate diverse barche a remi, una a motore e una sola barchetta a vela.

« Prendo quella a vela, Muhammad. »

Johnny mi indicò un parallelepipedo in cemento grezzo col tetto di lamiera e una tenda davanti.

« Puoi cambiarti lì dentro. Non c'è nessuno. »

Poco dopo mi presentai nel castigato costume intero. Lui aveva già armato la randa e il fiocco della barchetta e poco dopo veleggiavamo verso il largo. Mi sentivo bene, il caldo, il mare, il mangianastri con la voce nasale.

Like a bird on the wire... like a drunk in a midnight choir... I have tried in my way to be free.

Ero consapevole di quella sensazione, intuivo che c'era qualcosa di più.

Mi piace essere qui con lui.

Scacciai rabbiosamente quel pensiero.

Non lo conosco nemmeno. Anzi, lo conosco abbastanza. È l'opposto di tutti quelli che ho frequentato. Non ha nulla a che fare con me, col mio mondo. Devo pensare soltanto all'indagine.

« Dove siamo, Johnny? »

« Questa punta si chiama Al Haji Mathi. È una specie di posto segreto, io e Mahmoud ci siamo venuti spesso a pesca o a fare windsurf. »

Era la seconda volta che lo nominava, dopo la storia del beach volley a Marsa Matruh e dei ragazzi della via Pál al Cairo. Ero un po' curiosa.

« Questo Mahmoud è il tuo migliore amico? »

Lui annuì.

« L'unico amico. Mio fratello. Maggiore come corpo, minore come cervello. »

« E vi siete conosciuti da bambini. »

« Sì, al Cairo, ma venivamo spesso a Tripoli, io ho dei parenti qui. E abbiamo fatto molti viaggi di lavoro insieme. »

« Europa, America? »

« Anche posti più esotici. Ora è al Cairo, ha aperto un ristorante nel Sud dell'Egitto. »

« Me lo farai conoscere se viene a Tripoli? Così gli presenti la tua nuova conquista. »

Scosse il capo.

« Non presento le mie conquiste agli amici. Né quelle vere né quelle false. »

« Anche perché dovresti avere centinaia di amici per presentarle tutte. »

Non disse nulla. Scrutava l'orizzonte. Dallo zaino tirò fuori un binocolo.

« Alba, ma che diavolo c'è alla Moneta? Sul pontile ci sono guardie armate e pure una motovedetta militare. »

Cercai di non suonare apologetica. In fondo lui era un mio dipendente e non avevo motivo di scusarmi.

« C'è una cosa che non ti ho detto ieri, Johnny. »

« Cioè? »

« Il professor Khalil Hussein abita lì. »

Lui si tolse gli occhiali a specchio. I suoi occhi, accidenti, erano davvero occhi che non lasciavano indifferenti. Non sembrava arrabbiato, ma preoccupato.

« Non c'è più il rogo, Alba. Ma Giovanna d'Arco finirebbe male anche oggi. »

« Mi spiace, Johnny. Dovevo dirtelo. Dobbiamo rinunciare? »

Lui scosse il capo.

« No, siamo in gita di piacere, ricordi? Se tornassimo subito indietro qualcuno potrebbe insospettirsi. »

« E allora? »

« Dietro l'isola c'è un ottimo fondale sia per fare il bagno che per pescare. Così loro si tranquillizzano e tu magari ti convinci che non c'è niente di losco qui intorno. »

Lui si rimise gli occhiali a specchio. Man mano che ci avvicinavamo si vedeva meglio l'isolotto. Il lato verso terra, lungo meno di un chilometro, era piatto e sabbioso, con una spiaggetta, mentre all'interno il terreno era più duro e compatto e saliva. C'era una grande villa bianca, bassa, davanti alla piccola spiaggia di sabbia con un pontile dove sostavano due guardie armate. E una motovedetta bloccava l'accesso al pontile. Johnny virò, continuò per un centinaio di metri, poi ammainò le vele e gettò l'ancora. La motovedetta si era mossa dal pontile, mantenendosi però a qualche centinaio di metri di distanza.

« Bene, convinciamoli che siamo in gita di piacere. Questo è il punto col fondale più bello. »

Indicò il piccolo contenitore frigorifero che si era portato appresso nello zaino.

« E poi beviamo un po' di vino gelato che ho comprato al mercato nero. Non credo che ci arresteranno per questo. »

« L'alcol a stomaco vuoto mi fa girare la testa. »

« Hai ragione. »

Lui tirò fuori dal gavone di poppa un fucile da pesca subacquea.

« Non ti lascerò a stomaco vuoto. Qui sotto ci sono delle ottime cernie. Anzi, scendi con me, ti presento la vecchia sdentata. »

Dal gavone tirò fuori maschera e pinne.

« Dovrebbero essere della tua misura, trentotto, vero? »

Avrà valutato di me anche altre misure?

Qualcosa non andava, quel pensiero non era da Aba, era da Tiziana. Indossai maschera e pinne. Lui si tolse la Lacoste e gli short, sotto portava un vecchio Speedo nero. Aveva un corpo snello, scuro, peloso, con i muscoli di chi fa molto sport.

« Dove hai preso tutto quel sole, Johnny? »

« A Capri. »

« Bel posto. Molte turiste? »

Lui mi gettò un'occhiata.

« Tu invece hai un colore da mozzarella. Dopo ti metti la crema protettiva. Voglio una cernia arrostita, non una fidanzata ustionata. »

Aveva finito di inserire la fiocina sul fucile.

« Devi proprio ammazzare qualche povero pesce? »

« Hai detto che non bevi alcol a digiuno, no? »

L'acqua era insolitamente tiepida. Un mare intenso, blu scuro, misterioso. Il fondale roccioso era attraversato da vari pesci che non avevo mai visto. Johnny pinneggiò e scese rasentando il fondo, sino a uno scoglio che evidentemente conosceva. Poi mi fece cenno di raggiungerlo. Erano cinque o sei metri, non ero sicura di farcela ma non volevo certo mostrarmi indecisa e tanto meno timorosa. Presi fiato, poi pinneggiai velocemente verso il fondo mentre la pressione sui timpani aumentava. Quando arrivai accanto a lui, indicò un punto dello scoglio, poi si avvicinò e toccò un foro nella pietra con il tridente. Una testa saettò fuori, per alcuni centimetri. Non aveva affatto l'aria amichevole, con due bei dentini appuntiti. Si ritrasse subito, ma era bastato a spaventarmi. Tornai in superficie, seguita da Johnny.

Non avevo mai avuto paura del mare, venivo portata in spiaggia da Giuseppina sin da bambina. Ma lì l'acqua era diversa, così scura, popolata, calda e misteriosa. Volevo risalire sulla barca ma non c'era la scaletta. Provai a issarmi, senza successo. Lui si appoggiò sul bordo con tutto il suo peso e fece inclinare la barca sin quasi a far uscire la deriva dall'acqua e la tenne così. Io provai a issarmi goffamente ma alla fine lui dovette spingermi sulle natiche. Ora ero sulla barca e lui era in acqua, sotto di me. Sorrideva da quel volto scuro, con la maschera sulla fronte e i ciuffi neri intorno.

« La vecchia sdentata è sempre qui, da anni. Magari è la figlia o la nipote di quella che mi ha morso vent'anni fa, non so quanto vivono le murene. »

Ero davvero seccata.

« Potevi lasciarla in pace. »

Lui mi guardò.

« Hai ragione. Non attacca, diventa pericolosa solo se qualcuno le rompe le scatole. »

Quell'ulteriore allusione mi fece scattare.

« Lo hai fatto apposta per palparmi il sedere, Johnny? »

Non potevo credere di averlo detto, mi sentivo le guance in fiamme per l'imbarazzo e per il sole. Lui indicò la motovedetta a qualche centinaio di metri di distanza.

« Fa parte della copertura, abbiamo una storia, no? »

Scherzava. O no? Una parte di me, insensata, era divertita, quasi compiaciuta. Lui si immerse di nuovo. Io restai sulla barca, ad asciugarmi al sole. Sentivo in circolo una specie di euforia sconosciuta che un po' mi spaventava e troppo mi attraeva. Cercai nei ricordi. Ne trovai solo uno, quel maledetto pozzo in fondo al cortile della casa in campagna, il pozzo proibito, il pozzo che mio padre aveva recintato. Un giorno mi affacciai e vidi...

Di colpo ebbi un brivido.

Sei pazza, Aba? L'amore non si trova in fondo a un abisso.

Johnny riemerse. Infilzato al tridente c'era un bel pesce.

« Ecco la cernia per pranzo. »

Buttò nella barca il fucile col tridente e la cernia ancora viva che si dimenava. Mi scansai bruscamente dal pesce che stava morendo tra i miei piedi mentre lui si issava agilmente a bordo.

Dovevo reagire. Io ero Aba Abate, figlia di Adelmo Abate, non una delle sue hostess o infermiere. Indicai la motovedetta libica.

« Forse c'entra la competizione per 9999 con Khalil Hussein. La polizia libica potrebbe aver coperto qualcosa, per non coinvolgere il loro grande professore. Devo saperne di più prima di dirti di avvertire il mio capo a Roma. »

Lui continuò a squartare la cernia.

« Alba, pensa a Giovanna d'Arco e alla murena. Cosa c'entra Khalil Hussein? »

« Non lo so, ma sono stata mandata qui per scoprire se qualcuno ha fatto del male a Rosaria Musumeci. In tv ho visto il padre piangere a dirotto. »

Lui strappò via la spina centrale della cernia e la gettò in mare.

« Cosa c'entrano le lacrime del padre? »

Ecco, reagiva come mio padre.

« Per me sono importanti. »

Lui fece un gesto di assoluta indifferenza.

« Non credo che a Rosaria sia accaduto qualcosa di sospetto. E se le fosse davvero successo qualcosa, non troverai mai le prove. »

Ora ero arrabbiata. Volevo che mi vedesse bene. Tirai indietro la frangetta, scoprendo la fronte.

« Questa sono io davvero, Johnny. Non la bambina con la frangetta. »

Lui mi guardò per un po', sorpreso, poi annuì. I suoi occhi erano calmi, caldi, pieni di comprensione e preoccupazione.

È preoccupato per me.

« La frangetta ti dona. E so benissimo chi sei, Alba. »

Mi ribellai.

Lui non può conoscermi.

« E da cosa? Non mi conosci, no? »

« Ti conosco dalla prima mezz'ora, quando mi hai teleguidato nella partita a scacchi. Lo so che non te ne andrai da qui senza prima avere tutte le risposte. »

Un liquido caldo scorreva dentro di me. Lo sentivo scorrere veloce, pulsare nel cuore, accelerare. Lui forse se ne accorse ma cambiò discorso.

« La cernia è quasi pronta. Mettiti la crema protettiva, sotto la frangetta sei bianca ma il resto del viso è già rosso e il sole dell'Africa non scherza. »

Chiunque ci stesse sorvegliando, non poteva certo udire le sue parole gentili, lì in mezzo al mare. Quindi erano vere, così come lo era la frase sulla frangetta. Lui estrasse dal gavone un coltello seghettato e si accovacciò sulla cernia. La tagliò a strisce. Poi tirò fuori dal frigo portatile un limone, una bottiglia di vino bianco in una bottiglia con l'etichetta dell'acqua, due bicchieri di plastica e persino due piatti di carta su cui posò le strisce di cernia cruda e il limone. Versò il vino e indicò una motovedetta al largo.

« Brindiamo ai nostri sorveglianti, dai. »

La cernia era deliziosa, il vino fresco andava giù facilmente, il sole scottava e il leggero movimento del mare ci cullava. Il lento dondolio della barca mi fece per un attimo chiudere gli occhi, la voce nasale di Cohen era l'unico rumore.

Suzanne takes you down, to a place near the river.

Avevo una sensazione stranissima, bellissima e pericolosa, come se i miei vent'anni di rigorosa preparazione alla vita fossero oggi messi alla prova per la prima volta, ma da un pericolo inatteso, inspiegabile, che forse non era un pericolo ma un dono.

Non so chi sei, Johnny.

L'avevo detta o sognata? No, non potevo essere impazzita. Spalancai gli occhi. Lui spostò il fiocco e lo bloccò per creare un po' di ombra.

« Stai al riparo. E mettiti la crema protettiva anche sulle spalle e sulla schiena. »

Mettimela tu dietro la schiena, per favore.

Questa l'avevo detta, senza alcun dubbio. Ero salita su quella barca sapendo dove andavamo. Ora non lo sapevo più.

Lui si era seduto di fronte a me. Cominciò a spalmarmi la crema protettiva nella V del costume intero, dalle spalle a scendere, con entrambe le braccia che passavano intorno al mio corpo, come se mi stesse abbracciando.

And you want to travel with him, and you want to travel blind...

I suoi occhi erano a pochi centimetri dai miei. A causa del cappellino con la scritta *Kill them all* il suo volto era come tagliato in due, la bocca al sole, gli occhi in ombra. Un refolo di vento mosse la barca e il suo volto passò tutto al sole.

Because he touched your perfect body with his mind.

Fu un bacio tempestoso, violento e dolcissimo, breve e lunghissimo. Non so chi baciò chi per primo, nei grandi amori non esiste chi bacia per primo.

Poi lui si staccò da me.

« Scusami. Non so che mi è preso. »

Io non dissi nulla, lui tirò su l'ancora e ripartimmo verso Tripoli. Non potevo saperlo, era stato il primo passo nell'abisso. E neanche saperlo mi avrebbe fermata, chiunque abbia avuto un momento del genere nella sua vita è fortunato se lo ha vissuto, è morto quel giorno se lo ha rifiutato.

9

LEZIONI D'AMORE

Johnny

Per due settimane non feci altro che ripetermelo.

È matta... Mi è saltata addosso di colpo, mi ha baciato...

Ma non era andata affatto così. Alba non era matta, non mi era saltata addosso. Ero io, Johnny il conquistatore, Johnny l'idiota, ero io che avevo creato la situazione. Per noia, per dispetto, per sfregio verso il signor A che mi aveva rovinato le vacanze e minacciato invece di ringraziarmi per aver tagliato in due Branka Pavlovic. O forse l'avevo fatto tanto per aggiungere una preda al mio carnet, perché quella era la mia malattia e lei non era niente di più delle altre, solo altra carne da consumare.

C'era solo un piccolo grande problema: Alba Rossi, o comunque si chiamasse, non era né una turista americana a Capri né una hostess né un'infermiera. Lei era un agente segreto e io lavoravo per lei su un'indagine senza motivo né speranza in quell'altoforno sabbioso che era Tripoli in pieno agosto. Per fortuna ero riuscito a fermarmi a quel bacio e nessuno dei due ne aveva più parlato, come se non fosse mai accaduto.

In quelle due settimane avevamo continuato a vederci saltuariamente con la copertura della falsa relazione, senza però mai più salire nel mio appartamento. Avevo cercato in tutti i modi di convincerla a lasciar perdere la questione di Rosaria Musumeci. La sua determinazione feroce era pari alla sua inesperienza. E ora avevo capito cosa mi ricordavano i suoi occhi, quelli di Branka, la determinazione totale di chi è certa di essere nel giusto. Ed era quello ad attrarmi. Quella sensazione era insensata e pericolosa, lo sapevo benissimo. Continuavo a sabotarla con le hostess e le infermiere, ma durava perché la mia volontà era più debole rispetto all'energia di Alba. E peggiorava. L'aspetto che mi preoccupava di più era la fiducia crescente che lei riponeva in me, l'ultima cosa che volevo da una donna.

Andò avanti così sino al giorno in cui il signor Pace mi chiamò. L'omino calvo con l'abito grigio mi accolse in ambasciata col suo imperscrutabile sorriso oscillante tra riso e pianto.

« Gli archeologi hanno protestato, signor Guerra. Pare che lei invece di occuparsi di trovare il libro che le hanno chiesto passi il tempo a dormire all'ombra. »

« Davvero? Allora cercatevi un'altra guida. Per quei pazzi e per quella... »

Una sua occhiataccia mi bloccò. Già, lì potevamo essere ascoltati e non era il caso di urlare: *Quella ragazzina pazza convinta che Gheddafi copra gli assassini di Rosaria Musumeci...*

« Comunque, signor Guerra, credo che il libro che le serve sia in biblioteca. »

Abbassò la voce al minimo.

« Gli archeologi sono felicissimi di lei, era solo una scusa per eventuali ascoltatori. »

La biblioteca era in realtà un cubicolo in cemento dove ci stava una sola persona, in piedi. C'era un telefono satellitare posato su uno sgabello. Lo presi e composi il numero mandato a memoria. Dopo tre squilli rispose una voce femminile.

« Resti in linea, per favore. »

Passò qualche secondo, poi arrivò la voce metallica.

« Alba sta bene? »

Be', dopo settimane di totale silenzio mi sarei aspettato un altro tipo di domanda.

Che diavolo state combinando?

« Sì. »

« Bene. Perché è passato un bel po' di tempo e lei non ha mai chiamato. »

« Lo so benissimo, ci sono io in questo posto schifoso, non lei. Non ho chiamato per un motivo molto semplice, non c'era niente da dire. »

« Ah, proprio niente? »

Stranamente sembrava sollevato più che irritato.

« Solo chiacchiere tra ragazze, pettegolezzi. »

« Si spieghi. »

« Alba sostiene che Rosaria Musumeci era in competizione con altre studentesse per un posto sul palco con il professor Hussein all'evento conclusivo del loro corso. Lo chiamano 9999. Un ottimo movente per un omicidio, no? »

Il mio umorismo non gli piacque.

« Si limiti a riferire, i suoi commenti sono irrilevanti. C'è altro? »

Tanto valeva raccontargli tutte quelle fesserie.

« Secondo Alba, il 18 giugno, giorno della sparizione,

Rosaria era andata a una festa per il compleanno del professor Hussein.»

«Dove si teneva questa festa?»

«Su un isolotto al largo di Tripoli, dove risiede temporaneamente il professore. Senta, signor A, qui non c'è niente da trovare. Io me ne torno a Capri e...»

«Lei non va da nessuna parte. Se mette piede in un paese occidentale farò in modo che entro ventiquattro ore venga spiccato un mandato d'arresto internazionale per crimini di guerra. Mi dica se ha capito.»

Non c'erano dubbi in merito.

«Ho capito.»

«Bene. Alba è molto in gamba e sa badare a sé stessa. Le dica che io sono molto soddisfatto, queste informazioni sono utili, non deve correre rischi perché forse non c'è davvero altro da scoprire. Se crede, può anche rientrare a Roma.»

Ero estasiato da quella frase.

«Grazie, signor A.»

«Grazie di cosa?»

«Niente. Riferirò ad Alba.»

«Non corre rischi, vero? Il vostro finto flirt funziona bene come copertura?»

«Certo.»

Ci fu una pausa. Forse avevo risposto in modo troppo affrettato. Poi tornò la voce metallica.

«Ci sentiamo, signor Guerra.»

Uscito dalla biblioteca mi affacciai nell'ufficio del signor Pace. Era seduto alla scrivania, sotto l'effigie del presidente italiano eletto pochi mesi prima.

«Ha sentito dell'attentato, signor Pace?»

Mi guardò, dietro gli occhiali da miope.

« Mi scusi, signor Guerra, quale attentato? »

Indicai il volto di Ciampi.

« Una bomba al Quirinale, mezz'ora fa. Me lo ha appena detto il signor A. »

I suoi occhi mi guardarono con appena più attenzione, ma il sorriso, o la smorfia, o qualunque cosa fosse, era sempre là, identico. Me ne andai velocemente mentre lui iniziava a telefonare.

Aba

Le giornate di agosto si trascinavano lente nel caldo feroce del ghibli che portava granelli di sabbia dal deserto, sabbia mescolata a folate da forno. Avevo perso del tutto il conto dei giorni. Totalmente. Non riuscivo a pensare con lucidità. Una parte di me era insopprimibilmente e insopportabilmente felice. Un'altra era il giudice sulla mia spalla, l'accessorio della mia vita che mio padre aveva installato giorno dopo giorno per venti lunghissimi anni.

Come hai potuto baciarlo? Uno sconosciuto, un mezzo troglodita? Durante una missione di lavoro così delicata? Questa sei? Questa? E non hai scoperto niente su Rosaria, come immaginavo.

Dal punto di vista dell'indagine era uno stallo totale. Non avevo più fatto nessun progresso su Rosaria Musumeci. Non c'erano mai motivi plausibili per parlare di lei con Marina, dopo il fiasco dell'uscita serale lei mi ignorava, o quasi. Non mi trattava male: semplicemente, non le interessavo. Il suo tempo libero lo passava al mare con Nina e la sera in giro per Tripoli, chissà dove. Con Julieta e Penelope i rapporti erano migliorati, ogni tanto andavamo in centro insieme, ma di Rosaria non si parlava mai. E se avessi forzato sarei stata sospetta. L'unico argomento di conversazione, con tutte, era 9999. Il professor Hussein non dava alcun segno di preferenza per qualcuna e la competizione era aperta tra Nina, Julieta e Penelope. Marina era fuori concorso per il suo modo di fare totalmente irriguardoso, io perché non volevo entrarci.

Quel giorno, dopo la lezione, ero nella mia stanza con Marina quando squillò il cellulare ed era Johnny.

«Ho voglia ancora dei tuoi baci, *habibi*. Se vieni da me questa sera cucino il couscous per te.»

Quella storia che potevamo essere intercettati rendeva un po' ridicola la situazione, dopo la gita in barca alla Moneta. Ma non volevo rendere Marina partecipe del mio stato d'animo.

«Certo, volentieri, Johnny. Ora scusami, sono con una mia amica.»

Sdraiata seminuda sul suo letto con la sigaretta accesa, Marina mi osservava coi suoi occhi da gatta.

«Il tuo autista?»

Non volevo darle troppa confidenza, certo. Ma la relazione con Johnny era la mia copertura.

«Johnny non è il mio autista.»

Lei rise.

«Ne ero certa, dal modo in cui ti guardava quando ti ha accompagnata qui...»

Ero sorpresa.

« Come mi guardava? »

Marina aggrottò la fronte.

« Lo vedi che sei una Paperina? Non ti accorgi quando un uomo ti guarda in un certo modo? »

« In che modo? »

« Quando uno ti vuole portare a letto. Ma quello non basterebbe, tu cerchi quell'altro tipo di sguardo, vero? »

« Che sguardo? »

« Quello che ti fa bagnare sotto senza toccarti prima. E il tuo Johnny ce l'ha. »

« Piantala! »

Lei ridacchiò.

« Dovete essere una bella coppia. Lui ti insegna a fare l'amore e tu pensi di potergli insegnare l'amore, povera Paperina. »

Non era vero. Non era mai accaduto.

Non accadrà mai. Tranne che in un angolo della mia mente.

Johnny

Era tutto molto chiaro nella mia testa.

Ceneremo, le dirò cosa ha detto il suo capo. Neanche lui crede ci sia qualcosa da scoprire. Lei sarà d'accordo e se ne tornerà a Roma e io sarò libero.

Il mio piano si rivelò subito complicato. Alba si presentò con indosso un vestito bianco che metteva in risalto l'abbronzatura e le curve da falsa magra e con una bottiglia di vino rosso.

« Una delle guardie all'ingresso fa contrabbando. Un vero Chianti. »

Avevo apparecchiato sull'unico tavolo quadrato, accanto alla finestra spalancata sulla piccola strada silenziosa. Portai in tavola il couscous che avevo comperato già pronto nella mia bettola preferita.

« Piatto unico, Alba. Riso, verdure, pollo. »

Lei assaggiò e annuì.

« Sei un grande cuoco, Johnny. Beato chi ti prende come marito, a parte... »

Si fermò. Rise. Era allegra, troppo.

« In Italia le chiamiamo corna, qui non so. »

Poi il couscous finì, e restò solo il vino e ciò che le dovevo dire.

« Ho parlato con Roma, Alba. »

Mi guardò, sorpresa.

« Perché? Non ti avevo chiesto di farlo. »

« Il signor Pace mi ha chiamato, era ora di fare rapporto. »

« Ah... e hai parlato col signor A? »

« Sì. Gli ho raccontato ciò che hai scoperto, della competizione tra le ragazze, della festa alla Moneta... »

Vidi in lei i segni dell'ansia.

« E cosa ha detto? »

« Che sono informazioni utili. Ti fa i complimenti. »

« Davvero? »

« Sì. Ma ti raccomanda di essere prudente. E poi... »

« E poi? »

Era così incredibilmente ansiosa di sapere cosa aveva detto quello stronzo gelido del signor A.

« Dice che forse non c'è davvero altro da scoprire. Che se vuoi puoi tornare a Roma. »

Lei scostò la frangetta. Ormai lo sapevo, quello era il suo piccolo gesto di rabbia.

« Pensa che io non sia capace, vero Johnny? »

« Non è che tu non sei capace, Alba. Forse non c'è niente da scoprire. »

« E perché i verbali della polizia libica hanno omesso la festa alla Moneta? »

« Non lo so, Alba. Ma come pensi di fare per scoprirlo? »

Lei mi guardò, delusa.

« Anche tu vuoi convincermi a lasciar perdere, vero Johnny? Digli che io non me ne andrò da Tripoli senza la verità su Rosaria. »

« Che c'è, Johnny? Hai fatto una faccia... »

« Mi hai ricordato una persona. »

« Una delle tue amanti? »

« No. »

Restammo in silenzio per un po'. Dal vicolo sottostante non arrivava alcun rumore. Lei si alzò e andò ad affacciarsi alla finestra.

« Vieni qui, Johnny. Spegni la luce qui dentro. Per far pensare male a chi ci guarda. »

Il mio cervello continuava a ripeterlo, *stop, Johnny, stop*, le gambe si sollevarono, la mano spense la luce, i piedi mi trasportarono a quella finestra. Per un po' restammo accanto, immobili, in silenzio a guardare il vicolo debolmente illuminato. I nostri corpi si sfioravano, senza toccarsi, ed era più di quel bacio sulla barca.

La guardavo e pensavo a Branka Pavlovic. La feroce

determinazione unita all'intelligenza e all'idealismo. Una miscela letale, esplosiva. L'avevo dovuta uccidere, tagliare in due e crocifiggere, per farla smettere. Non volevo che accadesse nulla del genere alla ragazzina con la frangetta.

«Alba, se ti portassi le prove che non è accaduto nulla di male a Rosaria Musumeci?»

Lei si voltò a guardarmi, vicinissima nella semioscurità.

«Ma come faresti?»

«I tuoi dubbi si basano sulla convinzione che l'autopsia sia falsa. Bene, io ho amici qui all'ospedale e all'obitorio, dammi solo qualche giorno.»

«Non ti metti in pericolo?»

Il fatto che una donna si preoccupasse per me era davvero insolito.

«No, Alba. Ma ha senso solo se tu credi in me. Che non mi invento le prove.»

Lei mi guardò, i suoi occhi sinceramente stupiti.

«Mi fiderei sempre di te, Johnny.»

Era tutto assurdo, totalmente assurdo. Solo Mahmoud mi aveva detto frasi del genere, ma eravamo in guerra. Alba non aveva nemmeno esitato, come se fosse ovvio fidarsi di me. Era incapace di giudicare le persone, come faceva a lavorare per i Servizi?

Come fa a fidarsi di uno che ha tagliato in due una donna?

Non ero in grado di valutare né la forza né il pericolo di essere amati.

Johnny mi riportò al dormitorio. Ero arrabbiata. Il signor A, mio padre, non si era mai aspettato che scoprissi qualcosa, era solo preoccupato che non combinassi guai, voleva che tornassi a Roma e io non sapevo davvero cosa fare. La sfiducia di mio padre mi tormentava. Non riuscivo ad accettarla, a stare senza far niente, dopo tutto quel tempo a Tripoli. Potevo solo aspettare le indagini di Johnny sull'autopsia, certo. Ma poi mi venne in mente che c'era un'altra questione: il testimone, Alì Saleh.

Ricordavo benissimo il rapporto della polizia libica sulla morte di Rosaria: quel fantomatico testimone oculare l'aveva vista entrare in mare con la tavola da windsurf, il mare era mosso e c'era solo lui su quella spiaggia. Il rapporto non menzionava dove fosse. Era tutto molto sospetto.

Aspettai che Marina tornasse.

« Che fai sveglia a quest'ora, Paperina? »

« Niente, mi annoio. So che tu fai surf, vorrei farlo anche io. Tanto per muovermi un po'. »

Lei si sdraiò sul suo letto, vestita. Si accese una sigaretta.

« Non fai già abbastanza movimento col tuo Johnny? »

Lasciai perdere la provocazione.

« Un po' di windsurf mi farà bene. Dove vai tu a farlo? »

« Io vado a Hawaii Beach. »

« Ci veniva anche Rosaria? »

« Con me, sì. Quando andava sola preferiva l'altro posto, più spartano, la punta di Al Haji Mathi. »

Ricordavo quel nome. Era da lì che io e Johnny eravamo partiti in barca per la Moneta. Mi addormentai mentre Marina cantava Madonna sotto la doccia.

10

CARO ZIO

Johnny

La mattina dopo chiamai Olga. Lei lavorava proprio all'obitorio. Eravamo molto in confidenza, ma davvero molto. Le raccontai più o meno la verità: l'ambasciata italiana mi pagava per avere qualche informazione in più sulla morte di Rosaria Musumeci, solo per routine, per chiudere la questione burocratica. Come avevo immaginato, Olga conosceva tutti all'obitorio, anche l'infermiera che era di turno quando avevano portato il corpo di Rosaria Musumeci.

«Si chiama Ivanka, te la potrei presentare, Johnny. Ma ti avviso, è una specie di incrocio tra una giraffa e un pesce lesso, niente a che fare coi tuoi gusti.»

«Devo solo parlarci, Olga. Per i miei gusti ci sei tu, no?»

Fece una risatina compiaciuta.

«Ma cosa ci guadagno io?»

«Una bella cena a tre, scegli tu dove.»

«Anche al Cubano, Johnny?»

Il Cubano era una specie di ristorante dove si cantava e ballava, riservato agli stranieri imprenditori o del giro delle ambasciate, agli uomini del regime e alle loro amanti. Era uno dei pochi posti dove servivano alcolici in abbondanza, dove si poteva ballare e fare il karaoke. Mi sarebbe costato davvero un occhio, ma avevo guadagnato bene in Kosovo e con l'ultima tranche dal signor A sarei stato ricco per un bel po'.

« Certo. Vi passo a prendere davanti ai dormitori dell'ospedale stasera alle otto. »

Aba

Mi feci lasciare dal taxi alla fine del viottolo. Le barche erano tutte giù al pontile e Muhammad se ne stava al riparo dal sole sotto la tenda sorseggiando qualcosa da una tazza smaltata. Era vecchio, ma mi riconobbe.

« Amica di Johnny, vero? »

« *Ke falek, Muhammad?* »

Fu contento che parlassi arabo e prese la caraffa sul tavolino.

« Vuoi assaggiare? Spremuta di uva e datteri. »

Rifiutai cortesemente. Indicai il mare, dove sfrecciavano una decina di vele.

« Da dove partono? »

« Qui dietro c'è una spiaggetta piccola, con un capanno per cambiarsi. I surfisti vanno lì, vengono da me per comprare le bibite. »

« La ragazza italiana l'hai mai vista? »

Lui annuì, scuotendo il capo.

« Molto bella, molto giovane, veniva ogni tanto. »

« E quel giorno l'hai vista? »

« No, il vento era troppo forte per affittare le barche, dormivo lì nel deposito. »

Ora dovevo tentare.

« Quello che l'ha vista entrare in acqua, Alì Saleh. Lo conosci? »

Lui aggrottò la fronte.

« Perché? »

« Perché sono italiana, devo scrivere un articolo per un giornale italiano sulla ragazza morta, vorrei fargli una piccola intervista. »

« Ah. Be', Alì viene ogni tanto, ma oggi non c'è. »

« Sai dove lo posso trovare? »

« Ha un banchetto di oro a Suk El Giuma, aprono dopo il tramonto. »

« Come lo riconosco? »

Muhammad ridacchiò.

« Gli mancano due dita della mano sinistra. Lui dice che ha lottato con uno squalo ma molti dicono che rubava il pesce degli altri. »

Johnny

Olga e Ivanka si presentarono all'appuntamento vestite da prima di gala all'opera. Abito da sera e scialle di seta. Olga era mora, abbondante e piccolina, una bambola sexy. Ivanka era il suo opposto. Una giraffa pallida, biondina, alta, magra, l'aria un po' incerta, non aveva la disinvoltura dell'amica e il suo abito da sera era molto più accollato e lungo sin sotto il ginocchio.

Il Cubano era pieno di gente ma trovai posto grazie a una lauta mancia. Uomini, per lo più stranieri, occidentali o dell'Est Europa, qualche pezzo grosso libico. E ragazze, tutte straniere, libanesi, siriane, Est Europa, hostess o infermiere. Niente puttane ufficiali, solo ufficiose.

In mezz'ora, Olga buttò giù un chilo di granchi e si scolò da sola una mezza bottiglia di champagne. Poi cominciò a lavorare, il suo piedino era tra le mie cosce mentre raccontava le sconcezze che accadevano all'obitorio tra i medici e le infermiere.

« Tu che hai studiato, Johnny, un pompino tra i cadaveri sarebbe atti osceni in luogo pubblico? »

Ivanka era invece parecchio morigerata nel cibo e nel bere e pareva molto a disagio con le storie di Olga. Cercavo il momento adatto per portare la conversazione sul cadavere di Rosaria Musumeci, ma non era affatto semplice, perché dopo cena iniziò il karaoke e le due ragazze presero a cantare tenendosi per mano. Poi, per mia fortuna, iniziarono i balli. Ivanka dichiarò subito di non saper ballare, io inventai una schiena malconcia. Olga si gettò in pista e finalmente rimasi da solo con la giraffa. Lei sembrava a disagio.

« Sei molto bella, Ivanka, lo sai? »

Ero talmente abituato a fare così che non mi ero reso conto che con lei non poteva funzionare. Arrossì, distolse lo sguardo e come parlando al vento sussurrò.

« Non è vero. Vuoi parlare della ragazza italiana? »

« Hai ragione, scusami. »

« Scusami tu. Mi hai pagato la cena, questo bel posto, ne hai diritto. »

Dovevo sbrigarmi perché il ritorno di Olga avrebbe bloccato tutto.

« Ho letto l'autopsia. Rosaria era morta da una settimana quando è arrivata da voi? »

Lei annuì. Aveva occhi piccoli, celesti, tondi, da bimba al Luna Park. Un po' mi faceva pena, ma non avevo tempo per consolarla della sua inadeguatezza.

« Sì, una settimana in mare. »

Ero sollevato. Ma non bastava la parola di Ivanka per il signor A.

« Come lo sai? »

« Il dottor Nazir ha detto così. »

« Il dottor Nazir è quello che ha fatto l'autopsia? »

« Sì. »

In quel momento Olga tornò dai suoi balli sfrenati. Il momento era passato. Era brilla, ma certo non da sonno. Per lei la serata prevedeva un secondo tempo.

« Ci porti da te, Johnny? Così ti possiamo massaggiare la schiena dolente e ringraziare per questa splendida serata. »

Non ne avevo voglia, stranamente. O forse non era strano, ma era comunque assurdo e dovevo tornare me stesso, poteva essere un'occasione per proseguire la conversazione con Ivanka.

« Certo ragazze, ho anche del buon vino. »

Aba

La città si svegliava dopo il tramonto, quando l'afa dava un minimo di tregua. Suk El Giuma era affollatissima, la sera i banchetti dell'oro e dell'argento prendevano il posto di quelli dei polli e del pesce.

Ci misi poco a individuare Alì Saleh grazie alla menomazione alla mano sinistra. Era un giovanotto smilzo e alto, coi capelli ricci e l'aria non particolarmente sveglia. Non c'erano clienti al suo banchetto, stava fumando e leggendo le notizie sportive su un giornale locale. Quando mi avvicinai posò il giornale e i suoi occhi si fermarono sul mio seno.

« *Hi. French or Spanish?* »

« *Italian.* »

« Parlo poco italiano. Amore, bacio, pizza... »

Gli parlai in arabo.

« Meglio la tua lingua, così per te è più facile. Vorrei farti una piccola intervista per il giornale della mia università in Italia. »

Lui si mise subito sulla difensiva.

« Intervista a me? Per la ragazza italiana? »

« Sì, era della mia stessa università. »

Lui scosse il capo.

« Ma ho già detto tutto alla polizia. »

Cercai di tranquillizzarlo.

« Però a me non interessa quello. Vorrei sapere se la conoscevi già, questo tipo di cose... »

« Non la conoscevo. »

« E come hai fatto a essere sicuro che era lei quel 18 giugno? »

« Ah, be', non la conoscevo ma l'avevo notata un paio di volte alla punta Al Haji, però non ci avevo mai parlato. »

« Veniva sempre con dei suoi amici? »

Lui fissava un bracciale sul suo banchetto.

« Sì. »

Alì Saleh mentiva. Rosaria andava lì sola, me lo aveva detto Marina e confermato Muhammad.

« Ma quel pomeriggio del 18 giugno era sola. »
« Sì. »
« E tu l'hai riconosciuta. »
« Sì, sai, era molto bella. »
Gli sorrisi.
« Lo so. Ti ricordi se indossava il bikini rosso o quello nero? »
Lui ci pensò un attimo.
« Un bikini nero, sai quelli un po' piccoli che portate voi... Senti, qui ho da fare, se vuoi a cena ti racconto cosa mi ha detto. »
Era un bugiardo e un furbastro. Accettai l'invito, concordammo luogo e ora e gli diedi un numero di telefono falso. Ero euforica.
Devo dirlo a Johnny, immediatamente.

Johnny

Le finestre erano spalancate sulla notte bollente. Io ero sdraiato a torso nudo sul mio letto. Quattro mani si affannavano a massaggiarmi. Le riconoscevo senza vederle. Le manine morbide di Olga andavano giù sino alla cinta dei calzoni e anche un po' oltre, le dita lunghe e ossute di Ivanka si muovevano caute tra spalle e collo. Ma io volevo riprendere il discorso su Rosaria Musumeci e per farlo dovevo liberarmi di Olga.
« Sto meglio, ragazze. Chi vuole ancora vino? »
Funzionò, Olga si scolò le ultime tre dita in un sorso solo. Ma non bastò. Mi tirò via calzoni e mutande, ridendo. Si sfilò i vestiti barcollando, mi spinse sul letto

e si gettò sopra di me. Oltre le sue natiche vedevo Ivanka, ai bordi del letto, che guardava con gli occhi incerti divisi tra curiosità e paura. Dopo un po' Olga emise un verso gutturale, qualcosa simile a un grugnito profondo che si trasformò in un rantolo, poi mi crollò addosso, addormentata come possono esserlo solo le persone ubriache dopo un amplesso soddisfacente.

Perfetto. Me la scrollai di dosso e mi alzai.

La ragazza lunga e alta mi guardava, tenendosi a debita distanza. Avrei dovuto lasciarla stare, povera anima. Ma lei era l'unica chiave per l'autopsia di Rosaria Musumeci, era il mio passaporto col signor A per tornarmene a Capri, il modo per tenere Alba fuori da ogni pericolo.

Restò immobile e muta mentre la spogliavo, continuando a fissarmi con quegli occhi tra l'impaurito e l'eccitato. Non riuscivo a incrociarne lo sguardo, era come scoparsi una bambina e io non ero un pedofilo. Mi inginocchiai e posai la lingua lì dove si incontravano le sue lunghissime cosce. Lei cominciò a parlare freneticamente in una lingua sconosciuta, bulgaro suppongo, ed ebbi l'impressione che stesse recitando una preghiera o una maledizione o entrambe le cose. Poi, quando la portai in soggiorno, visto che il letto era occupato, lei si fece coraggio.

«Ma ti piaccio davvero, Johnny?»

«Mi piaci moltissimo.»

«Allora sono completamente tua, *ljubov.*»

Davvero fantastico. Non avrei dovuto andare oltre, lo sapevo benissimo. Per tanti motivi. Ma in quel momento non vedevo altra via per liberarmi di quella storia e tornarmene in Italia.

Aba

La stradina era silenziosa e appena illuminata dal lampione all'angolo, ma dalla finestra di Johnny filtrava la luce.

Il portone era aperto, salii le scale, arrivai sul pianerottolo e mi fermai.

Ora lui aprirà la porta, sorriderà, mi prenderà per mano e mi ascolterà...

Bussai, una, due, tre volte. Dopo un po' lui aprì. Era a torso nudo, con un paio di jeans al ginocchio, spettinato. Teneva la porta appena socchiusa, non riuscivo a vedere dentro.

Leggevo nei suoi occhi il contrario di ciò che mi aspettavo: disappunto.

«Devo parlarti, Johnny.»

«Adesso?»

«Alì Saleh è un bugiardo. L'ho trovato, mente. Non ha mai visto Rosaria, ha detto che indossava un bikini e lei portava solo costumi interi e poi...»

«Senti, ne parliamo domani.»

Da dentro arrivò una voce.

«Johnny...»

Lo spinsi indietro, non se lo aspettava, e la porta si aprì. Sul pavimento era distesa una ragazza ossuta, lunga e bionda, nuda, che mi fissava spaventata. Dalla stanza da letto arrivò una voce femminile, impastata.

«*Johnny, ljubov! Elia tuk!*»

Mi voltai, scesi e me ne andai correndo. Ricordavo ciò che diceva Tiziana per consolarsi quando i suoi amanti sposati la mollavano per tornare dalle mogli.

Certi amori sono morti ancor prima di nascere, altri continuano dopo essere morti. Molto meglio i primi.

Aveva ragione.

Johnny

Ero sconcertato, furibondo. L'apparizione di Alba mi aveva scombussolato. In un altro momento, con qualunque altra donna, me ne sarei fregato. Ma era proprio la consapevolezza del mio cambiamento a mandarmi fuori giri.

Non è per te! Levatela dalla testa.

Dovevo far chiudere quella stupida e inutile indagine sulla morte di Rosaria Musumeci. Mi serviva solo la conferma che tutto era stato regolare nell'autopsia di Rosaria, era banalmente annegata facendo surf o nuotando molto lontano dalla Moneta e poi era stata in balia di pesci e scogli per diversi giorni.

Domani chiamo Roma e glielo dico, il signor A dovrà lasciar perdere me e lo stramaledetto corpo tagliato in due di Branka Pavlovic. E anche Alba dovrà convincersi.

Era ora di farla finita con le perdite di tempo con quelle due, la certa e l'incerta. Dalla camera arrivava il rumore di Olga che russava nel mio letto. Ivanka si era tirata su, si era seduta sul divano, e stringeva a sé un cuscino per coprirsi dal pube al seno. Capì dai miei occhi che il mio umore era cambiato. Si rannicchiò ancora di più.

«Johnny, sei arrabbiato con me? Quella è tua moglie?»

« Lascia perdere. Dobbiamo parlare dell'autopsia. »

Lei mi guardò, con quegli occhi da bimba. Era infantile, non stupida. Per un po' aveva sperato di piacermi almeno per una scopata, ma ora l'illusione era già finita.

« Ma io ho paura. Il dottor Nazir mi ha detto di tenere chiusa la bocca. »

Sobbalzai. Non era certo la risposta che mi aspettavo e tanto meno quella che volevo.

« Che diavolo dici? Perché dovresti tenere la bocca chiusa? »

Lei scosse il capo, si rannicchiò ancora di più. Era spaventata, e un po' cominciavo a esserlo anche io. Cercai le parole giuste per tranquillizzarla.

« Se hai informazioni utili, parlerò con l'ambasciata italiana. Prima di passargliele chiederò che ti diano un visto per l'Italia e un lavoro, lì sono pieni di ospedali. »

« Lo giuri, Johnny? »

Era davvero un'ingenua. Io non potevo giurare niente del genere, ovviamente. Ma se c'era qualcosa di strano dietro la morte di Rosaria Musumeci allora dovevo saperlo.

Perché, Johnny? Che te ne importa? Il signor A non ha chiesto a te di indagare.

Conoscevo benissimo la risposta. Era assurdo. Avevo paura, e già questo era molto insolito. Ma non avevo paura per me. Avevo paura per lei. Cosa mi era preso? Un colpo di sole? Ero stato punto da qualche strano insetto? Per che cosa? Per una ragazzina ventenne con la frangetta da sedicenne? Come era possibile? Credevo di essere immune da quel morbo, credevo che i morti che mi ero lasciato dietro negli anni fossero un vaccino definitivo contro quel tipo di malattia. Perché era certamente una malattia. Come si può definire altrimenti una situazione in cui si è disposti a correre dei rischi seri per proteggere un'altra persona?

Se c'è qualcosa di strano nella morte di Rosaria, allora Alba è in pericolo.

« Te lo giuro, Ivanka. Ma ora basta chiacchiere, dimmi la verità. »

Mi avvicinai e lei si rannicchiò ancora di più. Poi decise di credermi. Un po' per ingenuità, un po' perché in quel momento aveva davanti l'uomo che aveva tagliato in due Branka Pavlovic.

« Eravamo pronti per l'autopsia quando è arrivato un tizio sulla cinquantina, in borghese, ben vestito, con in testa un cappello floscio, nero, di quelli italiani. Un, come si chiama?, un borsalino. Ha parlato cinque minuti con il dottor Nazir e se n'è andato. Dopo, il dottore era nervosissimo e mi ha fatto giurare di tenere la bocca chiusa. »

« Su cosa? »

Scendevano lacrime dai suoi occhi. Ma non avevo tempo per consolare Ivanka. Ero sempre più preoccupato.

« Quella poveretta, la ragazza italiana, poteva avere la mia età, Johnny. Quando ce l'hanno portata era conciata così male, tutta gonfia, tutta rotta... »

Lasciai che continuasse a piangere. Ora lei cominciò a parlare a raffica, per liberarsi di un peso, come chi si ficca due dita in gola per svuotarsi lo stomaco.

« Non è colpa mia, io non ho deciso, è stato Nazir a dirmi di aiutarlo con la gamba, io non volevo Johnny, te lo giuro... »

Cercai di riflettere, mentre singhiozzava e tirava su col naso. Il signor Pace mi aveva fornito l'autopsia libica arrivata in Italia. Il corpo di Rosaria Musumeci restituito dalla Libia era privo della gamba destra. E la giustificazione data nell'autopsia erano gli squali che in quella zona non mancavano.

«Lo so che mancava una gamba, ma che c'entra?»

Ivanka taceva, raggomitolata su sé stessa, un'assurda giraffa nuda. Dovevo almeno rasserenarla un po', altrimenti non avrei capito nulla.

«Tranquilla, Ivanka. Dirò agli italiani che ti hanno costretta. Dimmi della gamba.»

«Quando l'hanno portata all'obitorio era completamente maciullata, le ossa tutte fracassate perforavano la pelle. Ma aveva tutte e due le gambe.»

Per un attimo persi il controllo.

«Che cazzo stai dicendo?»

Lei era terrorizzata.

«Dopo che l'uomo col cappello floscio ha parlato col dottor Nazir, due poliziotti hanno portato via il corpo e l'hanno restituito dopo un paio d'ore. La gamba destra non c'era più.»

Era un disastro. L'intervento dell'uomo col cappello floscio, l'accondiscendenza e la paura del dottor Nazir e la gamba amputata avevano un'origine molto chiara.

Il Mukhabarat. Il temutissimo Servizio segreto del Colonnello Gheddafi.

«La gamba l'avevano segata? L'autopsia dice che sono stati gli squali...»

Singhiozzava, piangeva, le colava il moccio dal naso, tremava.

« Non l'hanno segata. Il dottor Nazir ha detto che avevano messo la gamba in un acquario dove hanno degli squali. »

Ecco, quello era il mio vero mondo. Dove i cadaveri si tagliano in due o si danno in pasto agli squali.

« Tu sei un'infermiera, Ivanka. Spiegami perché hanno fatto così. »

Lei mi guardò, con quegli occhi da bimba rossi per il pianto.

« I tuoi amici italiani mi faranno partire prima che tu glielo dica, vero? »

« Ti porterò io stesso in Italia prima di dirglielo. »

Questa menzogna le diede coraggio. Tirò su col naso, rumorosamente.

« Una volta, in Bulgaria, ero all'obitorio e hanno portato un giovane malavitoso che qualcuno aveva gettato giù dal balcone del settimo piano. Lui aveva le gambe ridotte come quelle della ragazza italiana. Ma l'uomo col cappello floscio voleva un'autopsia con la morte per annegamento. »

Alle mie spalle sentii distintamente la porta di casa che si apriva. Istintivamente cercai la pistola sotto il cuscino del divano, ma non c'era nessuna pistola, non ero più in Kosovo con Mahmoud. Ero solo uno stupido pazzo bugiardo.

Cinque uomini entrarono nella stanza. Quattro erano incappucciati e armati di pistole col silenziatore. Il quinto era a volto scoperto, un uomo magro, alto, sulla cinquantina, indossava un vestito completo, nero, sulla camicia bianca, e aveva in testa un borsalino tirato un po' all'indietro, come i detective anni Trenta nei film americani.

Ivanka si alzò e provò a urlare, ma non ne ebbe il tempo. Un colpo di pistola la fece crollare sul divano. Olga, risvegliata dal trambusto, apparve nuda sulla soglia della stanza da letto. Le spararono un colpo alla testa. In tre secondi la farsa era diventata tragedia.

L'uomo col cappello floscio si rivolse a me.

« Ti trovo bene, Ahmed. Ora alzati e vestiti, è tanto che non parliamo, noi due. Andiamo a fare un giretto. »

Mi alzai dal divano.

« Va bene, zio Karim. »

Non c'era molto da scegliere. Quello non era solo l'uomo che aveva fatto tagliare la gamba al cadavere di Rosaria e uccidere a sangue freddo Ivanka e Olga. Era l'uomo che nel 1971 al Cairo mi aveva evitato di passare direttamente dall'ospedale dove ero stato partorito all'orfanotrofio. Mi aveva fatto allevare dai suoi cugini e per quello li aveva finanziati. Zio Karim era l'unico sostituto dei miei genitori, di mio padre morto e di mia madre che mi aveva abbandonato alla nascita.

Mi ero abituato sin da bambino alle sue assenze prolungate. Anzi, alle sue visite saltuarie. Lui era stato sempre chiaro con me a quel riguardo: dovevo considerare Hosni e Aisha Salah, i suoi cugini del Cairo, i miei genitori. Lui era solo un vecchio conoscente di mio padre e mia madre, di cui non ritenne di dovermi parlare, né allora, né negli anni successivi. Finanziava per intero il mio mantenimento ma non voleva essere presente, voleva essere interpellato sulle scelte decisive. La prima fu a quindici anni. Io volevo andare con Mahmoud a Gaza per aiutare i palestinesi, Hosni e Aisha mi informarono che per farlo dovevo chiedere il permesso a zio Karim. Lui aveva ascoltato le mie ragioni ideologiche e poi si era limitato a uno di quei sorrisi che allungavano la striscia dei baffetti senza modificare l'espressione fredda dei suoi occhi grigi.

Avrei dovuto immaginarmelo, conoscendo tuo padre.

Era stato questo il suo unico commento ed era chiaro che non si aspettava domande al riguardo. Il permesso fu accordato in cambio di un giuramento, tornare dopo l'estate e riprendere la scuola. Gli chiesi perché. Lui mi spiegò che mio padre non si sarebbe opposto a Gaza ma non mi avrebbe permesso di smettere di studiare a soli quindici anni. Tornai, e dopo un anno, completai il liceo al Cairo. Anche in Afghanistan mi lasciò andare con la promessa di tornare per poi frequentare l'università in Italia.

Perché in Italia? Perché tuo padre avrebbe voluto così.

Salimmo sul Volkswagen e lui si accese una sigaretta al mentolo sfregando il fiammifero sull'unghia. L'aria della notte era una melassa nera ancora tiepida.

«Dai, Ahmed, portami in giro per Tripoli sul tuo Maggiolino. Non sono mai stato su una cabriolet.»

Mi avviai verso il lungomare e dallo specchietto retrovisore vidi il Mercedes nero che ci seguiva. Mio zio era rilassato, aver fatto uccidere pochi minuti prima due ragazze era l'ultimo dei suoi pensieri, forse nemmeno un ricordo.

Ero sorpreso? Certo, ma non del tutto. Ero sempre

stato sicuro che zio Karim non gestisse un negozio di frutta e verdura, che non dirigesse una banca, che non facesse il maestro di scuola.

Lui fumava tranquillo, l'odore del mentolo si spandeva nel buio.

« Sai Ahmed, pensavo... ti ho fatto studiare... conosci diverse lingue, hai preso persino una laurea in Italia... hai un bell'aspetto, potresti passare per italiano o spagnolo... Non potevi trovarti un lavoro normale? »

Cercai di tenermi sul vago.

« Il lavoro di ufficio non fa per me, zio. Mi piace viaggiare, un lavoro qui e un lavoro lì... »

« Come in Kosovo con quelli dell'UCK? »

« Per Gaza mi avevi dato il permesso, e anche per l'Afghanistan. Ma non avevo ancora diciotto anni. »

« Pensi ancora di rendere il mondo più giusto, Ahmed? »

« No. Non mi interessa più chi opprime chi. Basta che qualcuno mi paghi bene. »

Ora lui sorrise.

« Meno male. Non ho niente in contrario al fatto che tu faccia questi lavori, Ahmed. Basta non sia per idealismo ma per soldi, allora chiunque ti paghi va bene per me. »

Gli gettai un'occhiata.

« Non credo, zio. Non può andarti bene quello che sto facendo qui. Se non fossi tuo nipote sarei stato ucciso pochi minuti fa. »

Lui annuì.

« Fermati qui, davanti al mare. »

Era di nuovo assorto in qualche pensiero. Il cappello

floscio reclinato all'indietro copriva la punta delle orecchie e scopriva l'attaccatura a V dei corti capelli argentati. La punta dell'orecchio sinistro era mozzata, anche se non avevo mai saputo come fosse accaduto, lui non me ne aveva mai parlato. Fissava il mare, le luci dei pescherecci che uscivano per la notte, ma avevo l'impressione che non vedesse ciò che vedevo io.

« Non sei mio nipote. Ero solo amico di tuo padre. »

Fece una breve pausa, poi aggiunse qualcosa, a bassa voce, più per sé stesso che per me.

« Il suo migliore amico, credo. »

Mai in tutti quegli anni, mai, zio Karim aveva parlato così.

« Chi sei veramente, zio? »

Lui si grattò l'orecchio sinistro semicoperto dalla tesa del cappello floscio. Poi scosse il capo.

« Sei il mio unico nipote, figlio del mio amico più caro. Questo sono per te. Il resto è meno importante, altrimenti saresti davvero morto anche tu poco fa. Ora mi racconti cosa succede, per favore. »

Per favore non suonava esattamente come una formula di cortesia. Cercai di riflettere il più rapidamente possibile. L'uccisione di Ivanka e Olga voleva dire che sapevano già che non si trattava di una delle mie tante avventure sentimentali.

Devono avermi visto al Cubano, hanno capito che volevo sapere dell'autopsia della ragazza. Quindi mi tengono sotto controllo. E anche Alba, ovviamente.

Decisi di dire la verità.

« In questo momento lavoro per gli italiani. Come in Kosovo. »

«Insieme alla loro agente, la falsa studentessa. La tua falsa fidanzata, Alba Rossi. Falsa, giusto?»

Falsa studentessa. Vera fidanzata.

Una bugia avrebbe fatto crollare la mia credibilità. E probabilmente sapevano già tutto.

«Sì, zio. La relazione sentimentale fa parte della copertura, io sono il tramite tra lei e Roma.»

Lui annuì. Quelle cose le sapeva già.

«Con chi parli, a Roma?»

«Non lo so. Una voce alterata, metallica. E quando l'ho incontrato a Roma avevo in testa un cappuccio. Si fa chiamare signor A.»

«Cosa gli hai detto sino a ora?»

La biblioteca non era intercettabile. Potevo consentirmi una minima bugia.

«La loro agente è molto inesperta, ha scoperto solo chiacchiere inutili della sua compagna di stanza e altre ragazze. Per questo ho deciso di occuparmi dell'autopsia, per chiedere più soldi agli italiani.»

Ora quegli occhi grigi scrutavano dentro di me.

«Lei è venuta a casa tua poco prima di noi. Hai già detto ad Alba Rossi dell'autopsia falsata?»

Potevo dire la verità, senza timori.

«No. Ma lei mi ha detto di aver contattato il testimone che aveva visto Rosaria entrare in acqua da sola, Alì Saleh. E dice che mente, che il costume da bagno...»

Lui mi bloccò con un gesto, gettò fuori il mozzicone e annuì, soddisfatto.

«Bene, Ahmed, vedo che sei sincero. Abbiamo messo microfoni a casa tua, anche sul pianerottolo. Non preoccuparti di Alì Saleh. Comunque troverai la casa pulita, i miei uomini hanno rimesso tutto a posto. »

Ma non era tutto a posto, ovviamente.

« Zio, domani mattina dirò a Roma che l'autopsia era validissima. Così l'agente italiana parte domani stesso. »

Lui mi guardò, con quei gelidi occhi grigi. Si tolse il borsalino e ora vidi bene la punta dell'orecchio mozzato. Non era solo una piccola mutilazione. Era un monito che non avevo mai colto. Era colui che mi aveva ispirato.

Esseri umani che tagliano pezzi di altri esseri umani.

« Tu farai quello che ti dico io, Ahmed. Alba Rossi non si muove da qui. Se per caso ci provasse, la bloccheremo e la arresteremo per spionaggio. »

Ero sorpreso, incredulo.

« Ma perché? »

Di colpo lui mi guardò con sospetto.

« Sei innamorato di lei? »

C'era un'ombra di gelo nella voce.

« Certo che no, zio. È un lavoro. »

Lui ci pensò un po', toccandosi l'orecchio mozzato.

« Vedi, Ahmed, devi stare attento alle due tare genetiche di tuo padre, le donne e la lealtà. Avviamoci, si torna a casa tua. »

Eravamo arrivati sotto casa mia. Parcheggiai. Zio Karim mi gettò una lunga occhiata. Sfregò un cerino sull'unghia e si accese un'altra sigaretta. Alla luce della fiammella il suo viso ascetico, con le sopracciglia folte e la punta dei capelli a V, tremolava, come l'ombra del diavolo.

« Domani chiami i tuoi amici a Roma e sarai leale. Riferirai a quel signore con la voce metallica tutto ciò che avete scoperto sulla falsa autopsia e su Alì Saleh, senza nascondere nulla. E racconterai anche ad Alba Rossi della falsa autopsia. Devi dire tutto, tranne di me, ovviamente. Fammi sapere cosa ti viene ordinato di fare.»

«Ma zio...»

Lui mi interruppe. Il tono cambiò, ghiaccio lungo la schiena nella notte tiepida.

«Ho un dovere morale verso tuo padre e uno materiale verso la Libia. Non devi mai costringermi a scegliere, Ahmed.»

Scese e salì sul Mercedes scuro che partì nella notte.

Johnny

Era tutto in ordine. Mancavano solo le lenzuola e le federe del divano, che erano state sporcate dal sangue di Olga e Ivanka. Mi chiesi cosa ne avrebbero fatto dei corpi, cosa avrebbero detto ai loro parenti, alla loro ambasciata.

Scomparse in mare, come Rosaria. O sepolte nel deserto. O gettate in un pozzo nero.

Era come se dentro casa mia un'ora prima non fosse accaduto nulla. Ed era così che dovevo pensarla se volevo sopravvivere, perché il monito finale di zio Karim era stato molto chiaro.

Non costringermi a scegliere tra te e la Libia, Ahmed.

Passai la notte a riflettere, seduto per terra, perché non riuscivo ad avvicinarmi né al divano né al letto. La situazione era molto complicata ma era chiara almeno su un punto: non avevo altra scelta che obbedire a mio zio.

Riferirai a quel signore con la voce metallica tutto ciò che hai scoperto sulla falsa autopsia, senza nascondere nulla. E anche ad Alba Rossi. Devi dire tutto, tranne di me, ovviamente. Fammi sapere cosa ti ordina di fare.

Al mattino presto spostai l'appuntamento con gli archeologi e andai all'ambasciata italiana. Il caldo era insopportabile e vedevo uomini del Mukhabarat dovunque.

Il signor Pace mi accolse con un sorriso sardonico.

« Buongiorno, signor Guerra. Per fortuna il nostro presidente Ciampi sta bene. Le serve un altro libro per i suoi archeologi? »

« Sì, sto cominciando ad appassionarmi pure io a quei vecchi sassi. Vorrei dare un'altra occhiata in biblioteca. »

« Certo. Conosce la strada, vero? »

Mi chiusi nel cubicolo e formai il numero. Dopo la solita trafila mi passarono il signor A.

« Buongiorno, signor Guerra. È successo qualcosa ad Alba? »

Ero colpito da quel tono un po' apprensivo e dalla domanda. Avrebbe dovuto chiedermi se Alba avesse scoperto qualcosa, non se le fosse successo qualcosa.

« No, sta bene. Ha parlato con Alì Saleh, il testimone che ha dichiarato di aver visto Rosaria entrare in acqua da sola. Dice che è sicura che mente. »

« Doveva solo indagare tra le ragazze all'università. »

Ero un po' stupito, mi aspettavo un'altra reazione.

« Anche io mi sono mosso in proprio, per dare una mano. »

« In che senso? »

« Mi sono ricordato che ho un'amica infermiera all'obitorio. E lei conosce quella che era presente durante l'autopsia di Rosaria Musumeci.»

Ci fu una breve pausa di silenzio.

«Nessuno le aveva chiesto di fare nulla, signor Guerra.»

«Certo, voi non siete mai grati a chi vi fa un favore.»

«Lei fa spesso dei favori non richiesti.»

«L'autopsia di Rosaria Musumeci è falsa. Quando è stato portato all'obitorio, il cadavere aveva entrambe le gambe. Poi è intervenuto il Mukhabarat. Hanno portato via il cadavere, quando è tornato mancava una gamba. Gli squali l'hanno mangiata in un acquario.»

Ci fu una lunga pausa. Poi la voce tornò.

«Molto bene, signor Guerra. Ci muoveremo noi da qui. Non riferisca della falsa autopsia ad Alba Rossi e le dica di rientrare subito a Roma. Anche il suo incarico è finito. Ora lei può tornarsene a Capri.»

Ero sbalordito. Accadeva tutto il contrario di ciò che era prevedibile. Zio Karim voleva che l'inchiesta italiana andasse avanti, il signor A voleva bloccarla. Ma zio Karim era stato molto chiaro.

Se Alba Rossi prova a partire la faccio arrestare.

«Non le interessa più la verità su Rosaria Musumeci?»

«Non la riguarda, signor Guerra. Dica ad Alba di rientrare a Roma.»

Cercai di far leva sul suo timore che le accadesse qualcosa.

«Il Mukhabarat ci tiene d'occhio. Una partenza improvvisa apparirebbe sospetta. Se Alba provasse a partire potrebbero anche fermarla, mentre se resta qui non corre alcun rischio.»

Questa volta la pausa fu molto lunga. Poi la voce del signor A ritornò, ed era molto preoccupata.

« La copertura tra lei e Alba funziona? »

No, il Mukhabarat sa che è un'agente italiana.

« Sì, funziona. »

« È sicuro che non corra dei rischi a restare lì? »

Chiusi gli occhi.

Certo che corre dei rischi. Ma se prova a partire zio Karim la farà arrestare per spionaggio.

« Sì, a meno che lei non le dia istruzioni rischiose. »

« Bene. Non le dica di questa storia dell'autopsia e le raccomandi di continuare a parlare solo con le studentesse e di essere molto prudente. Penserò io ad altri canali per indagare sulla morte di Rosaria Musumeci. »

« Va bene. »

« Signor Guerra, si ricorda di Branka, vero? Degli anni che passerà in galera qualora accadesse qualcosa di spiacevole? »

« Me lo ricordo. »

La comunicazione venne chiusa. Zio Karim sarebbe stato contento di me. Ero costretto a restare lì un altro mese, ma poi Alba sarebbe tornata a casa, io a Capri e nessuno mi avrebbe più parlato di Branka Pavlovic.

Johnny

Il modo per contattare zio Karim era simile a quello previsto per il signor A. Un numero di telefono, passaggi intermedi, i Servizi non hanno fantasia in queste cose. Mi prelevarono sotto casa con un suv nero, lui era seduto dietro. Alla guida e davanti c'erano i due killer che avevano ucciso Olga e Ivanka. L'aria condizionata nel suv era spenta e si bolliva.

«Allora, Ahmed? Come l'ha presa il signore con la voce metallica?»

«Era piuttosto impressionato. Voleva far rientrare Alba Rossi.»

«Questo è molto strano e non deve avvenire.»

«L'ho convinto che è meglio che resti qui, come volevi tu.»

«E che istruzioni devi darle?»

«Di non fare nulla, non deve correre rischi.»

«Come sarebbe? Nonostante l'autopsia falsa e il testimone fasullo?»

«Gli ho detto tutto, ma lui ha insistito: massima cautela.»

«E ha deciso di non fare nulla?»

«Forse è preoccupato che la sua agente venga scoperta, dovrebbe rispondere ai suoi superiori della crisi diplomatica con la Libia e la sua carriera verrebbe danneggiata. Gli italiani sono fatti così, zio. Cacasotto burocratici.»

«Non tutti, Ahmed. Tuo padre non era affatto così.»

«E com'era?»

Ci fu una breve pausa.

«Un altro giorno, Ahmed. Se mi servirai bene sino alla fine di questa storia. Ora dimmi una cosa: sei tu l'unico tramite tra il signor A e Alba Rossi, vero?»

«Credo di sì, per non compromettere la copertura.»

«Ottimo. Allora devi dirle della falsa autopsia.»

«Ma zio...»

« E devi dirle che il suo capo vuole che diventi molto amica di Marina Lafont. »

« Cosa? Ma perché dovrebbe... »

« Ahmed, non devi discutere mai con me. »

Lo disse in arabo e con un tono molto diverso. Era il suo vero tono, quello dell'uomo che aveva fatto sparare a sangue freddo a Olga e Ivanka. E in quel suv con l'aria condizionata spenta io sudavo come un maiale e lui era asciutto come se fosse appena uscito da un'asciugatrice.

« Zio, scusami, non capisco... »

« Tu sei un soldato, Ahmed. Non una spia. Non devi capire, solo eseguire. Del resto, Alba Rossi è stata mandata qui per investigare su Rosaria Musumeci, no? Bene, io la sto aiutando. Deve diventare intima amica di Marina Lafont, quella è la strada. Dille che glielo ordina il signor A. »

« Marina Lafont ha già una grande amica, Nina, la ragazza croata. »

Lui annuì, come se fosse irrilevante.

« Lo sappiamo, ho già risolto. Tu devi solo riferire ad Alba Rossi di diventare amica di Marina Lafont rapidamente, a qualunque costo. »

« Che vuol dire a qualunque costo? »

« Alba Rossi lo capirà da sola, se non l'ha già capito. È un'agente dell'intelligence, una ragazza occidentale sveglia che sicuramente sa come risolvere certe cose. »

« Se le accadesse qualcosa di male, il signor A mi spedirebbe in galera. »

Lui annuì.

« Mi è giunta voce che hai tagliato in due Branka Pavlovic. »

«Per far finire prima la guerra.»

Lui sorrise, compiaciuto.

«Bravo, soldato Johnny. Il sangue di tuo padre e i miei insegnamenti fanno miracoli. E quei coglioni di italiani invece di ringraziarti ti ricattano?»

«Purtroppo è così.»

Lui mi posò una mano sulla spalla.

«Provvederò io. Qualcuno dell'UCK si autoaccuserà per Branka e sarai libero dal loro ricatto.»

«Grazie, zio. Ma questo vuol dire che succederà qualcosa di male ad Alba Rossi?»

Lui mi guardò negli occhi.

«Hai paura per te o per lei, Ahmed?»

Un altro cubetto di ghiaccio scivolò lungo la mia schiena. Me lo aveva già chiesto, mi aveva avvertito.

Sicuro che è solo una copertura la vostra storia d'amore? Vedi, Ahmed, devi stare attento alle due tare genetiche di tuo padre, le donne e la lealtà.

Poi mi guardò.

«L'amore folle di tuo padre per tua madre fece finire la nostra amicizia. Riferisci ad Alba Rossi ciò che ti ho detto e tienimi al corrente.»

Mi fecero scendere. Era come in quel pozzo nero con Mahmoud, in Kosovo. Anzi, peggio. Lì era solo questione di aspettare, poi sarebbe andata meglio. Qui avevo la sensazione che il peggio fosse pronto ad aspettarmi fuori dal pozzo.

Ahmed.

Era passata da poco l'ora di pranzo, la cappa di caldo era al suo massimo, io ero sudato, teso, stanco. Col Volkswagen mi districai tra la selva di auto arroventate.

Sulle impalcature dei palazzi in costruzione persino gli operai di colore erano acquattati sotto la poca ombra dei ponteggi. I bar e i marciapiedi erano deserti.

Alba doveva aver finito le lezioni e il pranzo quando raggiunsi la sbarra di ingresso all'università e la chiamai sul cellulare.

Lei rispose dopo qualche squillo.

«Ciao, *habibi.*»

«Ciao, Johnny.»

La sua voce era fredda.

«Devo spiegarti, *habibi*, quelle due erano lì per caso. Sono qui, appena fuori dal campus.»

Quella love story di copertura era una farsa inutile, ormai. Ma lei non doveva saperlo, se avesse intuito che il Mukhabarat aveva scoperto che lei era un'agente avrebbe cercato di partire e zio Karim l'avrebbe fatta arrestare.

«Scendo.»

Aba

Le guardie alla sbarra mi osservavano mentre mi avvicinavo al suo Volkswagen. Johnny era lì, coi suoi occhiali a specchio.

Stai calma, Aba. Sei qui in Libia per Rosaria, con lui non è successo nulla e presto sarà solo un puntino nel tuo passato.

Lasciai che mi baciasse sulle guance. Ma non ero calma abbastanza.

«Se non facesse così caldo ti chiederei di abbassare la capote e farci una sveltina, *habibi*. Tanto per togliere ogni dubbio a chi ci sorveglia sulla tua grande efficienza sessuale.»

Lui non mi guardava, nascosto dietro i due specchi sugli occhi.

«Era necessario, Alba. Era lavoro.»

Mi prendeva in giro.

«Davvero? Due alla volta? Lavoro doppio?»

«Olga e Ivanka sono infermiere all'obitorio. Ho scoperto che l'autopsia di Rosaria era falsa.»

Ero incredula, sbalordita, spaventata.

«Ti stai inventando tutto?»

«No. L'ho appena riferito al tuo capo a Roma.»

«Che vuol dire falsa?»

«Le hanno amputato una gamba perché aveva troppe fratture.»

«Non capisco.»

«Forse non è morta annegata. Forse è caduta da un terrazzo, da un balcone...»

Non stava mentendo. Lo sentivo dal tono preoccupato. E, soprattutto, lui era quello che voleva dimostrarmi il contrario, che era tutto in regola. Quelle novità davano un senso molto diverso alla mia presenza a Tripoli, insieme a ciò che avevo scoperto su Alì Saleh.

«Cosa dicono a Roma?»

«Vogliono che tu diventi amica di Marina Lafont. Lei è la chiave per capire cosa è accaduto a Rosaria. La nostra copertura continua, ma non ci vedremo per un po', come se avessimo litigato per via di quelle due.»

Ero incredula, piena di rabbia e risentimento.

«Già, la nostra bella copertura... Togliti quegli occhiali, Johnny.»

Lui si tolse gli occhiali e si voltò. Ora li vedevo i suoi occhi. Era preoccupato, teso.

« Voglio convincere quelli che ci spiano che abbiamo litigato, senza romperti quei bellissimi occhiali. »

Lo schiaffo lo prese in piena guancia, un ceffone vero. Scesi dall'auto e mentre passavo la sbarra le guardie indicavano Johnny e ridevano a crepapelle.

11

MATA HARI

Aba

Non tornai al dormitorio dopo la scenata con Johnny. Cercai un tavolo in un angolo della caffetteria, accanto al condizionatore. Non volevo incontrare nessuno. Avevo bisogno di riordinare le idee e le emozioni. Dovevo reagire, assolutamente.

Sono venuta qui per Rosaria Musumeci, non per Johnny. Volevo fare la differenza, no? E ora grazie a Johnny e alle sue troie ho l'occasione per farla.

Gli ordini da Roma erano molto chiari.

Diventa amica di Marina Lafont.

Sicuramente mio padre sapeva qualcosa, aveva una sua precisa ragione. Ma non mi era dato saperla, non ancora. Solo che mio padre ignorava che tipo di ragazza fosse Marina Lafont. Il mio opposto: sfrontata, egocentrica, volgare. E forse anche...

No, c'erano situazioni che non ero in grado di affrontare...

Julieta entrò nella caffetteria, mi vide e si avvicinò al tavolo. Aveva una bottiglietta e due bicchieri.

« Ho fatto la sangria col succo di uva. Non è il massimo, ma almeno fingo di essere un po' a casa mia. »

Mi versò un bicchiere di liquido rosso. Era buono, ma ne buttai giù solo un dito.

« Penelope dov'è? »

Lei alzò gli occhi al cielo.

« In biblioteca, come sempre. Sta preparando la sua dissertazione per far colpo sulla mente del professor Hussein. »

« E tu? »

« Io credo che lui guardi più ad altre cose, quindi sono stata un paio d'ore in palestra. »

Vide che ero imbarazzata e ridacchiò.

« Al mio liceo c'era un concorso per miss lato B. L'ho vinto per cinque anni di fila, devo mantenere la reputazione. Bisogna contrastare la forza di gravità. »

Julieta aveva questo pregio, oltre alla bellezza solare, era simpatica e autoironica.

« Non lo trovi avvilente? »

« No, Alba. Lo trovo divertente, la vita è già così pesante. Come fai a reggere una come Marina? »

« Ha i suoi lati difficili, vero. Ma anche un suo modo di essere profonda. »

Lei spalancò gli occhi azzurri.

« *Madre de Dios!* Ora che Nina è partita sta plagiando anche te? »

« Nina è partita? »

« Non hai saputo? »

« No, cosa? »

« È dovuta partire di corsa e tornare a casa. Quelli dell'UCK hanno dato fuoco alla casa dei suoi e suo padre è in ospedale con molte ustioni. Per Marina sarà un duro colpo, prima ha perso Rosaria, ora Nina... »

*

Marina non rientrò quella sera. Era meglio così. Caddi in un dormiveglia agitato. Tornavano le immagini di Johnny, la sua voce piatta mentre mi raccontava della doppia scopata per motivi di lavoro, quel bacio in barca davanti alla Moneta. Quanto tempo era passato? Un mese? Un anno? Un secolo? Non aveva più nessuna importanza. Non ero venuta a Tripoli per Johnny. E ora arrivarono i volti distrutti dei genitori di Rosaria, le lacrime di quell'omone, l'ultimo messaggio, *prendi le medicine, papà, vi voglio bene.*

Volevo giustizia per Rosaria Musumeci ma non avevo fatto quasi nulla, avevo solo imbrattato il cancello dell'ambasciata libica a Roma. Come li definiva mio padre, gesti stupidi e irrilevanti. Dovevo obbedire a mio padre.

La verità passa da Marina. E io sono allenata per ingannare chiunque.

Mi addormentai per spossatezza, un dormiveglia senza né sonno né sogni.

Aba

Dormivo, finalmente, quando Marina aprì le persiane, accese i fornelli e mise a scaldare il caffè. Non l'avevo sentita tornare, la vedevo attraverso gli occhi socchiusi: nuda tranne gli slip, con la sigaretta già accesa tra le labbra, l'auricolare del lettore MP3 in un orecchio. Poi lei cominciò a canticchiare tristemente *My Heart Will Go On*.

« Come stai, Marina? Mi spiace per Nina, ho saputo. »

Lei si voltò. Gli occhi verdi sotto il caschetto di capelli rossi erano pieni di rabbia.

« Che te ne frega di Nina? »

Io ero pronta. Se lei era una specie di diavolo avrei ingannato anche il diavolo.

« Di lei niente. Mi dispiace che tu sia triste. Vorrei che non fosse così. »

Lei mi guardò, gli occhi pieni di ironia.

« Be', tu non puoi farci un bel niente. »

« Perché? »

« Perché non siamo in sintonia. Non ti ricordi la scenata che mi hai fatto per quello scherzo al bar? »

Mi feci forza, quello era il momento.

« Non mi piacciono le sorprese. Lo scherzo era divertente. Rifacciamolo a ruoli invertiti. »

Lei scoppiò a ridere.

« Ruoli invertiti, Paperina? Ma tu non saresti capace di sedurre nessuno in quel modo! »

« Forse non mi conosci ancora abbastanza. »

Il mio cuore cominciò a battere così forte che ebbi paura che lei lo sentisse. Lei parve sorpresa dalla mia frase.

« Hai bisogno di un'amica perché hai litigato con Johnny, Alba? Qui in università sanno tutti che l'hai preso a ceffoni, brava. Le guardie al cancello ridono ancora. »

« Con Johnny è solo sesso, Marina. »

Lei arricciò la bocca con la sigaretta fumante che pendeva da un angolo.

« E allora perché dici sempre il suo nome mentre dormi? »

Avevo le guance in fiamme e lei rideva. Ero inebetita. Nominavo Johnny durante il sonno? Era già grave così. Ma poteva andare molto peggio. Potevo rivelare ben altro.

Sono una spia mandata qui dal generale Adelmo Abate, mio padre.

« Sei deliziosa quando arrossisci, Paperina. »

Marina si alzò e venne a sedersi accanto a me sul mio letto. Le sue cosce nude toccavano le mie. Posò una mano sul mio ginocchio.

« Cosa vuoi davvero, Alba? »

Mi feci forza.

Fallo per Rosaria e i suoi genitori.

« Essere tua amica. Come Rosaria. »

« Non sei solo una Paperina? »

« Paperina è la mia copertura. »

Lei si tolse la sigaretta dall'angolo della bocca. I suoi occhi verdi erano sfavillanti.

« E va bene, Alba, proviamo. Questa sera la scena è tutta tua. »

Aba

Scambiarsi le parti significava anche vestirsi in modo diverso dal solito. Su mia richiesta, Marina mi prestò una delle sue minigonne e un top aderente. Lei indossò un mio paio di pantaloni larghi che le arrivavano appena alla caviglia e una delle mie tristi camicie ampie e bianche di lino. I suoi occhi verdi ridevano mentre ci guardavamo allo specchio.

«Non ti riconosco, Alba. E nemmeno io mi riconosco, vestita da monaca. Ho qualche dubbio che tu ce la faccia.»

Dal suo punto di vista aveva ragione. Conosceva solo Alba, la ragazzina educata con la frangetta. Non sapeva nulla di Aba Abate, di Adelmo, degli anni di allenamento. Non sapeva che potevo recitare qualunque parte se era per una giusta causa.

«Vedrai, Marina. Ti sorprenderò.»

Andammo in centro con un taxi, verso le nove. Scegliemmo un altro bar, su Jaddad Istiklal, verso la ex cattedrale italiana. Il locale era già molto affollato. Moltissimi uomini, pochissime donne, grande schermo tv acceso sul calcio, vociare e odore di shisha.

Ci sedemmo a un tavolino libero, come la volta precedente. Ordinammo due Pepsi e Marina si accese una sigaretta. Era bellissima persino nei miei abiti monacali. Il suo caschetto di corti capelli rossi e quegli occhi verdi da gatta erano davvero una combinazione affascinante. Ora dovevo colpirla, sbalordirla, indurla a diventare una vera amica e fidarsi di me. Era impossibile avere relazioni neutre con Marina Lafont, o era amore o era odio.

«Sono contenta di averti come compagna di stanza, Marina.»

Lei mi guardò, attraverso il fumo della sigaretta.

«Davvero? E allora perché continui a pranzare con

quelle due troie di Julieta e Penelope che mi vorrebbero mettere al rogo? »

« Perché ti odiano tanto? »

Lei continuava a fissarmi con quegli occhi verdi.

« Lo sai perché. Per andare sul palco con Omar Sharif e Gheddafi il 9999. »

« Ma tu non ci tieni. Anzi, a lezione lo contesti, non ti metti in fila per omaggiarlo alla fine... Fai di tutto per non farti scegliere, no? »

Lei fece una smorfia con quelle labbra da bambola.

« Sei così ingenua, Paperina. Non li capisci proprio gli uomini! »

Era il momento. Quello in cui dovevo essere Mata Hari, non Paperina. Ed ero capace, avevo avuto il migliore maestro del mondo. Dovevo solo convincere Marina Lafont a fidarsi di me, senza diventare un'altra persona.

Mi guardai intorno rapidamente. Servivano due che fossero belli. O almeno uno dei due. Notai un bel tipo scuro, alto, con la barba, due o tre tavoli più in là, fumava la shisha con un amico.

Mi alzai. Marina, sorpresa, cercò di trattenermi.

« Dove vai, Alba? Non è così il gioco, devi attirarli qui. »

Non le risposi. Ancheggiando arrivai sino al tavolo dei due giovanotti che mi fissavano perplessi. C'era una sedia libera, vicino al bellone.

« Posso? »

Non aspettai la risposta, ero già seduta. Marina mi lanciava occhiate di vivissima disapprovazione. Mi rivolsi al bellone.

« La mia amica si sente sola, manda il tuo amico a tenerle compagnia. »

Parlottarono in arabo e quello più piccoletto si allontanò verso il tavolo di Marina. Io dovevo essere rapidissima. Presi il bellone per mano.

« Alzati, andiamo. »

Lui si alzò, incerto.

« Dove andiamo? »

« A casa tua, ce l'hai un posto, no? »

Lui spalancò gli occhi.

« Non ho soldi. »

« Non sono una *gahba*. Sei bello, in ospedale mi annoio a morte... »

Spalancò gli occhi e ci avviammo, mano nella mano. Passammo vicino al tavolo dove il suo amico si era seduto con Marina e le parlava in un inglese elementare. Lei cercò di prendermi per un braccio.

« *We have to go home, Alba.* »

Io posai la mano sul bicipite del bellone. Gli parlai in arabo.

« Manda via questa stronza gelosa. »

Lui si voltò verso Marina e fece il primo errore.

« *Fuck off, bitch!* »

Marina si alzò, la sigaretta all'angolo della bocca, era alta quanto lui. Gli rispose per metà in inglese e per metà in arabo.

« *Fuck you, gawad.* »

Dagli altri tavoli cominciarono a ridere. Il bellone fece il secondo errore, le tirò un ceffone che Marina schivò agevolmente. Lei gli sferrò un calcio ai testicoli che lo fece piegare in due, urlando per il dolore. Cominciò a vomitare, mentre tutti ridevano.

Marina mi prese per il polso e mi trascinò via per i vicoli. Rideva e imprecava.

« *Merde*, Alba, *merde*! Altro che Paperina! »

Aba

Trascorsi una notte insonne, ero ancora agitata per la bravata. Invece Marina dormì e russò persino, mentre io fissavo la finestra da cui filtrava la debole luce del lampione.

Sei sicura di farcela, Aba? Di convincerla senza perderti?

Sì, la domanda arrivava. Ma ero certa di riuscire a dominare le emozioni con la mia intelligenza, con la mia formazione, con i miei valori.

Scoprirò chi ha fatto del male a Rosaria.

Quando la luce del sole riempì la stanza ero decisa a dare a Marina Lafont un'altra dimostrazione di non essere la Paperina che lei pensava. Mi affacciai alla finestra e indicai il cielo.

« Oggi il vento è forte ma dal Nord, per fortuna, meno umidità e meno mosche. Dopo la lezione potremmo fare windsurf. »

Lei aggrottò la fronte.

« Sai andare? Guarda che ci saranno almeno venticinque, trenta nodi. »

« Ti ho già detto che non mi conosci, Marina. »

Lei sbuffò, dubbiosa.

« Va bene, Alba. Tanto se anneghi ti salvo io. »

Dopo la lezione del professor Hussein partimmo sulla Skoda di Marina. Il vento era teso e più fresco. Il cielo era più intenso e più azzurro, e il mare blu e bianco di spuma in cima alle onde. Marina guidava la sua Skoda infischiandosene delle regole stradali e attirandosi variopinti insulti in arabo a cui lei rispondeva con il dito medio. Tagliò una rotonda senza dare la precedenza, tra grandi stridii di freni e insulti.

«Non puoi andare più piano, Marina? Finirà che qualcuno ci blocca e ci riempie di botte.»

Lei suonò a un pick-up che andava troppo piano.

«Non credo proprio. Gheddafi non vuole problemi con gli occidentali ora che ha deciso di fare anche lui un pompino a Bill Clinton.»

Probabilmente aveva ragione, perché nessuno osò toccarci. Quando raggiungemmo Gargaresh, lei svoltò con grande stridore di gomme in un sentiero sterrato con una scritta in inglese, *Hawaii Beach.* Dopo un chilometro arrivammo a uno spiazzo terroso in mezzo agli eucalipti. C'erano già alcune auto e diverse moto parcheggiate. Lei mi guidò lungo un sentiero sabbioso sino alla spiaggia dei surfisti. C'erano solo alcuni ragazzi, tutti maschi. Si girarono a guardarci, due belle ragazze, una mora e una rossa.

«Non ti preoccupare, Aba. Mi conoscono, ci sono venuta spesso con Rosaria e con Nina. La prima volta un maiale ci ha provato e gli ho tirato un calcio alle palle. Se lo ricordano bene tutti, non ci daranno fastidio.»

Marina si diresse a una tenda dove un ragazzo scuro coi baffetti se ne stava sdraiato su un'amaca sotto un eucalipto.

«Marina, *habibi.* Ogni volta che ti vedo...»

«Lo so, Abdu. Ma ti ho già detto che quando sono innamorata sono fedele.»

«E Nina non c'è?»

Marina indicò me.

«No. Ora c'è Alba.»

Abdu si alzò e mi tese la mano, scuotendo il capo.

«Marina viene sempre con ragazze molto belle. Ma come fate a preferire... insomma, rispetto a noi maschi...»

Marina gli mostrò il dito medio.

«Altro livello di sesso, Abdu. Noi due ce la caviamo bene, vero Alba?»

Dovevo essere paonazza e riuscii a stento a fare cenno di sì. Poi Marina ebbe pietà di me e cambiò discorso.

«Allora, Abdu. Quanti nodi? Venticinque?»

«Il maestrale sta salendo, arriverà a trenta.»

«Ok, dammi la tavola da slalom con la vela da cinque e mezzo. Ad Alba una tavola più semplice e una vela più piccola. Ha un bel corpicino sodo, ma non ha i miei muscoli. E il trapezio per tutte e due.»

«No, prendo anch'io la tavola da slalom e la vela da cinque e mezzo.»

Lei mi guardò, sorpresa, poi sbuffò.

«Ho capito, mi toccherà salvarti.»

Non poteva sapere delle domeniche d'inverno in cui Antonio Ferrara, assistente di mio padre ed ex campione di surf e sua moglie mi portavano a Ostia, quando avevo dieci anni, e Antonio mi insegnava il windsurf senza che mio padre ne sapesse nulla.

Abdu iniziò ad armare le vele e preparare le tavole. Il

mare si stava alzando ma non ero preoccupata, avevo fatto sia surf che vela in condizioni ben peggiori. Non era il mio corpo ad avere paura, era il mio cuore.

Ero entrata in un mondo non mio, un mondo in cui non era facile controllare emozioni e reazioni, come avevo sempre fatto. Una parte di me, *i geni di tua madre* avrebbe detto mio padre, era trascinata irresistibilmente in qualcosa che non dominavo del tutto, qualcosa da cui potevo ma non volevo fuggire.

Marina si stava agganciando il trapezio. Era splendida, nel bikini rosso come il caschetto dei suoi capelli. Indicò il mare spumeggiante sotto la sferza del vento che arrivava da nord.

« Se non te la senti resta qui a riva, Paperina. »

Non le risposi. Agganciai il trapezio e poco dopo sfrecciavamo sul mare blu. Lei solcava l'acqua venti metri davanti a me, con quel corpo incredibile a metà tra nuotatrice e modella. Ma aveva più muscoli che tecnica. La superai agevolmente, poi andai in cerca dell'onda giusta e dell'angolazione esatta. Il salto mi spinse verso l'alto, sospesa in volo metri sopra quel mare, e poi riatterrai sull'acqua e continuai. Lo feci diverse volte, con movimenti sempre più complicati.

A un certo punto, Marina mi indicò un lembo di sabbia deserta, circa un chilometro a valle di Hawaii Beach, e vi si diresse. Le andai dietro, tirammo a riva tavole e vele e ci sdraiammo sulla sabbia calda, una accanto all'altra, sotto il sole.

« Accidenti, Alba, sei una fuoriclasse. »

« Ho uno zio che è stato un campione di surf prima

che ci aggiungessero le vele. Mi ha insegnato lui, ogni domenica a Ostia, d'inverno, da bambina.»

«Be', comincio a scoprire dei lati nascosti. Forse meriti più del tuo finto autista in ciabatte. O ne sei innamorata?»

Si spostò più vicina. Eravamo lì, sole, i corpi seminudi bagnati a pochi centimetri. Ora dovevo essere fredda, decisa, portarla dove volevo.

«L'altra sera l'ho beccato in flagrante. Con due ragazze. Gli uomini sono tutti dei gran coglioni.»

Marina si tirò su, appoggiata sul gomito. I suoi occhi verdi mi scrutavano. Stava cercando di capire chi aveva davvero davanti, ora che non aveva più né Nina né Rosaria.

«Te l'ho detto che ha l'aria di uno che si dà molto da fare.»

«Vero. Infatti tu hai il cervello. Oltre a tutto il resto.»

«Cosa vuoi che sia per te? Una spalla su cui piangere per il tuo Johnny?»

«Non lo so, Marina. Tu cosa potresti essere?»

Lei sorrise.

«Il rapporto tra donne non è come quello tra una donna e un uomo. Va oltre, in spazi di complicità inconcepibili per gli uomini.»

Era il momento.

«Come con Rosaria, vero?»

Lei era pensierosa, come se dovesse decidere se andare oltre. Marina abbassò la voce, quasi temendo che qualcuno potesse sentirci.

«L'ho aiutata a conquistare il professore per andare con lui sul palco all'evento finale del 9999.»

« Ma perché? »

« Perché lei voleva salire su quel palco in diretta tv. E io sapevo come farla scegliere da Khalil Hussein. »

« Andandoci a letto? »

Lei mi guardava come se fossi una bambina.

« Non capisci niente degli uomini, Alba. Il professor Hussein può portarsi a letto chi vuole. Quel tipo di uomo desidera solo ciò che non può avere. »

« Be', allora tu sei l'esempio perfetto. »

« Certo. Solo che io sarei un rischio eccessivo per portarmi con sé su quel palco in diretta. Rosaria è diventata irraggiungibile, perché io le ho insegnato a farlo. E lei non era un rischio per lui, non era aggressiva, non lo contestava. Era proprio come te. »

« Io? »

« Certo, tu. Non te lo sei mai filato, niente interventi durante la lezione, nessuna domanda alla fine dopo la fila per i saluti. Sai, Paperina, è un vero peccato perché per lui sei il tipo adatto e io potrei insegnarti come fare. Ma tu sei solo una ragazzina borghese che vuole un po' di avventura e sa andare in surf. Non hai nulla a che fare con me. »

Era vero, lei non aveva nulla a che fare con il mio mondo. Lei veniva davvero dall'iperspazio. Non sapevo ancora da quale pianeta, ma doveva essere un pianeta molto lontano. Mentre io ero una ragazzina borghese piena di idealismo e di chiacchiere. Per vent'anni ero stata in un mondo perfetto, protetto, senza confini visibili ma con le pareti d'acciaio della certezza. Adesso mi trovavo esattamente al bivio tra certezza e ignoto. Potevo essere per sempre ciò che già ero, ciò che mio padre aveva forgiato.

Volevi fare la differenza Aba? Fare giustizia per Rosaria? Vuoi tornare a Roma a imbrattare cancelli e urlare slogan?

« Ti sbagli, Marina. Io sono capace di tutto se ne ho voglia, e se mi insegni vendicheremo Rosaria. »

La baciai leggermente sulle labbra. Poi mi alzai, ripresi la mia tavola e sfrecciai via sull'acqua.

12

TITANIC

Johnny

La temperatura era ormai stabilmente sui quaranta gradi e il mio condizionatore era stabilmente mezzo rotto. Gli archeologi mi tormentavano con le mattinate sotto il sole cocente, in mezzo alla sabbia e alle mosche, alla ricerca di inutili cocci. La sera ero così distrutto che non avevo neanche la forza di andare al Rixos o al Cubano per cercare compagnia. Forse non ne avevo voglia, il che era molto peggio.

E poi c'era Alba.

Lei ti sta cambiando, Johnny. Lentamente ma inesorabilmente. Come i sintomi della febbre. Stalle lontano. Zio Karim ti ha avvertito.

La telefonata di Mahmoud da Tripoli mi fece piacere, era bello vederlo ed era almeno una momentanea distrazione da quei pensieri. Ci incontrammo al Rixos. Lui si presentò vestito all'occidentale, con un improbabile completo blu che gli stringeva troppo il torace e le spalle possenti. Indossava persino la cravatta e si era tagliato la barba. In mezzo alla hall piena di uomini d'affari e inservienti, ci abbracciammo all'araba, braccia allungate, mani sulle spalle. Ci accomodammo a un tavolino del bar interno, che si stava riempiendo a fine giornata.

« Accidenti, Mahmoud, come ti sei conciato? »

Lui si accese un sigaro e ridacchiò.

« Ricordi Michael Douglas in *Wall Street*? »

« Be', se non ti conoscessi ti avrei scambiato per l'usciere del Rixos. »

« E io per un accattone. Che diavolo ci fai in questo scatolone di sabbia bollente? »

« Te l'ho spiegato al telefono. L'addetto commerciale italiano mi ha chiesto un favore personale molto ben retribuito, porto in giro una missione di archeologi. E tu che ci fai qui? »

Lui si aggiustò il sigaro tra le labbra. Gli era sempre piaciuto scherzare.

« Ora sono un businessman, mio caro. Il ristorante di Assuan va alla grande. Io e i miei soci vorremmo aprirne uno in Libia, a Ghadames. Vuoi entrare in società anche tu? »

« Non credo che andrei d'accordo con i tuoi soci. E con l'aria che tira qui a Tripoli ti consiglio di non citarli mai. »

Lui annuì, ora serio.

« Lo so, Gheddafi per ripulirsi la fedina penale deve togliere di mezzo chi va troppo in moschea. Be', tu non corri alcun pericolo Johnny. »

« E nemmeno tu, se ti limiti agli affari. »

Lui alzò le braccia al cielo.

« Niente più guerra, solo business. »

« E poi con i soldi finanzi la guerra. »

Lui gettò un'occhiata intorno.

« Questo posto è pieno di spie, Johnny, parliamo del business e di donne. »

« Ma che senso hanno i ristoranti in mezzo al deserto? »

« La svolta di Gheddafi favorirà il turismo in Libia, oggi si compra un edificio e una licenza per un pugno di mosche. Appena gli americani toglieranno le sanzioni ci sarà un vero boom. »

Ero sorpreso dalla versione affaristica di Mahmoud. Ma immaginavo la fonte.

« Sono i tuoi soci al Cairo a darti lezioni di economia, vero? »

Lui rise.

« Certo. Noi guardiamo tutto con molta apertura, Johnny. Se non vogliono che preghiamo Allah, almeno che ci lascino fare soldi. E a donne come ti va? Qui non è mica Capri! »

« Ci sono le hostess e le infermiere. »

Poi mi ricordai della mia copertura. Era meglio essere prudente.

« C'è anche una studentessa italiana che sta facendo un corso alla Al Fatah. »

Lui si mise a ridere.

« Una studentessa di anatomia? »

« È la nipote di un funzionario in ambasciata e quindi non la tratto da usa e getta come le altre, se no mi tolgono il lavoro. Ma ho intenzione di sbarazzarmene non appena finisco con questi archeologi. »

Lui annuì.

« Ah, il solito vecchio Johnny sciupafemmine che in realtà cerca l'amore. »

« La pianti con queste scemenze? »

« Ti ricordi il libro che mi hai raccontato mentre stavamo chiusi in quel fetido pozzo? Com'era? Donnaiolo lirico e donnaiolo epico, no? Tu sei lirico, Johnny bello. E sai anche perché.»

Ne avevamo parlato tante volte, durante le lunghe notti in zone di guerra. Mahmoud aveva genitori, fratelli, sorelle. Io nulla.

Ferite inestinguibili. Il sangue bianco dell'anima non smette mai di scorrere.

Lui rispettò il mio silenzio e cambiò discorso.

«Mi sei mancato, Johnny. Davvero, perché non ti metti in affari con me? I miei soci ti stimano molto.»

«La nostra società funziona in tempi di guerra, non sarei mai un buon socio in tempi di pace, Mahmoud. Quando riparti?»

Fece il gesto dei soldi stropicciando pollice, indice e medio.

«Devo corrompere un po' di gente qui a Tripoli per avere gli ultimi permessi. Poi torno a Ghadames, ho preso una casetta lì, vieni a trovarmi.»

«Ho il lavoro, Mahmoud, gli archeologi...»

«Potresti venirci nel weekend con la tua studentessa italiana, magari ha una collega carina. Non mi sono mai fatto una vera studentessa, potrei diventare più intelligente.»

«Non è così che funziona, Mahmoud.»

Lui annuì.

«Ho comprato un piccolo aereo, possiamo fare i lanci col paracadute sul deserto. Come sul Sinai, te lo ricordi?»

Me lo ricordavo benissimo, e non avevo nessuna intenzione di parlarne.

« Vediamo, Mahmoud, semmai ti chiamo. »

Mahmoud si alzò e ci abbracciammo.

« Ti aspetto, Johnny. Quando vorrai ci sono sempre. »

Lo guardai mentre se ne andava. Sandokan in versione Wall Street. Era meglio così. Il cellulare squillò.

La voce di Alba era calma, il tono dolce.

« Ho bisogno di te, *habibi*. Voglio fare pace. »

Johnny

Alba si sedette sulla stessa sedia dove un'ora prima era seduto Mahmoud Al Zirkawi. Questa volta erano i suoi occhi a essere coperti da occhiali da sole. Portava una gonna sopra il ginocchio e mi chiesi se fosse una provocazione o un'accusa. Io ordinai un latte di mandorla e lei acqua e limone.

« Come stai, Alba? »

Lei allungò il braccio e la mano a metà del tavolo.

« Devi prenderla, Johnny. Facciamo pace, ricordi? »

Le presi la mano. Era fredda e rigida.

« Ho fatto amicizia con Marina Lafont, come mi avevi chiesto. »

« Come ha chiesto il tuo capo. »

Lei fece una piccola smorfia amara.

« Ma secondo te sono chiacchiere tra ragazze e basta. Solo che c'è quel problema della falsa autopsia e del falso testimone, Alì Saleh. »

Era esattamente ciò che non volevo sentirle dire. Tanto meno nel bar del Rixos dove tra tutta quella gente ero sicuro che qualcuno ci stesse ascoltando.

« In ogni caso non è questo il luogo... »

« Con l'aiuto di Marina, Rosaria era stata scelta da Khalil Hussein per l'evento 9999, il giorno in cui finirà il corso. Vorrebbe aiutare anche me, devi chiedere al mio capo se devo assecondarla. »

« Perché vorrebbe aiutarti? »

Lei mi guardò negli occhi.

« Per sedurmi. Marina Lafont è lesbica. O bisessuale, non lo so. »

Perché ti senti come quando hai visto le due croci coi due pezzi di Branka?

Dovevo riferire tutto a zio Karim, subito.

« Va bene, Alba. Chiederò istruzioni al tuo capo. »

Lei mi lasciò la mano e si alzò.

« Aspetto una tua telefonata appena parli con Roma. »

Johnny

Chiamai mio zio appena Alba uscì dal Rixos. Mentre mi rimbalzavano da un passaggio di linea all'altro, mi sentii toccare sulla spalla. Era uno degli uomini che aveva sparato a Olga e Ivanka. Mi fece cenno di seguirlo. Poco dopo mi ritrovai all'interno di un suv nero coi vetri oscurati e con un altro degli assassini delle due ragazze. Per venti minuti fui trasportato nel più assoluto silenzio. Poi il suv si fermò e mi fecero scendere.

Eravamo nello spiazzo terroso davanti a una grande villa a un solo piano, in stile anni Cinquanta. Era una villa doppia, con due parti speculari. Zio Karim era seduto su una veranda che dava sul piazzale sterrato. Se ne stava sotto un ombrellone, su una sedia da giardino, davanti a un tavolino con tè freddo e uva nera. Mi fece cenno di andare a sedermi di fronte a lui.

« Serviti pure da bere, Ahmed. E l'uva è dolcissima. »

Mi guardai intorno. Eravamo fuori Tripoli, in campagna, non sapevo dove ma l'odore di olio sostituiva quello del mare.

« Ho un po' di fretta, Ahmed. Devo vedere il Rais tra un'ora. »

« Scusami. Devo riferirti diverse cose, zio. »

Lui sorrise.

« Una me l'hanno già riferita. Hai incontrato il tuo vecchio amico Mahmoud Al Zirkawi, che ora si occupa di ristoranti. »

« Sì. Vuole aprirne uno a Ghadames. »

« Queste cose le so, Ahmed. Sono affezionato a Mahmoud, ma nel nuovo corso del regime libico quelli che pregano troppo l'Islam come il tuo amico non sono più molto graditi. »

« Zio, è qui solo per aprire un ristorante. »

« Con cui riciclare i soldi dei Fratelli Musulmani e finanziarne le attività. Ma questo non è un problema, non vogliamo rompere del tutto con loro. Li tolleriamo, sino a che si limitano ad aprire ristoranti. »

« Capisco. »

« Ti ha detto altro? Sai, al Rixos vediamo ma non sentiamo, purtroppo. »

« No, mi ha solo invitato a Ghadames per il fine settimana. Gli ho raccontato di Alba Rossi, vorrebbe che andassi a trovarlo con lei e che Alba portasse un'amica. Naturalmente non ho nessuna intenzione di farlo. »

Lui si accese una sigaretta sfregando il cerino sull'unghia.

« E poi hai visto Alba Rossi al Rixos. Novità? »

« Sì. Ha stretto un legame con Marina Lafont, come hai ordinato tu. Ora vuole che chiami Roma per decidere una cosa. »

« Ti ascolto. »

« Pare che Marina abbia aiutato Rosaria a farsi scegliere dal professor Hussein per essere sul palco con lui nell'evento finale del corso, il nove settembre. »

Ora gli occhi freddi e grigi erano una fessura, molto più attenti.

« Vai avanti. »

« Be', Alba dice che forse Marina potrebbe aiutare lei per ottenere quel posto sul palco. Alba vuole istruzioni da Roma. »

Zio Karim si grattò a lungo la punta dell'orecchio tagliato.

« Bene. Chiama il signor A e riferiscigli tutto ciò che ti ha detto Alba Rossi. Fammi sapere i suoi ordini prima di riferirli a lei. »

« Sei sicuro, zio? »

« Sono sempre sicuro. E, per il momento, non dire di no a Mahmoud per Ghadames. »

Questo mi mise subito in allarme.

« Zio, Mahmoud è il mio amico più caro. Se sta facendo qualcosa che crea problemi ci parlo io. »

Lui sorrise, con quel ghigno che non era un vero sorriso.

« Sta aprendo un ristorante, Ahmed. Perché dovrebbe crearmi problemi? »

«Ma non voglio fargli conoscere Alba!»

Mi resi conto dai suoi occhi che quella frase era stata un errore. Zio Karim si chinò e afferrò qualcosa sotto il tavolo. Portò su la mano, tra le dita teneva uno scorpione che agitava inutilmente le chele. Indicò il piazzale polveroso.

«Io e tuo padre li catturavamo e poi facevamo così, perché il veleno purifica il corpo e lo spirito.»

Con la punta della sigaretta accesa bruciò ciascuna delle due chele, poi inghiottì lo scorpione e mandò giù un lungo sorso di succo d'uva. Quindi si grattò la punta dell'orecchio dove mancava un pezzo di carne.

«C'è una sola cosa che mi preoccupa, Ahmed. Ed è il modo in cui parli di Alba Rossi. Fu tua madre a separare me e tuo padre. Ricordati che Alba Rossi non ti riguarda, è solo una spia.»

Non attese la mia risposta e si alzò.

«Devo andare dal Colonnello Gheddafi, Ahmed. La mia scorta ti riporterà in città.»

Johnny

Il giorno dopo andai all'ambasciata italiana e chiesi del signor Pace. Lui mi accolse col suo sorriso tra il sarcastico e il triste.

«Come va con gli archeologi, signor Guerra?»

Non avevo voglia di scherzare con lui, non quel giorno.

«Benissimo. Avrei bisogno di consultare dei libri in biblioteca.»

Entrai nel cubicolo di cemento e acciaio. Dopo i soliti

passaggi arrivò la voce distorta e metallica che ormai era familiare.

« Alba sta bene? »

La solita domanda, ormai non mi sorprendeva più.

« Tutto bene. »

« Non le ha detto della falsa autopsia di Rosaria Musumeci, vero? »

Potevo solo mentire, sperando che non avessero modo di verificare.

« No. Solo che Alba ha scoperto altre cose. »

Lui ascoltò in silenzio il resoconto sulle confidenze di Marina su Rosaria che era stata scelta dal professor Hussein per l'evento finale, sulla possibilità che Alba prendesse il suo posto.

« Signor Guerra, mi pare che Alba si sia spinta un po' oltre ciò che avevo autorizzato. E quanto ad andare su quel palco non se ne parla nemmeno. Glielo dica da parte mia. »

Era davvero molto strana come reazione.

« E cosa devo riferire? »

« Dica ad Alba che ha fatto un ottimo lavoro ma deve rientrare subito a Roma. »

Questo però era impossibile. Zio Karim l'avrebbe arrestata come spia.

E allora, Johnny? Tu non avresti colpa, né verso il signor A né verso zio Karim. E saresti libero da questa maledetta storia.

Ma una parte di me non voleva che Alba Rossi finisse in un carcere libico, accusata di spionaggio.

« Ne abbiamo già parlato. Il Mukhabarat è intorno a noi, signor A. Se Alba interrompe il corso capiranno che è una spia, la bloccheranno all'aeroporto. Lasci che finisca il corso, tornerà come una normale studentessa.»

Ci fu una lunga pausa, poi la voce metallica.

«Va bene. Ma deve stare alla larga da Khalil Hussein. Si ricordi di Branka Pavlovic, signor Guerra.»

Era tutto maledettamente complicato. Io ero la noce tra il martello e l'incudine.

Johnny

Richiamai zio Karim.

«Sono fuori Tripoli, Johnny. Ma questa linea è sicura.»

«Il signor A non vuole che Alba faccia assolutamente nulla. Ho dovuto insistere per non farla rientrare.»

Ci fu una pausa. Poi la sua voce roca.

«Sbalorditivo. Non vuole più scoprire la verità su Rosaria?»

Io non dissi nulla.

«Ascoltami bene, Ahmed. A lei devi dire che gli ordini da Roma sono di assecondare Marina per andare su quel palco col professor Hussein.»

Era un gioco di cui non capivo le mosse.

Come un soldato in una guerra senza divise.

«Perché non lasciamo che il professore scelga chi vuole?»

«Le domande le faccio io, Ahmed.»

«Va bene, farò come dici.»

«Non ho finito, Ahmed. Chiama Mahmoud e accetta il suo invito a Ghadames. Ci porti Alba Rossi e Marina Lafont.»

Ebbi di nuovo quella sensazione. Mi trovavo al centro di una battaglia che non mi apparteneva, e non sapevo più chi fosse il nemico.

«Zio, perché?»

Lui non rispose. Ma il silenzio era una risposta molto chiara.

«E se Alba o Marina non volessero andarci? E se il signor A mi ordina di farla tornare a Roma?»

«Sei un giovanotto intelligente e convincente, non avrai problemi. E credo che tu non voglia vedere in prigione quella ragazza. Te lo ripeto, Ahmed, per il tuo bene, ricordati che lei è una spia nemica.»

La linea fu chiusa e io restai lì, nel mio appartamento spoglio e pieno di ricordi poco sopportabili. Valutai le alternative. Sperare che Alba o Marina rifiutassero quella gita, così avrei avuto una scusa con zio Karim? E poi? Sarebbe finita lì? No, non sarebbe mai finita lì. Quella era una mano di poker in cui avevo impegnato troppi soldi, non potevo più passare sino alla fine, solo in quel modo avrei visto tutte le carte sul tavolo.

Chiamai Alba.

«Questa sera ti porto all'arena, *habibi.*»

Avevo paura. Era una sensazione che non avevo mai provato, perché ero un soldato, avevo sempre saputo chi fosse il nemico, senza alcun dubbio. La sabbia picchiettava sui miei vetri, portata da folate di vento.

La paura ha il sapore della sabbia in bocca. Puoi sputarla, ma resta lì con te.

Aba

Arrivai col taxi davanti all'arena all'aperto. Davano *Titanic* in arabo e il cinema era stracolmo. Noi due ci sedemmo nell'ultima fila, dove chiunque ci stesse sorvegliando avrebbe visto due giovani che approfittavano del buio per baciarsi. Johnny si sporse verso di me e parlò sottovoce.

« Ho parlato con Roma, Alba. Si stanno muovendo loro. Vogliono che tu continui con Marina per andare sul palco con Khalil Hussein e Gheddafi. »

« C'è un problema, però, Marina non si fida completamente di me. »

« Perché? »

Non c'era più la spensierata passione della ragazzina idealista. Ci fu una lunga pausa di silenzio. Lui si tolse gli occhiali. I suoi occhi erano cambiati.

Il rumore del suo sguardo interruppe il silenzio.

« Perché chiamo il tuo nome nel sonno. E Marina crede che io sia innamorata di te e che tu avresti un'influenza negativa. »

Lui assorbì la frase al solito modo. Con la sua calma esasperante, riflettendo.

« Le dimostreremo che non è vero. »

« Davvero? Che vuoi fare, Johnny? Invitarci tutte e due a cena? La tua fidanzata di copertura e l'amica del cuore? E fare una cosa a tre, visto che sei un esperto? »

Lui restò in silenzio per un po'. Poi fece come se non avesse sentito.

« Ti ricordi del mio migliore amico, Mahmoud? Te ne ho parlato. »

« Sì, certo. »

« È qui a Tripoli per lavoro, ci siamo visti al Rixos. Sta aprendo un ristorante a Ghadames, ha un villino lì. »

« E cosa c'entra? »

« Gli ho raccontato di te e ci ha invitati, vorrebbe che tu portassi un'amica. Sarebbe l'occasione giusta per dimostrare a Marina che tra noi due non c'è niente di serio. »

Ero raggelata da quella razionalità.

« Sarà molto semplice. Ma se lei non volesse venire? »

« Dille che Mahmoud è un gran bel tipo, somiglia all'attore di Sandokan. »

« Forse non hai capito bene che tipo è Marina Lafont, Johnny. »

Lui ignorò il mio commento.

« Mi hai detto che Marina ha fatto paracadutismo. Mahmoud ha anche comprato un velivolo per fare i lanci sul deserto. Questi sono gli ordini da Roma, io non posso discuterli. Quindi, porta Marina a Ghadames e convinciamola che tra noi due c'è stato solo sesso e nient'altro. »

In quel momento, sullo schermo, il *Titanic* si scontrò con l'iceberg.

Aba

Marina era sdraiata sul letto in reggiseno e slip, attaccata al suo lettore MP3, con la solita sigaretta tra le labbra. La finestra era spalancata sul vialetto deserto dell'università Al Fatah. Di notte, la brezza dal mare portava un minimo di sollievo dal caldo feroce del ghibli e fermava la sabbia che arrivava dal deserto. Marina la voleva spalancata, io soffrivo le zanzare e avevo risolto costruendo e montando una rudimentale zanzariera.

« Dove hai imparato a fare queste cose, Alba? »

La sua domanda portava a ricordi lontani di lunghissimi solitari pomeriggi in cui la mia unica compagnia erano i giardinieri e i camerieri della villa bunker dove abitavo con mio padre.

« Un giardiniere che era anche falegname, idraulico, elettricista. »

« Spero fossero meglio del tuo autista attuale! »

Per fortuna era allegra, il momento era adatto.

« Johnny ha incontrato un suo vecchio amico che ha casa a Ghadames. Ti va di venirci anche tu nel prossimo weekend? »

Marina non sembrava entusiasta.

« A reggere il moccolo a te e Johnny inseguita da un maschione arrapato? Tu hai l'amore tuo, io che ci vengo a fare? »

Dovevo essere convincente.

« Non è l'amore mio. Se vieni lo capisci anche tu. Mahmoud ha un piccolo aereo per fare i lanci col paracadute sul deserto. »

Lei aprì la bocca, sorpresa.

« Scherzi? È vero? »

« Sì. Anche se io ho paura, non credo che mi lancerò. »

« Be', se c'è anche la possibilità di fare dei lanci col paracadute, allora inizia a farsi interessante. »

« Affare fatto, dunque? »

« Come si va a Ghadames? »

« C'è un volo diretto, meno di un'ora. Allora gli dico di sì? »

Lei allungò il braccio e infilò una mano tra le mie cosce.

« Faccio di tutto per te, Paperina. Ma tu sarai sempre leale con me, vero? »

Pensai a Johnny, a mio padre. E poi a Rosaria, alla giustizia di cui non importava nulla a nessuno.

Schiusi le labbra e la baciai.

13

UN TÈ NEL DESERTO

Aba

Sull'aereo, Marina era seduta accanto a me e continuava a sfogliare riviste di moda. Io guardavo fuori dal finestrino, da quaranta minuti si vedevano solo infinite dune color mattone. Io ero lì, in mezzo alla gente sull'aereo, ma una parte di me si era staccata, camminava diecimila metri più sotto, in mezzo al deserto. Mi ero persa. Ero partita dal volto di quell'omone in lacrime, il padre di Rosaria Musumeci. Dal messaggio di Rosaria ai suoi genitori, *vi voglio bene*. E dal desiderio che venisse fatta giustizia. Ma in fondo avevo solo vent'anni, la certezza del giusto e la presunzione dell'invincibilità.

Ti sei avventurata senza bussola in un deserto che non è il tuo.

In quel deserto non mio avevo incontrato l'amore. Non avevo dubbi a chiamarlo così, l'amore si misura col cambiamento che suscita in chi lo prova. E io non ero più la stessa Aba Abate che era arrivata in Libia alcune settimane prima.

« Sei pensierosa, Alba? »

Marina aveva posato la sua mano sulla mia. Un gesto innocente, che Tizzy aveva fatto tante volte. Eppure quella mano, ora, in quel momento, era il segno preciso del deserto in cui mi stavo avventurando sempre di più.

« Pensavo che se fossi lì sotto, da sola, in mezzo alle dune... »

« Ti senti così? »

Scrollai le spalle.

« No, sto bene, visto che ci sei anche tu. »

Lei fece una smorfia dubbiosa.

« Tu non sei adatta al sesso senza amore, Paperina. »

È vero. Ma possiamo sempre essere diversi da ciò che siamo, se lo vogliamo.

E io volevo arrivare a capire cosa fosse accaduto a Rosaria. Non era più un obiettivo esterno a me. Era indispensabile per me stessa. Per non tornare mai più quella di prima, una studentessa borghese piena solo di buone intenzioni e senza coraggio. La paura c'era, ovvio.

Ma non esiste il coraggio senza la paura.

Tra le dune rosse vidi in lontananza le basse casette bianche tra le palme, un'oasi di vita nell'immensità della sabbia morta.

Aba

Io e Marina scendemmo dalla scaletta per raggiungere a piedi il minuscolo terminal. Il clima era di un caldo secco e piacevole, non c'era l'umidità asfissiante di Tripoli, e il cielo era di un blu molto più intenso. Johnny ci attendeva fuori dal piccolo terminal, appoggiato a una jeep, insieme a un gigante coi lisci capelli nerissimi legati in un codino e i muscoli tatuati di un lottatore che emergevano dalla canottiera nera e dagli short. Era certamente un bel tipo, ma Marina mi gettò un'occhiata eloquente.

Lo sapevo, due machi arrapati...

Il gigante si presentò.

« Io sono Mahmoud, benvenute. Johnny a parte, vi divertirete, prometto. »

Salimmo sulla jeep. Mahmoud si diresse verso Ghadames lungo una strada larga e costeggiata di palme. Poco più in là c'era solo il deserto. Mentre guidava, Mahmoud ci illustrò i suoi piani di business. Con la fine delle sanzioni internazionali contro Gheddafi il turismo sarebbe cresciuto enormemente e Ghadames era una meta molto adatta per i giri nel deserto. Quindi, un ristorante di cucina araba tipica come quello che aveva aperto in Egitto avrebbe fatto un sacco di soldi. Marina gli faceva domande sul tipo di cibo e sullo stile dei ristoranti in Egitto. Io ascoltavo solo distrattamente, fissando la nuca di Johnny davanti a me. Lui mi aveva accolto solo con un sorriso e un breve abbraccio. Non sembrava affatto a suo agio, eppure era stato lui a proporre quell'incontro.

Dopo una ventina di minuti ci fermammo in uno spiazzo e, coi nostri zaini sulle spalle, ci addentrammo in un dedalo di vie coperte e fresche, dei veri tunnel in ombra tra le casette. I piedi scorrevano su un tappeto di sabbia, ogni tanto c'era un vecchio seduto sul gradino di pietra del suo uscio, ma il tutto era silenzioso. Di colpo sbucammo in un piccolo spiazzo inondato dalla luce abbacinante del sole. C'era un villino basso e bianco di calce, decorato con bellissimi disegni e forme geometriche colorate, con un patio e un giardino.

Mahmoud ci fece strada dentro un locale ampio e fresco, ma senza alcun mobile tranne qualche stuoia per terra e un divano in un angolo. Poi c'era una stanza da letto. Non c'erano le persiane alle finestre e mancavano del tutto le porte, persino il bagno era separato solo da una tendina a perline, di quelle che servono per tenere fuori le mosche.

« Scusatemi, ragazze, ma qui ci vengo solo saltuariamente e non ho avuto tempo per arredarla. »

Marina fece una smorfia.

« E si vede! »

Lui le sorrise.

« Per te c'è il divano letto in soggiorno, la stanza è per Alba e Johnny. E io dormirò sul patio nel sacco a pelo. »

« Che uomo rude e romantico! »

« Temo sia vera solo una delle due cose, Marina. Lascio a te scoprire quale. »

Poi Mahmoud preparò il tè che ci servì in bicchierini di vetro con una fogliolina di menta, e ci sedemmo nel patio su una stuoia poggiata sul cemento grezzo. Ero molto curiosa, l'abbinamento di Johnny e Mahmoud mi sembrava strano ma anche logico.

Ghiaccio e fuoco. Razionalità e forza.

« Come vi siete conosciuti voi due? »

La mia domanda era rivolta a Johnny, ma rispose Mahmoud.

« In una rissa tra bande di ragazzini dietro la moschea Al Azhar. La rissa l'aveva pianificata lui, ma le botte le ho prese io. E poi abbiamo continuato così. Non è vero Johnny? »

Johnny si limitò ad annuire.

« Vero. »

Era chiaro che Johnny non aveva alcuna intenzione di parlare dei suoi trascorsi con Mahmoud.

Ma ora anche Marina era interessata.

« Eravate una banda come i ragazzini della via Pál? »

Johnny tagliò corto.

« Più o meno. »

« Be', dovevate essere molto diversi visto che siete finiti a fare uno la guida turistica e l'altro il ristoratore. Dovevate fare i soldati, i rivoluzionari... »

« Io non sono coraggioso e Mahmoud è stupido, saremmo già morti. Ora, se volete fare una passeggiata nel deserto, il sole tramonta tra due ore. »

Marina scosse il capo.

« Mi avevate promesso un lancio col paracadute, non una stupida passeggiata da turisti. Sono venuta per questo, mica per voi due! »

Mahmoud si scusò.

« Il mio pilota oggi non può, ma il programma alternativo non vi deluderà. Muoviamoci. »

Aba

Dopo un'ora di deserto, il sentiero finiva di colpo, davanti a una duna. Mahmoud spense il motore del fuoristrada. Intorno a noi c'era solo sabbia dovunque, a perdita d'occhio. Mahmoud ci fece segno di scendere. Tutti e quattro indossavamo le tuniche bianche lunghe sino ai piedi e cappelli per proteggerci dal sole.

« Allora, ragazze, oggi la temperatura ha raggiunto i

quarantacinque gradi e il sole è così forte che la vista si annebbia facilmente. Avete sentito parlare del miraggio, vero? Be', il termine giusto è traveggole. Se vi perdete e vedete una palma non credeteci, non ce n'è una nel raggio di cento chilometri.»

Mi chiesi se Mahmoud si stesse divertendo a terrorizzarci o volesse solo renderci prudenti.

«Legherò questa fune che collega la nostra caviglia destra. Io sarò il primo e Johnny l'ultimo, saremo a un metro l'uno dall'altro, seguite la schiena di chi vi precede e così non si smarrisce nessuno.»

«E se devo fare pipì?»

Mahmoud rise.

«Te la tieni, Marina, o te la fai sotto. Una volta in marcia non ci si ferma.»

Poi lui annodò la fune intorno alla caviglia di ciascuno di noi.

«Abbiamo mezz'ora di cammino sino alle grandi dune. Respirate col naso, attraverso il fazzoletto, bevete, non toglietevi mai cappello e occhiali. Tutto chiaro?»

Il sole aveva iniziato la sua lenta discesa ma dalla sabbia bollente si alzava un calore secco che toglieva il fiato. Intorno non c'era più nessuna forma di vita, neanche lucertole. Solo sabbia, sole, cielo. E noi.

Su quella sabbia, in quel silenzio, guardavo il profilo di Marina, un metro davanti a me. Sfocato nella luce accecante, come un miraggio. Forse era un miraggio, forse un sogno. Continuavo a ripetermelo.

Inchioderemo Khalil Hussein e mio padre sarà finalmente orgoglioso di me.

Più me lo ripetevo e più mi sembrava lontano, improbabile, irreale come la palma di Mahmoud.

Il sole era sceso, era sparito dietro una duna alta un centinaio di metri. Mahmoud si fermò.

« Siamo arrivati. »

L'ombra era un sollievo enorme e la temperatura stava scendendo rapidamente col calare del sole. Mahmoud iniziò a liberarci dalla corda che ci univa.

« Abbiamo un'ora prima del buio e non c'è skilift. E sulla sabbia si sale lentamente, ci vorranno una trentina di minuti. Andiamo. »

Cominciammo la salita, in fila indiana, Johnny e Mahmoud avevano ciascuno uno zaino sulle spalle. Ora la temperatura era più gradevole, sui trenta gradi. Salivo e a ogni passo vedevo più lontano: dune, dune, dune, rese ancora più rosse dall'incendio del sole al tramonto.

Era faticoso ma mi sentivo leggera, nel corpo e nell'anima. Anche quella salita aveva una fine. E un fine.

Ogni passo mi avvicina alla verità su Rosaria.

Arrivammo in cima. La palla rossa del sole all'orizzonte era per metà già immersa nelle dune. Johnny e Mahmoud tirarono fuori dagli zaini quattro tavolette, tipo quelle da snowboard, con i passaggi per i piedi. Mahmoud infilò i piedi in quella più grande.

« Il fondo è trattato diversamente, per scivolare sulla sabbia, non sulla neve. Ma la tecnica è la stessa e voi siete ragazze atletiche. Seguite me e Johnny, imitate i nostri movimenti e divertitevi. »

Mahmoud partì, seguito subito da Marina. Johnny

mi guardò. Era il primo momento in cui eravamo soli dall'arrivo a Ghadames.

«Cosa stiamo facendo qui, Alba?»

«L'unica cosa per cui sono venuta a Tripoli.»

Era bellissimo e incredibile e pericoloso, lui, io, tutto. Anche la profezia di Tizzy a piazza Trilussa, due mesi o un secolo prima.

Incontrerai un marinaio e ti innamorerai perdutamente.

Lui annuì. Poi partì, si piegò per curvare, e io gli andai dietro. Caddi sulla sabbia tiepida e morbida un paio di volte, mangiando sabbia. Ogni volta lui si fermò ad aspettarmi, per essere certo che non mi fossi fatta male. E ogni volta mi rialzavo e incrociavo il suo sguardo, i suoi occhi erano la risposta.

Anche io.

Sciavamo sulla neve delle dune. Era un sogno, solo un sogno. Non si poteva, non si doveva.

Johnny

Alba e Marina si stavano facendo la doccia mentre io e Mahmoud ci eravamo seduti sotto un cielo incredibilmente stellato, nel piccolo giardino, davanti a un bel fuoco su cui si stavano cuocendo gli spiedini di carne di montone. Io bevevo tè alla menta e lui fumava il sigaro.

«Non vuoi uno dei miei sigari, Johnny?»

«Pensavo che tu fumassi solo hashish. Il sigaro è capitalista, Mahmoud!»

Il gigante ridacchiò.

«Infatti i miei li produce quello sporco capitalista di Fidel Castro.»

Poi Mahmoud indicò l'abitazione.

«Quando l'ho vista la prima volta ho pensato che tu fossi impazzito, Johnny. Alba è molto carina, ma è una ragazzina!»

«Mi piace scoparmela proprio per questo.»

Lui scoppiò in una delle sue risate.

«Sei un pervertito, io non la toccherei mai. Invece Marina mi eccita, mi ricorda quelle troie serbe, Johnny.»

«Piantala, Mahmoud!»

Ma lui non mi ascoltava.

«Prima ci volevano morti e dopo erano pronte a tutto pur di non finire nelle fosse coi loro fidanzatini. Peccato per Branka, che hai fatto tagliare in due invece di darmela.»

Gettai un'occhiata verso la porta aperta della casupola.

«Non parlare mai davanti alle ragazze di quelle storie, Mahmoud.»

«Se no ti rovino la reputazione con la ragazzina? Non ti starai innamorando?»

«La vuoi smettere?»

«Siamo diversi, Johnny. Per me scoparmele è come mangiarmele. Tu invece ne cambi tante perché ti manca quella giusta per te. Io donnaiolo epico, tu lirico. Giusto, vero?»

Gli puntai contro l'indice e il pollice a forma di pistola.

«Devo spararti per farti stare zitto?»

Lui prese con le dita enormi un pezzo di montone e se lo portò alla bocca.

«Johnny, tu non mi spareresti mai. Tanto meno per una stupida donna.»

Lo guardai, il mio amico Sandokan. Gli volevo bene davvero. Era uno spaccone, ma anche il ragazzo più idealista e coraggioso che avessi mai conosciuto. Purtroppo quei ricordi che facevano ridere Mahmoud erano ciò che ci univa ma anche tutto ciò che ci separava. Eravamo i due estremi di una molla, io e Mahmoud. Vicinissimi quando la molla veniva compressa, in guerra. Ma lontanissimi di fronte a un tè nel deserto.

Aba

Ora faceva fresco, la temperatura col buio era sui quindici gradi. Il cielo era un panno nero punteggiato da centinaia di stelle. Intorno al fuoco mangiammo gli spiedini di montone col vino rosso di contrabbando che Mahmoud aveva procurato.

Marina era su di giri dopo alcuni bicchieri di vino.

«Il Chianti rende buona persino la vostra carne di montone! Ma tu non bevi Mahmoud?»

Lui scosse il capo.

«L'alcol l'ho preso per voi miscredenti. Io sono musulmano, prego cinque volte al giorno e non bevo il liquido di Satana.»

Marina buttò giù un bicchiere intero di vino.

«Non ricordo, Mahmoud. Siete anche tutti votati alla castità?»

La domanda di Marina fece scoppiare a ridere il gigante.

« Certo. Se questa notte dormi con me nel sacco a pelo te lo dimostro. »

Marina indicò il grosso telefono nero che Mahmoud aveva posato accanto a sé sulla stuoia.

« Quello ce l'ha anche il nostro professor Hussein. È vero che oltre a telefonare manda le email come un computer? »

« Certo, io vado pazzo per la tecnologia e questo Nokia è il modello più avanzato. Ogni sera, dovunque mi trovi, mi arrivano spese e incassi del ristorante di Assuan e posso dare disposizioni immediate. Guarda. »

Mahmoud cominciò a scrivere sulla tastiera.

« Sto inviando una mail per farmi mandare altre bottiglie nel caso voi tre doveste tornare a farmi visita. E questo professor Hussein è solo bello o anche bravo? »

« È solo un porco. »

Mahmoud approvò e continuò.

« È un servo degli americani, secondo me è un agente della CIA. »

« E tu che ne sai? »

Lui scrollò le spalle.

« È solo una battuta, Marina. Metà dei professori di Harvard sono informatori della CIA e ho degli amici al Cairo che pensano che lo sia anche Khalil Hussein. »

Marina parve subito interessata.

« Mahmoud, Rosaria era una mia grande amica e in Europa sono tutti convinti che le sia successo qualcosa di brutto. Potrebbe entrarci la CIA? »

« E perché mai? » chiese Johnny.

Marina continuava a bere. Si rivolse a me con un tono gelido, non aveva dimenticato lo sgarbo del paracadute.

« Glielo spieghi tu al tuo Johnny, Alba? »

« Rosaria ha rifiutato di andare sul palco con Khalil Hussein. »

« Perché lui se la voleva scopare! » completò Marina.

Johnny mi gettò un'occhiata e intervenne.

« Non mi sembra che il professor Hussein abbia problemi di donne. »

Gli occhi verdi di Marina lanciavano bagliori di disprezzo.

« Rosaria era la sua prescelta per 9999, Johnny. »

« Che sarebbe questo 9999? »

« L'evento finale del corso sarà il 9 settembre. Ci sarà Gheddafi come ospite d'onore e una delle studentesse sarà sul palco col professore per fargli le domande. Ma se Alba arriva su quel palco ci sarà una domanda a sorpresa! »

Eravamo una bella coppia di attori, avevamo provocato Marina sino a farla sbottare.

Ma se Alba arriva su quel palco ci sarà una domanda a sorpresa!

Johnny mi guardava, alla luce guizzante delle fiamme intravedevo i suoi bellissimi occhi.

Dobbiamo litigare, Alba. Dobbiamo convincerla.

« Secondo me voi due ragazze vi siete fatte un bel film o troppo vino! »

Era stato bravo. Ora toccava a me. Mi alzai.

« Sono stanca e ho freddo. »

Mi voltai verso Johnny.

« Viste le tue idee preferisco dormire con Marina, ti spiace usare il divano? »

Lui non rispose. Un refolo di vento agitò il fuoco e le falene che vi giravano intorno volarono via spaventate.

Aba

Nel dormiveglia sentivo il cuore di Marina contro la schiena e il suo respiro sulla nuca. Il silenzio del deserto era molto più intenso di quello di qualunque altro posto.

Mi alzai con la prima luce del sole. Cercai di non fare rumore, per non svegliare Marina. Mi infilai i calzoni della tuta sopra gli slip e una felpa leggera sulla T-shirt con cui avevo dormito. Poi attraversai il soggiorno, Johnny dormiva sul divano, e uscii all'aperto.

Lo spettacolo era meraviglioso. Il sole stava sorgendo sulla distesa di dune rosse, il cielo era terso, l'aria ancora fresca. Mi accovacciai sulla stuoia sul patio. Tutto intorno, tra le casette bianche, c'era solo silenzio. Pensai a mio padre che forse stava facendo colazione da solo, come sempre, con la sua tazzina di caffè. Sarebbe stato orgoglioso o preoccupato nel vedermi lì, in mezzo al deserto? O forse stava solo aspettando che tornassi a Roma per farmi capire quanto fosse stato inutile quel viaggio?

Torna ai tuoi studi e ai tuoi amici, Aba. Avrai una bella vita serena piena di amore e successo.

Mahmoud si accovacciò accanto a me sulla stuoia. Non lo avevo sentito arrivare, eppure era un vero gigante, coi calzoni larghi all'araba, il torso possente nudo. Reggeva due tazze smaltate, me ne porse una. Il caffè era molto diverso dal nostro, ma era bollente e andava bene per scaldarsi, visto che la temperatura dell'alba era ancora fresca.

« Ti alzi presto, Alba. Ancora sconvolta per lo sci sulle dune? »

« No, anzi. È una cosa che mi ha fatto sentire molto viva. »

« Già. Immagino che la tua vita non sia molto avventurosa, vero? »

Con quella frase mi comunicava qualcosa.

« Come un'occidentale qualunque, direi. »

Lui sorseggiò un po' di caffè, scosse il capo e quei lunghi capelli nerissimi.

« Non direi. Una ragazza occidentale non viene a passare l'estate a Tripoli. Va al mare, in montagna, in giro per l'Europa o l'America. Cosa ti ha spinto a venire qui? »

Improvvisamente ero all'erta. Che diavolo ne sapevo di Mahmoud, grande amico di Johnny? E se fosse stato una spia di Gheddafi? Lui mi lesse nel pensiero e scoppiò a ridere.

« Tranquilla, Alba. Puoi chiedere a Johnny cosa penso di Gheddafi e della sua cricca, lui lo sa molto bene che se potessi... »

Lasciò la frase in sospeso e io gli diedi l'unica spiegazione plausibile.

« Be', sono qui perché sono una secchiona e Khalil Hussein è una celebrità e non capita facilmente l'occasione di poter partecipare a un suo corso. »

« Ed è anche un uomo molto affascinante, non trovi? »

« Certamente. »

« Avrà un sacco di corteggiatrici tra le studentesse, immagino. »

Mi domandai se avesse fatto le stesse domande a Marina.

«Ammiratrici, non corteggiatrici.»

Ora i suoi occhi erano ironici.

«E quale sarebbe la differenza?»

«Quella tra il pensare e l'agire.»

Lui fece una smorfia poco convinta.

«Tanto tu sei innamorata del mio amico Johnny, o no?»

Era invadente o solo amichevolmente curioso?

«Siete grandi amici, Mahmoud. Chiedilo a lui.»

«Ieri sera tu e la tua amica ci avete mandato in bianco. Speravo che Marina venisse a trovarmi nel sacco a pelo.»

«Io e lei avevamo molte cose da dirci.»

«L'ho notato.»

Marina uscì in quel momento, in maglietta e short. Si stiracchiò e la sua silhouette era quella di una statua tanto perfetta quanto fredda. Guardò verso di noi ma non sorrise, non disse nulla, tranne un misero *ciao*. Si accese una sigaretta e si avviò nel giardino, come se non ci avesse visti. O come se non volesse disturbare la conversazione.

Mahmoud si alzò.

«Vado a pregare in un posto bellissimo. Vieni, vedrai qualcosa che non hai mai visto.»

Mi prese per mano, con la massima naturalezza, e quasi senza rendermene conto lo seguii tra le casette bianche.

Johnny

Ero sveglio da un po', ma ero rimasto su quel divano a pensare, nelle prime luci del giorno. La conversazione della sera prima intorno al falò aveva aperto uno scenario nuovo.

Una domanda a sorpresa. Ecco perché mio zio vuole che Alba stia vicino a Marina.

Avevo un sapore acido in bocca che non aveva a che fare né con gli spiedini di montone né col Chianti. Era lo stesso sapore che avevo provato dopo aver fatto tagliare in due Branka Pavlovic.

Serviva una doccia e il momento era adatto, dato che in casa non c'era nessuno, avevo intravisto uscire prima Alba e poi Marina. Mi trascinai in bagno, mi spogliai e aprii l'acqua. Era tiepida, per il calore dei tubi, ma dopo un po' cominciò ad arrivare più fresca. Attraverso la tendina di perline, vidi Marina rientrare dalla porta di casa e richiuderla. Lentamente si tolse la maglietta, gli shorts, gli slip. Certo, poteva pensare che non la vedessi attraverso la tenda del bagno, ma ero sicuro che sapesse benissimo che la stavo guardando. Poi lei entrò, con la massima naturalezza.

« Ciao, Johnny, dormito bene? »

Eravamo nudi, ma lei sembrava non farci caso.

« Ho finito, Marina. Ti lascio il posto. »

Lei non mi ascoltava nemmeno. Entrò sotto la doccia con me.

« Ti dispiace insaponarmi la schiena? Mi sento la sabbia dovunque. »

Mi porse il sapone e vedendo che stavo lì, immobile, scoppiò a ridere.

« Senti, signor cazzo lungo. Sei innamorato della bimba, vero? »

Marina si voltò, dandomi la visuale piena della sua schiena e delle sue natiche. Era tutto molto chiaro, quello era il test.

Vuole sapere se il nostro è amore o solo sesso. E se è amore, mollerà Alba. E zio Karim non vuole.

Cominciai a insaponarle le spalle.

« Più giù, Johnny. Ho sabbia dovunque, anche nel solco tra le natiche. »

La afferrai da dietro, le mie mani sulle sue tette, il mio pene sulle sue natiche. Lei si piegò in avanti, allungò le braccia, poggiò le mani sulla parete e allargò le gambe.

« Forza, Johnny, fammi godere se sei capace. »

Entrai, mentre lei muoveva le natiche assecondando i miei colpi. Ci provai a lungo, sino a che lei si sfilò di colpo con un risolino.

« Grazie, Johnny, basta così. »

Si voltò, guardava divertita il mio pene eretto.

« Carino quel neo a forma di cuore, Johnny, è il tuo cuore nero sul tuo bel cazzo. »

Lo prese con una mano, con l'altra usò le sue unghie e le sue labbra delicatamente, su e giù, sino a che il mio sperma schizzò dappertutto, sul suo corpo, sul suo viso, sui suoi capelli. Poi mi spinse via dalla doccia.

« Ogni tanto voglio una conferma che siete deboli e inutili, Johnny bello. Ora esci, devo ripulirmi dal tuo schifo, non vedi? »

Me ne andai. Il prezzo era stato pagato, la prova superata. Non sapevo ancora quanto mi sarebbe costato.

Aba

Mentre camminavamo tra le case, Mahmoud fumava un sigaro enorme.

« Marina è tanto sfrontata quanto complicata. Comunque mi ha lasciato il suo numero di cellulare... »

« Bene, quindi c'è speranza, no? »

« Preferisco le cose un po' più rapide. »

« Allora la prossima volta chiedi al tuo amico Johnny di portarti una delle sue hostess o infermiere, se preferisci le troie. »

« O forse le piace più Johnny di me. »

« Senti, Mahmoud... »

Lui ridacchiò.

« Caspita, sei gelosa! Mi hai detto che è solo un'avventura. »

Di colpo ero all'erta. Mahmoud poteva dire qualcosa a Marina.

« Non sono gelosa del tuo grande amico Johnny, ci scopavo ogni tanto e basta. Ma non mi divertono le tue battute. »

Mahmoud allargò le braccia.

« Sono una stupida testa di cazzo, scusami. »

Mi tese la grossa mano.

« Pace? »

Gli strinsi la mano. Lui indicò il sole nascente.

« Devo pregare, la prima delle cinque. »

« Preghi davvero cinque volte al giorno? »

« Ogni giorno, dovunque mi trovi. Lo trovi stupido, Alba? »

« No, Mahmoud. Lo trovo molto bello e molto inquietante. »

Lui annuì.

« Lo so, Alba. Ma noi non siamo cattivi, ci difendiamo da voi. Vieni con me. »

Lo seguii su per una ripida scala sul lato dell'unico edificio alto tre piani. Poco dopo eravamo sul tetto. Il sole non si era levato ancora del tutto, una riga nella distesa infinita di dune rosse separava la luce dal buio.

Mahmoud indicò il deserto.

« Non si vede a occhio nudo, Alba. Ma se prendi a riferimento una palma vedrai che quella linea tra il bene e il male non è ferma, si muove. E se tornerai qui al tramonto si muoverà nel verso opposto. Esattamente come in una guerra. »

Si inginocchiò col viso rivolto al sole nascente.

« *Allah Akhbar, Allah Akhbar...* »

La sabbia arrivava dalle dune e calò su di me come la tristezza, senza rumore.

14

L'ARTE DELLO STRIPTEASE

Aba

Quando tornammo da Ghadames ero sfinita, come se avessi attraversato a piedi quel deserto. Marina invece era di ottimo umore, si sdraiò accanto a me con la sigaretta accesa. Ormai non facevo neanche più caso a quella vicinanza, era parte del deserto, volevo solo arrivare al finale.

« Forse hai ragione, Alba. Sei pronta per conquistare Khalil Hussein. Lui non si fiderebbe mai a portarmi sul palco, lo sai. Per questo ho aiutato Rosaria. »

« Cosa avrebbe fatto Rosaria su quel palco? »

« Una domanda a Gheddafi non concordata col professor Hussein. Così l'avrebbero vista in tutto il mondo, in diretta tv. »

« Che domanda? »

Lei sorrise.

« Caro Colonnello, è vero che lei ha messo una ricompensa da un milione di dollari per chi uccide Osama Bin Laden perché lo ritiene responsabile dell'attentato contro di lei lo scorso anno? »

Ero sbalordita.

« Ma perché mai Rosaria l'avrebbe fatto? »

« Rosaria era completamente affascinata dall'Islam e voleva punire Gheddafi per il tradimento. »

Non c'era nulla del genere nel profilo che avevo letto su Rosaria Musumeci. Solo che questo non potevo dirlo a Marina, dovevo chiederlo a mio padre attraverso Johnny.

« E tu volevi aiutarla in questa follia, Marina? Sei pazza? »

Lei continuava a guardarmi con quegli inquietanti occhi verdi.

« Tu non capisci l'amore, Alba. Lei voleva farlo, io le ho insegnato a farsi desiderare, a fargli credere senza mai dare. Lui ha abboccato in pieno, sino a quel giorno. »

Cercai di non mettere troppa ansia nel mio tono di voce.

« Il giorno della festa di compleanno? »

Lei annuì.

« L'ha portata in una stanza, voleva un anticipo, un pompino come regalo di compleanno. Ma Rosaria si è incazzata e l'ha mollato lì. »

« E poi? »

« È venuta da me, sconvolta, dicendo che rinunciava a salire su quel palco. E poi se ne è andata. »

Non riuscii a trattenermi.

« Rosaria ha mandato al diavolo Khalil Hussein e il giorno stesso è morta? Ma perché non sei andata alla polizia? »

Lei mi guardò come se fossi matta.

« E pensi che la polizia libica mi avrebbe dato retta?

Su quel punto aveva ragione.

« Potevi andare all'ambasciata italiana. »

«Alba, l'ho vista io prendere il motoscafo per tornare a Tripoli.»

«Ma può averla fatta uccidere, no?»

Questa volta lei annuì, a lungo.

«Infatti. Per questo devi andare su quel palco, Alba.»

«Non ho nessuna intenzione di fare una domanda provocatoria a Gheddafi. Non me ne importa niente di quelle storie.»

«Infatti. Ci andrai per inchiodare Khalil Hussein a ciò che ha fatto a Rosaria.»

«Tu sei pazza, Marina.»

Lei si tolse la sigaretta dalle labbra.

«Ti fidi di me o no?»

C'era una sola risposta possibile.

«Certo.»

«Allora, prima conquistiamo quel posto sul palco. Poi ti spiegherò come usarlo per distruggere in diretta tv quel porco.»

Aba

Nell'aula si sentiva solo il soffio dell'aria condizionata e la voce morbida e profonda del professor Khalil Hussein. I folti capelli ravviati all'indietro, gli occhi intelligenti e dolci, vestito benissimo con i suoi completi di sartoria occidentale. Più lo guardavo e più diventavano evidenti, sotto l'apparente professionalità, i tratti del predatore, come lo definiva Marina. Sapeva di essere intelligente e bello, la sua sicurezza traspariva da ogni gesto e da ogni parola. Ma non dava mai l'impressione di volerne approfittare ed era quella la vera arma di seduzione.

I dubbi attraversavano la mia mente.

Davvero un uomo così potrebbe aver fatto del male a Rosaria? O mi sto sbagliando di grosso? Forse Rosaria è davvero annegata per disgrazia.

Ma il piano serviva appunto a dissipare quei dubbi, in un verso o nell'altro.

Lui parlava al microfono con il linguaggio del corpo e il tono di voce di un attore di teatro sul palcoscenico.

« Il marxismo e il capitalismo sono due strade solo apparentemente contrapposte. Divergono sulle modalità di distribuzione della ricchezza, se a determinarlo sia lo Stato o il mercato. Ma concordano sul fatto di tenere ben separati Stato e fede. Infatti, le rivoluzioni positive non sono mai nate in nome della fede ma dei diritti. Ora, abbiamo già elencato i più grandi eroi rivoluzionari del Novecento. Ci siamo per caso dimenticati qualcuno? »

Marina mi gettò un'occhiata. Ero pronta. Alzai la mano.

« Mi scusi, posso dire una cosa, professore? »

Khalil Hussein parve leggermente sorpreso. Ero lì da diverse settimane e non ero mai intervenuta con una domanda. Per lui ero ormai un pesce lesso vestito da monaca. Ma ora gli avrei mostrato l'altro volto, quello costruito a tavolino con Marina Lafont.

« Certo, Alba. Sentiamo. »

« Non sono rivoluzionari solo i politici. »

Lui aggrottò per un attimo la fronte.

« Spiegati, Alba. »

« Mancano due nomi importanti: Muhammad Alì e Cassius Clay. »

Intorno a me c'erano risatine, occhiate ostili, mormorii *questa è scema.* Ma Khalil Hussein non era certo uno stupido. Mi fissava, sinceramente stupito. Come poteva immaginare di avere davanti la figlia del generale Adelmo Abate, l'autore di un manuale di trecento pagine sulle tecniche di manipolazione individuale e di gruppo, di cui io avevo studiato ogni singola riga?

Penny era una fila più sotto, si voltò e mi guardò con scherno.

« Certo, Alba, e quale dei due proponi, Alì o Clay? »

Marina le rispose in greco, sorridendo, con tono calmo e gentile. Nessuno capì, ma Penelope impallidì, poi si alzò e si avvicinò con aria minacciosa. Ma la voce di Khalil Hussein la bloccò.

« Seduta, Penelope. Immediatamente. »

La ragazza greca si bloccò a meno di un metro da Marina, indecisa. Le sibilò due parole.

« *Porni lesbia.* »

Poi tornò a sedersi al suo posto. Calò un gelido silenzio, ma Khalil Hussein fece finta di niente.

« Commenti ai nomi proposti da Alba? »

Julieta alzò la mano.

« Cassius Clay era solo un uomo che non voleva fare il servizio militare. Non ha fatto nulla per il suo paese, al massimo solo per i suoi amici di colore. Gente come Fidel o come Gheddafi hanno liberato il loro paese da tiranni corrotti. »

Non aspettai che il professore mi restituisse la parola.

« Al massimo hanno cambiato qualcosa in due piccoli

paesi. Ma nessuno di loro ha cambiato il mondo come quel pugile nero. »

Khalil Hussein guardò l'ora.

« Proposta interessante, Alba. Ma abbiamo pochi minuti per discuterne, troppo pochi. Ne riparleremo dopo il weekend alla ripresa delle lezioni. »

Cominciò la solita fila per le finte domande. Per la prima volta saltai quella pratica di sottomissione e mi diressi con Marina dritta verso l'uscita. Khalil Hussein ci bloccò con un gesto. Era un messaggio ed era molto chiaro, lui era il padrone delle nostre azioni e del nostro tempo. Ci fece attendere sino a che smaltì tutte le domande. Si intrattenne con tutte le studentesse, senza ammiccamenti o battute, sempre cortese, sorridente ma formale nel suo ruolo di professore. Penelope era l'ultima. Il sorriso sparì dal volto di Khalil Hussein. Captai solo suoi mozziconi di parole qua e là.

... minacce fisiche... urla... non hai autocontrollo...

Penelope cercò di replicare, ma lui le voltò le spalle.

« Marina, Alba, nel mio ufficio. »

Lo seguimmo lungo un corridoio, alla fine del quale c'era una porta. Tirò fuori dalla tasca una grossa chiave, aprì e ci fece entrare. C'erano libri dovunque: sulla libreria su due pareti, sulla scrivania, persino sulle sedie.

« Spostateli per terra e sedetevi. »

Marina fece per chiudere la porta ma lui la bloccò.

« Lascia aperto, per favore. »

« Pensavo volesse redarguirci in privato, professore. »

Il tono di Marina era leggero, tutt'altro che preoccupato. E lui rispose sullo stesso tono.

« Lascio sempre un po' aperta la porta del mio ufficio

quando parlo con le studentesse, a Harvard sono piuttosto aggressive. E tu, Marina, sei peggio di loro.»

Sulle pareti c'erano diverse foto di lui con capi di Stato, a Harvard, con Gheddafi. Sulla scrivania c'era una sua foto con una bella donna bionda e tre ragazzine molto carine.

Lui si sedette su una poltrona dietro la scrivania, poi da un cassetto tirò fuori un oggetto nero e rettangolare, un incrocio tra un telefono e un computer, che posò sulla scrivania. Era lo stesso oggetto che avevo visto usare da Mahmoud durante il fine settimana a Ghadames, il Nokia Communicator.

«Abbiate pazienza un attimo. Dopo ogni lezione trascrivo tutte le domande che mi avete fatto e tutte le risposte che vi ho dato.»

Io e Marina restammo lì, mentre lui usava la tastiera interna di quello strumento, il primo incrocio tra computer e telefono. Digitò per alcuni minuti, poi schiacciò il tasto di invio e annuì, soddisfatto.

«Sono spunti per i miei libri e li mando alla mia segretaria a Harvard via mail. Ora le ho scritto anche di Muhammad Alì e Cassius Clay.»

Poi mi guardò, come se mi vedesse per la prima volta.

«Alì e Clay. Ottimo spunto, Alba. Ci focalizziamo troppo sui leader politici in queste discussioni. Mi ha sorpreso che venisse proprio da te.»

Dovevo seguire le raccomandazioni di Marina.

Ricordati che sei Paperina. A lui piacerà molto.

«Spero di non aver esagerato, professore.»

«No, anzi, mi hai sorpreso positivamente. Sei qui ormai da un bel po'. Ho visto che non hai mai fatto domande, né durante la lezione né dopo, oggi è la prima volta... »

Marina intervenne.

« Alba non è iscritta al concorso, professore. È solo molto intelligente. »

Lei non disse quale concorso e Khalil Hussein si guardò bene dal chiederlo. Continuò a parlare con me.

« A Harvard sono abituato alle ribelli contestatrici come la nostra Marina. Qui è un po' fuori luogo, ma è un piacevole diversivo dalla noia. »

Poi si rivolse a Marina.

« Non lo parlo ma capisco il greco, Marina. »

Lei sorrise, tranquilla.

« Neanche io lo conosco molto bene, temo di aver detto qualcosa che Penelope forse ha frainteso, non era mia intenzione... »

Khalil Hussein la bloccò con un gesto. Poi si rivolse di nuovo a me.

« Tu mi sembri una ragazza molto tranquilla, Alba, non farti trascinare troppo da un cattivo soggetto. Quando lei e Rosaria sono venute la prima volta a fare windsurf alla Moneta, Rosaria era quasi intimidita. Ma a furia di stare con Marina è diventata un po' spavalda anche lei. »

Marina colse al volo l'occasione.

« Anche Alba fa windsurf, è una fuoriclasse, potremmo riprendere le visite. »

Silenzio. Lui soppesava le parole di Marina. Ci pensò un po'. Poi scrisse qualcosa sul Nokia e lo ripose nel cassetto.

« Vi ho messo nella mia agenda. Domani vi mando il mio autista alle nove. »

Non propose, non chiese se mi facesse piacere, se fossimo libere. Non riteneva di averne bisogno, ovviamente. Si alzò e ci accompagnò alla porta.

Aba

Quella sera, Marina era nel suo stato euforico.

« Siamo in moto, Alba. Ora lui ti ha visto. È incuriosito. Si fa domande su noi due, su cosa ci lega. »

« Come faceva con Rosaria? »

« Certo. Quello è il meccanismo. Lui può averne quante ne vuole. Anche molto più belle di noi. Non può essere attratto solo con la bellezza e la normalità. Quello che lo attira è la sfida all'impossibile. E noi due domani gliela daremo, Alba. »

« In che modo? »

Lei mi guardava, attraverso il fumo della solita sigaretta.

« Conosci i principi dello strip, vero? »

« Non proprio. »

« E vuoi imparare o no? »

Pensai al volto del padre di Rosaria, alle sue lacrime, al messaggio, *vi voglio bene.* Trovai la forza di sorriderle.

« Certo che voglio imparare, un po' alla volta. »

Con la sigaretta accesa tra le labbra, cominciò a spogliarmi. Camicetta, pantaloni, reggiseno. Mi lasciò addosso solo gli slip e lì si fermò.

« Per vendere non conta ciò che mostri, ma ciò che

non mostri, ciò che lasci solo all'immaginazione. Capito, Paperina? »

« E quindi? »

« Domani gli daremo tutto meno gli slip. In senso figurato, ovviamente. »

Feci cenno di sì, ma dovevo fermarla.

« Sono stanchissima Marina. Dormiamo nello stesso letto abbracciate come a Ghadames? »

Lei parve un po' delusa, poi annuì.

« Hai bisogno di ancora un po' di tempo, Paperina. »

Non chiusi occhio, per il timore che mi sfuggisse il nome di Johnny o quello di mio padre. Mi chiesi quanto a lungo ancora sarei riuscita ad andare avanti così.

Aba

L'autista del professor Hussein non era un vero autista. Vennero a prenderci con una jeep due militari armati, due ragazzi della nostra età che avrebbero dato chissà cosa, glielo leggevi negli occhi, per passare la giornata con noi due. Ma non andarono un millimetro oltre quel desiderio che non erano capaci di nascondere. Guidarono sino al porto, entrarono nella zona militare e si fermarono di fronte a un moletto dove ci presero in consegna altri due giovanotti, con le stesse divise, con le stesse armi e con lo stesso desiderio negli occhi.

Il caldo era insopportabile. A metà mattinata, la temperatura esterna già superava i trentacinque gradi, non c'era un alito di vento, il mare era un olio fermo, denso, pesante. Marina indossava un pareo bianco molto corto.

Io invece ero coperta da capo a piedi, con la solita maledetta frangetta svolazzante da sedicenne.

Dopo una quindicina di minuti intravidi l'isolotto che avevo già visto con Johnny, durante la gita in barca. Sembrava passato un secolo da quel giorno. Eppure nulla era cambiato, il lato piatto verso terra, la villa bianca, la spiaggetta, il pontile con le guardie armate. Ma ero cambiata io, tantissimo.

Ho fatto sesso con Johnny, ho fatto sesso con Marina, sto per disattendere gli ordini di Johnny e di mio padre andando da Khalil Hussein.

Appena attraccammo, ci aiutarono a scendere sul pontile con i nostri piccoli zaini. Uno dei giovanotti in borghese ci fece segno di consegnare gli zaini e poi iniziò a perquisirli scrupolosamente, posando ogni singolo oggetto sul pontile. Da quello di Marina estrasse ben tre diversi bikini, di cui uno era un tanga, più alcune riviste di moda, una borsetta con i trucchi, diverse creme protettive e idratanti e un astuccio di rossetti. Poi toccò al mio zaino, con i due costumi interi, una sola crema protettiva, i maledetti Tampax perché avevo il ciclo, un grosso pettine e un forchettone appuntito con cui bloccavo i capelli sulla nuca. Il forchettone mi venne sequestrato, immagino come possibile arma con cui avrei potuto infilzare la bella gola o accecare i languidi occhi del professor Hussein. Poi ci indirizzarono verso la villa bianca. Sulla soglia, ci attendeva un signore sui sessanta, alto, magro, capelli bianchi ben pettinati, vestito impeccabilmente da maggiordomo con tanto di farfallino nero stretto al collo. Ci salutò con un piccolo inchino e un accento oxfordiano.

« *Welcome, ladies. My name is Edward.* »

Per un attimo pensai a uno scherzo, il maggiordomo inglese in quel posto! Eravamo evidentemente nel mondo dell'assurdo possibile. Era anche il primo posto a Tripoli dove i condizionatori funzionavano bene. Edward ci indicò una porta davanti a cui sostavano due soldatesse di colore.

« *Sorry, it is for security, ladies.* »

Edward usò lo stesso tono con cui avrebbe potuto scusarsi per il tè troppo caldo. Entrammo in una stanza con mattonelle stile costiera amalfitana, lavandini e grandi specchi. Ci chiesero di spogliarci, tranne slip e reggiseno. Marina si spogliò con la sua solita disinvoltura e io con la mia naturale difficoltà, anche perché gli specchi mi facevano sentire osservata da cento occhi. Una volta accertato che non celassimo armi, ci fecero rivestire e ci riconsegnarono a Edward. Lui ci condusse attraverso la villa, sino a una porticina sul retro. Lì c'era una veranda ombreggiata, con quattro grandi ventilatori, alcune sdraio e una jacuzzi.

Il professor Khalil Hussein, in costume, occhiali da sole, sigaro, bicchiere di vino bianco, era seduto nella jacuzzi e stava leggendo un libro intitolato *How Internet Will Change Politics.* Si alzò e uscì dall'acqua. Il suo fisico di cinquantenne era snello, tonico, in gran forma. Ci salutò con una stretta di mano. Gentile, accogliente ma formale.

« Marina, Alba, *welcome.* »

Sembrava moderatamente contento di vederci.

Come un lupo che aspetta le sue prede? O come un professore gentile con due allieve simpatiche?

« Vi ho fatto preparare tavole e vele in spiaggia. »

Marina scosse il capo.

« Questo sembra l'unico luogo fresco, fuori è un forno a cielo aperto e non c'è vento. Faremo windsurf prima di pranzo, quando si alza la brezza termica. Potremmo bere qualcosa con lei nella jacuzzi? »

Lui annuì.

« Edward vi indicherà le vostre stanze dove potrete cambiarvi. »

Seguimmo il maggiordomo attraverso i meandri della villa. Le due stanze erano adiacenti, sul lato esposto a nord. Sulla porta della mia c'era una A e su quella di Marina c'era una M. Lettere in legno inchiodate allo stipite. Sembravano antiche, eppure dovevano averle fatte per noi due. Il che rafforzò subito i miei sospetti.

Le farà cambiare per ogni ragazza che invita quassù?

Erano stanze semplici, piccole, ombreggiate da tende e rinfrescate da ventilatori. Un letto singolo, un comodino, un abat-jour, una libreria vuota, una sedia e un piccolo scrittoio. Alle pareti c'erano stampe in bianco e nero di Tripoli, immagino degli anni Venti o Trenta, visto che si vedevano solo cavalli, asini e biciclette come mezzi di trasporto. Nell'insieme, quella stanzetta fresca e disadorna dava un'idea di antico che qualcuno aveva voluto preservare. E di non abitato da nessuno.

Poggiai lo zaino sul letto, mi spogliai, controllai il maledetto Tampax e scelsi il costume intero nero, che era meno scollato di quello bianco sia sul seno che sulle natiche.

Il professor Hussein deve sapere che tu non sei interessata a lui.

Quando tornai alla veranda Marina era già nella jacuzzi, aveva in mano un bicchiere di vino e insieme al professore stava ridendo di una battuta di lei, di cui avevo appena percepito le ultime due parole.

Donald Duck!

Perfetto. Il piano concordato era quello. Lei mi dipingeva come la ragazzina ingenua che dormiva col pigiama di Paperina. Mi infilai nella jacuzzi, scegliendo lo stesso lato di Marina, che in questo modo era seduta tra me e lui. E rifiutai il vino.

Lui tirò una lunga boccata dal suo sigaro.

« Allora, Alba. Come ti stai trovando qui a Tripoli? »

« A parte il clima? »

Lui sorrise.

« Gheddafi ha portato l'acqua dal deserto e costruito fontane dovunque, ma non può fermare il ghibli, temo. »

La strategia era semplice: cervello affilato, per il resto un'imbranata.

« Potrebbe far arrivare condizionatori migliori. Come quelli che ha qui lei. »

« Ricordamelo domani a lezione così lo riporto sul Nokia. Lo scriverò al Rais, il problema è l'embargo, anche sui condizionatori. »

« Ma finirà presto, Gheddafi non è più inviso agli americani ora che ha consegnato quei due della bomba sull'aereo di Lockerbie, no? »

Marina intervenne.

« Ma si dice che abbia anche promesso di combattere l'Islam, di non finanziarlo più in alcun modo. »

Era bravissima. La corressi, immediatamente.

« Solo i terroristi islamici, Marina. Non l'Islam. »

Questo siparietto piacque a Khalil Hussein. Lui mi guardò.

« Lo vedi, Alba? Marina è una sovversiva, devi stare attenta. »

Marina indicò me, la sua Paperina.

« Alba è la mia migliore amica. Posso farle solo bene. »

La sua mano si immerse per prendere la mia, sott'acqua. Lui non poteva vederla, solo intuirla. I suoi occhi andarono lì, ma non potevano essere certi.

« Tu come la pensi, Alba? Marina è meglio dei giovanotti? »

Domani gli daremo tutto meno gli slip.

Mio padre mi aveva allenata al sacrificio e alla razionalità, Marina mi aveva allenato a essere ciò che un uomo come Khalil Hussein desiderava. Potevo recitare meglio di qualunque consumata troia. Mi bastavano il cervello e la volontà.

« Non conosco abbastanza i giovanotti. Ma sto imparando molte cose qui a Tripoli, professore. E non solo dalle sue, di lezioni. »

Lui restò un po' sorpreso. Ero una timida Paperina o una provocatrice? Fece un cenno e dal nulla comparve Edward a riempirgli il bicchiere. Poi indicò il libro che aveva posato sul bordo della jacuzzi, *How Internet Will Change Politics*.

« Allora, questa rete di internet rivoluzionerà la politica, dicono. Tu cosa ne pensi, Alba? »

Marina mi aveva avvisata.

Ti metterà alla prova, Alba. Prima il cervello, perché

senza quello non ti prenderà mai in considerazione per salire sul palco il 9999.

« Non serviranno le reti fisse, basteranno quelle mobili. Le ricadute sulla politica non verranno dai siti internet aziendali, ma da reti tra individui. »

Di nuovo era sorpreso. Certo, non poteva sapere che su quelle tematiche io ero costantemente aggiornata da una delle fonti più vicine al fronte delle nuove tecnologie, mio padre.

« Interessante, Alba. E quindi? »

« Avremo un mondo in cui chiunque potrà comunicare con chiunque altro in tempo reale. In quel tipo di mondo, la Rivoluzione francese sarebbe arrivata un secolo prima. »

Oh, diavolo! Avevo esagerato, eccome. Due paia di occhi mi fissavano: ammirati quelli di Marina, stupiti quelli del professor Khalil Hussein.

« In effetti, è quello che adombra questo libro. Solo che tu, Alba, lo hai detto con parole molto più chiare e con un esempio illuminante. »

Ora mi guardava davvero, si stava ponendo delle domande.

Come ha fatto a non vedermi? Un giglio bianco nel deserto, un giglio fresco che non potrà cogliere, perché appartiene a Marina Lafont.

Sorseggiò ancora un po' di vino. Rifletteva su qualcosa. Poi si tirò su dalla jacuzzi.

« Fra un'ora si pranza, se volete fare windsurf è il momento adatto, vi accompagno in spiaggia, così vediamo se c'è un po' di vento. »

Uscimmo dal retro della villa. C'era un sentiero stretto, in leggera salita, verso l'interno dell'isola, verso nord. Con un piccolo cartello in legno con una scritta incisa a mano: *Italia*.

Come un'assurda indicazione stradale.

Girammo intorno alla villa. Arrivammo sulla piccola spiaggia, sorvegliata dal corpo di guardia armata maschile sul pontile e da quello femminile di fronte all'entrata principale della villa. Khalil Hussein si passò una mano tra i folti capelli scuri, si tolse gli occhiali da sole e scosse il capo.

« Il Colonnello Gheddafi è molto preoccupato per la mia salute. In realtà sa bene che a Harvard non sono protetto, ma non vuole che qualche pazzo mi ammazzi qui, a casa sua. »

Marina ridacchiò.

« Quindi non la lascerebbero mai qui da solo con due belle ragazze, professore? Avrebbero paura che potremmo violentarla? »

Khalil Hussein sorrise. A me.

« A Harvard sono abituato alle studentesse aggressive, ma Marina le supera tutte. »

Poi indicò il mare increspato.

« Ora c'è un po' di brezza, se volete fare surf questo è il momento. »

Sulla sabbia c'erano le tavole da surf con la vela già innestata, posate sulla spiaggia. Era il mio turno, come da piano.

« C'è poco vento. Preferisco nuotare un po' e prendere il sole. »

Marina mi gettò un'occhiata.

« Non ti scottare e non fare la corte al professore, per quello ci sono Penny e Julieta. »

Khalil Hussein sospirò.

« Vai a fare surf, Marina, un po' di movimento ti calmerà lo spirito. »

Marina si tolse il pareo. Sotto aveva un bikini tanga rosso come i suoi capelli, che esaltava quel corpo stupendo.

« Le piace il mio costume, professore? »

Lui indicò me.

« Preferisco i costumi interi. »

Marina annuì.

« Lo so, come Rosaria, italian style. »

In pochi secondi Marina portò in acqua la tavola e filò via, sotto gli occhi delle guardie.

Eravamo soli, lui sospirò.

« Le avevo già chiesto di non venire qui in bikini, Rosaria non li indossava mai, qui non siamo in Francia o in Italia. Fa troppo caldo qui fuori, torniamo nella jacuzzi? »

Tutto tranne gli slip.

« No, grazie. Mi sento in imbarazzo con lei da sola lì dentro. Non si vede cosa avviene sotto il pelo dell'acqua. »

Lui gettò un'occhiata istintiva alle guardie ma poi si rilassò, erano troppo lontane per sentire.

« Sono un po' spiazzato, Alba. Ti avevo giudicata male. »

« In che senso? »

« Be', sembravi disinteressata al mio corso. Invece, hai una mente davvero brillante e anche un punto di vista critico che sarebbe molto utile. »

Feci la domanda col tono più innocente del mondo.

« Per cosa, professore? »

« Per l'evento di chiusura, il nove settembre. Non sarà facile stare sul palco con me e con il Colonnello Gheddafi. Serve una brillante, non un pappagallo. »

Lo guardai negli occhi.

« E lei aveva scelto Rosaria, vero? »

Lui mi sorrise, calmo. Ma ora c'era un minimo di imbarazzo nel suo tono.

« Era una buona candidata ma era prematuro, Alba. Non eravamo ancora a metà del corso. C'erano anche Nina, Julieta, Penelope. »

« E Marina, no? »

Lui scoppiò a ridere.

« Ho grande simpatia e stima per Marina, credo sia estremamente intelligente, ma non sono un aspirante suicida, Alba. Forse tu potresti essere un'ottima candidata. »

Marina aveva ragione. Lui aveva scelto Rosaria. E quando lei ha rifiutato si deve essere arrabbiato molto.

Volevo metterlo un po' in imbarazzo.

« Sulla mia porta c'è una A e su quella di Marina una M. C'era una R quando venne qui Rosaria? »

Lui aggrottò la fronte.

« Quelle lettere sono lì da mezzo secolo, Alba. Mi hanno detto che erano le iniziali dei due figli dei proprietari di questa isola, una famiglia italiana. »

Poi cambiò discorso.

« Ora mi devi scusare, ma devo mandare qualche mail prima di pranzo. Hai un'oretta libera. »

« Dove porta quel sentiero che indica l'Italia? »

« Non indica l'Italia, Alba. Era il nome della moglie del proprietario di questa villa. Pare che sia morta cadendo dalla scogliera alla fine di quel sentiero. E ora devi scusarmi. »

Si avviò e rientrò nella villa. Io restai lì, qualcosa nelle parole di Khalil Hussein mi aveva colpito. Una sirena d'allarme è quasi sempre un errore. Ma se hai visto gente strana in giro allora verifichi. Quasi senza pensarci, mi avviai lungo il sentiero di Italia. Era stretto, col fondo di sassi e sabbia, circondato da una bassa sterpaglia e in leggera salita. La brezza calda ora soffiava più forte e mentre camminavo la costa diventava scogliosa, poi rocciosa e saliva a picco sul mare.

Dopo una ventina di minuti arrivai a una piccola spoglia radura in cui c'era soltanto un albero enorme, un vecchissimo ulivo. Il resto era solo cielo e mare, molto più giù. Mi fermai in cima al precipizio di trenta metri sul mare, in un meraviglioso silenzio rotto unicamente dalle grida dei gabbiani. Avevo una sensazione di vuoto mentre mi avvicinavo al bordo della parete rocciosa. Guardai giù. Non era quel vuoto, non erano vertigini, era lo smarrimento, dentro di me.

Quando ero molto piccola, papà mi disse che mamma era malata. Ma io ero certa che lui stesse mentendo, e il giorno del mio quarto compleanno, quando decise che ero grande abbastanza per la verità, e me la disse, ebbi quella stessa sensazione.

Ci sono cose che crediamo ma vorremmo sbagliarci.

In mezzo alle piccole spume bianche sfrecciava una tavola, con una vela nera e sopra un corpo meraviglioso col caschetto di capelli rossi. Marina mi vide, da laggiù.

Puntò verso gli scogli, a tutta velocità. All'ultimo, fece un'incredibile strambata e alzò al cielo il suo braccio per salutarmi.

Rosaria forse non è morta annegata. Forse è caduta dall'alto, da un terrazzo, da un balcone. Italia era la moglie del proprietario di questa villa. Pare che sia morta cadendo dalla scogliera alla fine di quel sentiero.

Restai lì per un po', seduta sotto l'ulivo a guardare il mare, aspettando che Rosaria Musumeci apparisse in cima a quella scogliera. Marina l'aveva vista andare via in motoscafo. Ma a festa finita, per qualche motivo, Rosaria era tornata, ne ero certa.

Poi tornai lungo il sentiero e sapevo che ogni passo mi avvicinava all'assassino di Rosaria, ora ne ero assolutamente certa e non avevo più alcuna paura.

Non sarò mai più solo quella che crea gli slogan e imbratta i cancelli.

Quando arrivai, il professor Hussein stava seduto a tavola, bellissimo, col bicchiere di vino e il sigaro.

« Sei stanca, Alba? »

« Ho fatto una passeggiata sul sentiero di Italia, sino alla scogliera. »

Non mi chiese nulla. Cosa avrebbe potuto chiedermi?

Vuoi fare anche tu un bel tuffo da lì come Rosaria?

Avrei potuto dire a Johnny di riferirlo a mio padre. Già immaginavo il commento.

E le prove?

Le prove le avrei trovate, a qualunque costo.

Quando rientrammo, raccontai a Marina della mia ipotesi.

«Lei è tornata dopo la festa. Hanno litigato di nuovo e lui l'ha gettata dalla scogliera.»

Lei disse ciò che avrebbe detto mio padre.

«Non troveremo mai le prove di una cosa del genere.»

«E allora? Che ci vado a fare su quel palco? Dobbiamo distruggere lui, non attaccare Gheddafi, me lo avevi promesso.»

Marina mi fece una carezza.

«Calmati, Alba, te lo confermo. Ma per screditare Khalil Hussein non servono prove introvabili di un delitto, bastano le prove che tra lui e Rosaria ci fosse una relazione illecita, per lui sarebbe la fine.»

«E dove le troviamo queste prove?»

Lei sorrise.

«L'idea mi è venuta a Ghadames.»

«Che c'entra Ghadames?»

«Domani richiamo Mahmoud per un altro fine settimana noi quattro. Gli dirò che voglio fare quel lancio col paracadute e garantirò che sarò molto più disponibile con lui e tu farai lo stesso con Johnny.»

«Ma perché? Cosa c'entra con Khalil Hussein?»

Lei me lo spiegò e mi resi conto di una cosa: Marina Lafont non era pazza, era solo molto più coraggiosa di me. Lei non era il tipo da urlare slogan in mezzo a una manifestazione, nascondendosi dietro un passamontagna.

Mi sorrise, tutta contenta che il suo piano mi avesse colpito.

« E ora fammi vedere che stai facendo progressi, Paperina. Hai capito come si fa lo strip? »

Era così, dunque. Gradino dopo gradino, prova dopo prova che potesse contare su di me.

Ma puoi farcela, Aba. Devi farcela, per Rosaria.

Spensi la luce e mi spogliai completamente sotto il fioco chiarore che veniva dal lampione nel viale, mentre Marina canticchiava *like a virgin, touched for the very first time.*

Alla fine lei applaudì, ma quando mi baciò sulla bocca tenni le labbra chiuse.

« Dammi ancora un po' di tempo, Marina. »

Lei si mise a ridere.

« Vado a farmi una doccia gelata per sbollire. »

Anche quella notte dormimmo abbracciate. Lei russava e io con gli occhi sbarrati fissavo il buio pensando a Johnny.

15

NEVE SULLE DUNE

Johnny

Dopo la gita a Ghadames tutto era filato via liscio e ci avvicinavamo alla fine di agosto e di quell'incubo. Ero abbastanza tranquillo, stavo facendo quello che mi aveva ordinato zio Karim, spingere Alba verso Marina Lafont. Gli avevo riferito tutto e lui mi aveva detto di continuare così.

E ricordati che Alba Rossi è una spia. Stai lontano da lei.

Dovevo solo evitare che sorgessero problemi su Rosaria Musumeci e il suo rapporto con il professor Khalil Hussein, ma su quel fronte tutto taceva. Ancora due settimane senza incidenti e mi sarei liberato di tutti: gli archeologi, il signor Pace, il signor A, mio zio Karim, e anche di Alba Rossi.

Lei non è niente per me. Voglio che torni a Roma solo per scrollarmi di dosso il signor A e le sue minacce.

Me lo ripetevo, come prima di partire con Mahmoud per Ghaza quando avevo quindici anni.

Tanto non dovremo uccidere nessuno.

Il cellulare squillò, ed era proprio lei.

« Ciao, Johnny, *habibi*. È davvero troppo tempo che non ci vediamo. »

Alba pensava ancora che la sua copertura reggesse, e io ero costretto a lasciarglielo credere.

« A casa mia il condizionatore è rotto, Alba. »

Era una scusa ragionevole per evitare microfoni e telecamere. E soprattutto il sesso con lei.

« A che ora finisci con gli archeologi? »

« A mezzogiorno, quando il caldo diventa insopportabile persino per quei pazzi. »

« So che al museo del castello l'aria condizionata è fresca e il bar interno fa un buon kebab, potremmo vederci lì a pranzo. »

« Perfetto, *habibi*. Lì all'una. »

Johnny

Era cambiata. Quella che avevo davanti non era più la ragazzina arrivata a Tripoli alcune settimane prima. Alba aveva sempre negli occhi quel cocktail di determinazione e passione, ma ora aveva anche la calma fredda di chi ha oltrepassato un confine, qualunque fosse.

Lei mi raccontò della visita alla Moneta, del professor Hussein e dei loro progressi per arrivare sul palco dell'evento 9999. Cercai di restare calmo. Di certo zio Karim lo sapeva già, ma non era colpa mia, c'erano andate senza avvertirmi.

Il bar del castello era semideserto, ma mi guardai ugualmente intorno. C'erano gli uomini di zio Karim?

« Non eri autorizzata ad andarci, Alba. Il signor A... »

Lei mi interruppe.

« Chiama il signor A e spiegagli tutto. Anche ciò che sto per dirti. »

Fuori dalle finestre ad arco vedevo il mare, quella tavola blu che mi separava dalla libertà. E il rischio che si allargasse smisuratamente per le pazzie di Alba era enorme.

Non aveva toccato il tè ed era più magra, le guance scavate, quegli occhi ancora più intensi.

« Che altro c'è, Alba? »

« Devi chiamare Mahmoud e dirgli che sabato andiamo a trovarlo anche noi due a Ghadames. Marina l'ha già chiamato. »

Questa era l'ultima cosa che volevo.

« Perché? Non credo che ti vada di fare un'altra gita a quattro. »

« Il perché non lo so, me lo ha chiesto Marina. Chiama Roma e riferisci al signor A che è indispensabile. »

Non serviva discuterne. Dovevo sentire zio Karim, avrebbe deciso lui.

« Va bene, farò come vuoi. »

Lei gettò un'occhiata in giro nel bar.

« Alzati e baciami. Per i sorveglianti, *habibi.* »

Mi alzai, la baciai. Giuda e Gesù. E io non ero Gesù.

Johnny

Chiamai subito dopo. Zio Karim era ancora fuori Tripoli.

« Parla pure tranquillamente, Johnny. »

« Alba e la sua compagna di stanza vogliono che io richiami Mahmoud Al Zirkawi per un'altra gita a Ghadames.»

«Si vede che ve la siete spassata, voi quattro.»

«Non è questo. Mi ha detto che sono state sull'isola dal professore...»

«Lo so già, Ahmed. Non ti preoccupare.»

«Perché vogliono tornare da Mahmoud?»

Questa volta la pausa fu più lunga.

«Ti ricordi quello che ti dissi una volta, Johnny? Se vuoi sapere quanti tuoi soldati moriranno per conquistare una maledetta collina c'è un solo modo.»

La comunicazione venne chiusa.

Se vuoi sapere quanti tuoi soldati moriranno per conquistare una maledetta collina c'è un solo modo: attaccala.

Aba

Durante il volo da Tripoli a Ghadames mi sedetti tra Johnny e Marina. Avevo una sensazione sgradevole, quella di essere in mezzo tra ciò che volevo e ciò che dovevo fare e che tentare di ottenere entrambe le cose sarebbe stato un errore irreparabile. Quei due si odiavano e il loro odio trapassava il mio corpo. Per fortuna, il viaggio durò poco e all'aeroporto di Ghadames trovammo Mahmoud ad attenderci con la jeep, allegro e loquace come al solito.

«Andiamo direttamente all'aereo, così facciamo in tempo a buttarci prima del tramonto. Il pilota ci aspetta, è già a bordo.»

Il pilota era un libico sui settant'anni che indossava

una tunica bianca e un cappellino rosso con la scritta *Schumacher*. Il velivolo doveva avere la stessa età del pilota, che sulla fiancata aveva dipinto a mano un nome poco promettente, *Ayrton Senna*. Lui cominciò a parlare in inglese sin dal decollo, di come avesse pilotato il suo glorioso bielica sul Nilo Azzurro e di quella volta che era finita la benzina ed erano atterrati accanto al fiume, tra coccodrilli da una parte e leoni dall'altra. Marina raccontò dei suoi precedenti lanci, a cui era stata iniziata da un'amica paracadutista. Mahmoud la ascoltava distratto e sembrava decisamente più interessato alle sue lunghe cosce.

Io cercavo di non tremare. Sotto di noi c'era solo sabbia, dune infinite, a perdita d'occhio, come se al mondo non esistesse altro. Vedevo solo l'ombra del nostro piccolo aereo muoversi su quel fondale color mattone e sopra di noi il cielo azzurro senza una nuvola. Non ci sarebbe stato nulla di strano a dire *no, grazie, non me la sento*. Ma stavo entrando in una dimensione diversa della mia vita, che era difficile da spiegare persino a me stessa. Avevo vissuto vent'anni nella bambagia, senza alcun rischio, pensando che bastasse il cervello a risolvere qualunque problema. Ma quel mondo mi stava dando un messaggio molto chiaro.

Devi uscire dalla zona di sicurezza se vuoi scoprire cosa è accaduto a Rosaria. Devi essere come Marina perché si fidi di te.

Non era un pensiero strettamente razionale e non aveva comunque nulla a che fare col lanciarsi col paracadute sul deserto.

O forse sì, Aba. Il coraggio non è l'opposto della paura, è il suo figlio migliore.

Schumacher interruppe i miei pensieri.

Five minutes.

Mahmoud si rivolse a Marina.

« Vuoi lanciarti imbragata a me o a Johnny? »

Johnny non le diede nemmeno il tempo di pensarci.

« Io mi lancio con Alba. »

Marina non fece obiezioni.

« Ma certo, Johnny, te la lascio, è tutta per te. Io mi lancio da sola, non ho bisogno dell'accompagnatore attaccato al mio fondo schiena e mi diverto di più. »

Mahmoud e Marina indossarono i paracadute e si avvicinarono al portellone. Si gettò prima lui, poi lei. Johnny passò alle mie spalle e collegò la sua imbracatura alla mia. Mentre lo faceva sentivo il ritmo del mio cuore accelerare.

« Andrà tutto bene, Alba. »

Il tono era quello di sempre, calmo, gentile, rassicurante ma non possessivo.

Queste imbragature legano a lui il mio destino. Forse è quello che voglio provare. Perché non ho mai affidato me stessa a nessuno. E non avrei mai pensato di farlo.

« Lo so, Johnny. »

Andrà tutto bene con te.

Poi ci avvicinammo al portellone e il cielo entrò prepotente nei miei occhi. Pensieri si formavano, parole salivano ma non uscivano. Non era paura di morire. Era qualcosa di diverso. Era il senso preciso del taglio di un cordone ombelicale con il mondo sicuro di Aba e la gioia che accadesse con lui.

« Puoi tenermi una mano come quando passeggiamo sul lungomare, Johnny? »

Lui mi prese una mano.

« Metti i piedi sul gradino, respira profondamente. guarda in alto, non in basso. »

Ma era più forte di me, i miei occhi guardarono quattromila metri più giù, dove il sole rosso stava calando sulle dune. Mi voltai e incrociai gli occhi di Johnny, erano seri e rassicuranti, come la sua voce. La sua mano libera era agganciata alla staffa che ci teneva sospesi nel vuoto. Johnny mi sollevò la fronte con una mano, per non farmi più guardare nell'abisso. Il suo tuffo in avanti ci proiettò di colpo nel nulla. Per alcuni secondi chiusi gli occhi e non respirai, poi si aprì il primo piccolo paracadute e aprii gli occhi. A pancia sotto e braccia e gambe larghe volteggiavamo nel cielo, col deserto rosso infinito a perdita d'occhio sotto di noi.

Per vent'anni non ho vissuto, e non perché non mi sono mai gettata col paracadute. Perché cresciamo e viviamo senza un vero motivo.

Dopo sette minuti atterrammo in mezzo alle dune. Non si vedeva nessuno, neanche Mahmoud e Marina, il sole era oltre le dune, il cielo all'orizzonte era rosso del suo ricordo e sopra di noi c'era già la notte. Johnny mi slegò da sé, ma io avevo passato il confine dove tutto era possibile e non volevo più slegarmi da lui. Lo baciai e lui mi baciò. Poi la seta del paracadute fu il lenzuolo, la sabbia morbida e tiepida il materasso.

Sapevo che era una follia. Lo sapevo io e lo sapeva lui. Ma non aveva più importanza, nulla avrebbe potuto togliermi ciò che lui mi aveva fatto diventare, chiunque Johnny fosse davvero.

Le luci della pista di sabbia si accesero nel buio e dopo mezz'ora arrivammo alla jeep dove ci aspettavano Mahmoud e Marina. Era buio e la temperatura era sui dieci gradi. Dagli zaini caricati sulla jeep, Johnny e Mahmoud tirarono fuori delle tute termiche.

« Dobbiamo coprirci, si cena qui poi torniamo a casa. »

Il cielo era un incredibile tappeto di stelle. La jeep era carica di vettovaglie, c'erano anche i ceppi di legno e il carbone per il falò, la chitarra, gli spiedini di capra e tre bottiglie di Chianti.

« Una per ciascuno dei miei amici miscredenti. »

E io non riuscivo più a pensare a Rosaria, a ciò che dovevamo fare io e Marina.

Ho perso la verginità sulla seta di un paracadute adagiato sulla sabbia, con l'unico uomo possibile e impossibile.

Mangiammo, bevemmo, Marina più di tutti, dopo poco era già nel suo stato euforico.

« Allora, Mahmoud, a parte atteggiarti da macho che si butta dall'aereo e dalle dune come pensi di conquistarmi? Sappi che i muscoli non mi attraggono. »

« Ora vedrai, rossa miscredente. »

Lui andò alla jeep e tornò con la chitarra. Marina si alzò, si accovacciò davanti a Mahmoud e lo baciò a lungo sulla bocca. Poi si sdraiò accanto a lui sulla stuoia con la mezza bottiglia di Chianti rimasta e mi strizzò l'occhio.

« Alba, se vuoi ti spiego cosa fare stanotte al tuo Johnny. »

Era il segnale, mi ricordava che lei mi lasciava libera, per quella sera. Perché serviva al piano che lei mi aveva spiegato. E io non volevo altro. Mi strinsi a Johnny.

Gli sussurrai all'orecchio.

« Ricordati la nostra copertura, *habibi.* »

Lui mi prese la mano. Le fiamme guizzavano nel buio, i suoi occhi apparivano e scomparivano.

Mahmoud cominciò a suonare tutto ciò che Marina chiedeva. Lui strimpellava, lei cantava. A un certo punto, Marina chiese a Mahmoud di suonare *Candle in the Wind*, la canzone reinterpretata da Elton John per Diana Spencer che era morta da meno di due anni. Dopo le prime strofe lei cominciò a piangere e si bloccò. Era un'ottima attrice, tutto il grande show per creare l'atmosfera ideale portava lì a quel preciso momento.

« Che c'è Marina? » le domandai, come dovevo.

« Rosaria era come Diana. Quel porco di Khalil Hussein l'ha ammazzata o l'ha fatta ammazzare. »

Mahmoud e Johnny reagirono in modi diversi. Il gigante sobbalzò, incredulo.

« Ma che diavolo stai dicendo? »

Johnny intervenne, gelido.

« Piantala, sei ubriaca. »

Marina lo guardò, i suoi occhi verdi erano cupi, feroci.

« Lui l'aveva scelta e Rosaria prima gli ha fatto credere che ci stava e poi invece lo ha mandato al diavolo. E allora lui si è vendicato. »

« Non ci sono prove, Marina. »

« Ci sono, Johnny bello. Rosaria gli inviava mail inequivocabili, le ho lette io. Ma purtroppo il portatile di Rosaria è sparito con lei. »

Mahmoud intervenne.

« Scusa, Marina, ma lo hai detto alla polizia libica del portatile sparito? »

« Certo. Ma quelli se ne sbattono. E c'è solo un motivo, fanno di tutto per proteggere il professor Hussein. »

Toccava a me.

« Marina, se quelle mail sono sparite non si può provare un bel niente! »

« Forse le mail non sono sparite, Alba. Quel porco narcisista è capace di averle conservate sul suo Nokia 9000, tanto si sente intoccabile. Lo tiene sempre con sé. O nel suo ufficio all'università. »

Guardai Johnny. I suoi occhi erano freddi, attenti, preoccupati. Mi dispiaceva ingannare anche lui, ma ero a Tripoli per Rosaria, dovevo solo andare avanti col piano.

« Marina, ci tengo anche io a Rosaria, era italiana come me. Ma cosa possiamo fare? »

Lei era pronta, prontissima con l'esca.

« Il prossimo fine settimana è l'ultimo prima che termini il corso e noi due siamo state invitate alla Moneta dal professore, gli interessi tu per l'evento 9999. »

« E allora? »

« Troviamo il modo di prendergli la chiave dell'ufficio, dico che ho dimenticato il cellulare in stanza all'università e che mi devono chiamare i miei genitori. Lui sarà contento di avere la scusa per restare un paio d'ore da solo con te. Così io torno all'università, vado nel suo ufficio, prendo il Communicator e leggo le mail... »

Mahmoud emerse dal suo silenzio.

« Come prova dovreste scaricare le mail su un altro dispositivo. »

« Che vuol dire scaricare? » chiese Marina.

« Collegare il suo al mio. In un minuto copio tutto, tu riporti il Communicator al suo posto, torni alla Moneta e rimetti a posto la chiave. »

Marina lo guardava come fosse il Messia.

« Parli sul serio, Mahmoud? Perché se davvero ne sei capace, stanotte ti faccio vedere di cosa sono capace io. »

Mahmoud si alzò subito.

« E allora tutti in jeep, si torna. »

Mahmoud e Marina presero la tenda sul patio della villetta. Io e Johnny la stanza da letto. Facemmo l'amore a lungo, più lentamente e dolcemente rispetto alla furia sul paracadute nel deserto. Poi, prima di addormentarci, lui mi strinse a sé.

« Era una recita, vero? »

Non volevo mentirgli.

« Sì. Volevamo assicurarci l'aiuto di Mahmoud. »

« Siete pazzi, tutti e tre. Vi beccheranno e finirete in galera. Non devi fare questa follia. »

« Johnny, sono qui per Rosaria Musumeci. »

« Devi chiedere l'autorizzazione al signor A. Dirà sicuramente di no. »

Era insolitamente emotivo e pressante.

« Che c'è Johnny? »

« Non voglio che tu ti metta nei guai. »

Era vero, ma c'era dell'altro.

« Va bene, allora chiama il signor A domani appena torniamo a Tripoli, e vediamo cosa dice. »

Quella notte finalmente dormii profondamente, stretta a lui. Non sapevo che sarebbe stata l'unica volta.

16

NOKIA COMMUNICATOR

Johnny

All'aeroporto di Tripoli, prima di separarci, Alba mi ricordò di chiamare subito Roma per avvertirli del piano per sottrarre il Nokia Communicator al professor Hussein e cercare le possibili mail scambiate con Rosaria. Io però prima dovevo parlare con zio Karim. Questa volta lui volle vedermi di persona. Il suv mi riportò alla villa fuori Tripoli, sino al piazzale sterrato di fronte alla grande residenza doppia. Due agenti con una divisa militare nera senza alcun simbolo mi accolsero e mi indicarono la porta di ingresso sulla veranda.

« Mister Al Bakri l'aspetta. »

Entrai. Un vestibolo si apriva su un corridoio. Zio Karim era in una piccola stanza sulla destra, affacciato sul terreno di fronte alla casa, seduto a una vecchia scrivania scrostata, con davanti un pacco con una decina di giornali internazionali.

« Benvenuto, Ahmed. »

Mi indicò una sedia.

« Siediti. Cosa gradisci, una bevanda calda o fredda? »

« Grazie, zio. Un tè alla menta va bene. »

Lui sollevò la cornetta di un telefono e fece l'ordinazione, poi continuò a leggere il *New York Times*. Continuò sino a quando un cameriere portò un vassoio con due tè e una ciotola di hallawa.

«Serviti pure, Ahmed. Sei troppo magro, i dolci al miele danno forza e ottimismo.»

Ne assaggiò uno e fece una piccola smorfia.

«Il pistacchio è ottimo, ma i semi di sesamo non sono i miei preferiti. Allora, vuoi raccontarmi di Ghadames? Come è andata la nuova gita con le ragazze e il tuo grande amico Mahmoud?»

Ci avevano sorvegliato, ovviamente.

«Devi prima promettermi una cosa, zio.»

Lui si diede una grattatina all'orecchio cui mancava la punta.

«Davvero, Ahmed?»

I suoi freddi occhi grigi ridevano.

«Sei un giovanotto molto coraggioso a chiedermi questo. Ma sei anche il mio unico nipote. Sino a che Mahmoud e le tue amiche resteranno nei limiti che fisserò io, non li farò toccare. Hanno passato quel punto, Ahmed?»

Scossi subito il capo.

«No, zio. E non permetterò mai che lo oltrepassino. Per il rispetto che ti devo e per il loro bene. Ti racconto cosa è successo.»

Lui ascoltò tutto, in assoluto silenzio. Alla fine fece una smorfia di disgusto.

«Sai cosa mi colpisce di più di questa storia, Ahmed? I giovani di oggi, questa confusione tra ideali, sesso, giustizia... Ma forse sono troppo vecchio per capire.»

Accarezzò la vecchia scrivania scrostata.

«Tuo nonno paterno e mio padre Mohammed lavoravano qui, a questo tavolo. Questa stanza era lo studio privato di tuo nonno. Questa villa è divisa in due parti uguali. I tuoi nonni paterni e tuo padre vivevano su questo lato, i tuoi nonni materni e tua madre sull'altro.»

Indicò fuori dalla finestra lo spiazzo terroso.

«Mike e Laura si sono conosciuti lì fuori, da bambini. Giocavano con me e mio fratello. Mio padre era il tuttofare di tuo nonno e abitavamo in una baracca nell'uliveto dietro la villa.»

Avevo mille domande, ma sapevo di non poterne fare nemmeno una. Lui si fermò, scuotendo il capo, poi i suoi occhi si posarono nei miei.

«Anche tu devi promettermi una cosa, Ahmed.»

«Ti ho già detto che non farò niente senza...»

Mi interruppe, con un gesto.

«Sei innamorato della ragazzina italiana?»

«Zio, questo non c'entra nulla.»

Lui si grattò l'orecchio.

«C'entra molto, Ahmed, non sai quanto. Vedi, tu hai il sangue di tuo padre. E sai cosa lo ha rovinato? L'amore per tua madre. Gli ha fatto commettere degli errori fatali.»

«Farò tutto ciò che vuoi, ma devi promettermi di non fare nulla di male ad Alba Rossi e Mahmoud Al Zirkawi.»

Lui fece segno di no.

«No, Ahmed. Prima tu devi giurare di non mettermi nella condizione di doverti uccidere. Perché se farai gli stessi errori di tuo padre mi costringerai a farlo.»

Dentro di me si agitava il fuoco. Era sempre stato lì, sopito, per tutti quegli anni.

« Hai fatto così con mio padre, vero? Lo hai ucciso e poi ti sei occupato di me per il rimorso? »

Lui non si offese affatto. Rifletté a lungo, come se non avesse mai pensato davvero prima a quella domanda.

« Era davvero una grande amicizia, Johnny. Abbiamo perso entrambi e non importa chi ha ucciso chi. »

Poi puntò i suoi occhi gelidi nei miei.

« E ora ascoltami molto bene. Voglio che tu autorizzi la ragazza italiana, Alba Rossi, ad aiutare Marina Lafont a rubare il Nokia Communicator del professor Hussein e passarlo al tuo amico Mahmoud Al Zirkawi per scaricarne la memoria. Hai capito? »

Ero assolutamente sbalordito. E atterrito.

« Ma zio Karim, io pensavo che... »

« Non devi pensare. Tu sei un soldato, io sono il tuo generale. »

« Il signor A potrebbe non essere d'accordo che la sua agente corra un rischio del genere. »

Lui fece un gesto di noncuranza.

« Non chiamarlo. Di' ad Alba Rossi che ci hai parlato e ha autorizzato l'operazione. »

« E poi? »

« Dovrai essere con Mahmoud quando scaricherà la memoria del Nokia e informarmi subito del contenuto. »

« E se trovassero mail compromettenti e le mandassero al *New York Times*? »

Lui scrollò le spalle.

« Sono convinto che sarai capace di evitarlo. E poi il loro piano è diverso, vogliono attaccarlo in diretta tv all'evento del nove settembre. Dille che deve andare su quel palco con Khalil Hussein. O lei o Marina Lafont. »

Si accese una sigaretta al mentolo. Stava di nuovo fissando il terreno davanti alla villa.

« Da bambini, tuo padre aveva la passione di farci recitare scene dei film che lui aveva visto al cinema. Di solito erano western che finivano con un duello tra noi due per tua madre. A me piaceva recitare la parte del cattivo che moriva. »

Fece una smorfia, buttò fuori il fumo.

« Ma un giorno è arrivato un film in cui Mike preferiva morire, per impressionare Laura, e io ho accettato. Avrei dovuto rifiutare quella parte. Ma non si può sapere prima in quale punto nasce un disastro, tienilo a mente. »

Si alzò in piedi e schiacciò il pulsante di un campanello sul tavolo. Subito la porta si aprì. Un uomo armato in divisa nera si inchinò.

Zio Karim guardava fuori dalla finestra.

« Qui abbiamo finito. Accompagnate il signor Ahmed in città. »

Mentre mi riportavano a Tripoli pensai a Mike, quel padre sconosciuto. Ero certo di una cosa. Lui non avrebbe permesso che Laura corresse un rischio del genere. E nemmeno io.

Su quel palco ci andrà Marina Lafont

Aba

Johnny mi chiamò e si presentò all'ingresso dell'università prima dell'inizio delle lezioni, nel suo Volkswagen. Era insolitamente teso.

« Ho parlato con Roma, Alba. Hanno dato l'ok. Puoi procedere con il Nokia, ma lo scambio deve farlo Marina, tu non lo devi toccare, non ci devono essere sopra le tue impronte. »

Non ero sorpresa. Ero certa che mio padre avrebbe approvato quel piano. Era l'ultima vera occasione e non comportava particolari rischi.

« Bene. E per 9999? »

Lui esitò un attimo.

« Il tuo capo non vuole che tu vada su quel palco. Deve andarci Marina, ad accusare Khalil Hussein. »

Anche questo era ovvio, conoscendo la prudenza di mio padre e la sua idea di me.

Ma io non sono più quella che ero, papà. Forse non lo ero mai stata.

« E se il professore scegliesse me? »

« Fai in modo che non accada. Non sei autorizzata ad andare su quel palco. »

Lui mi prese la mano. Gli sorrisi.

« Sempre la nostra finta love story? »

Ma lui non sorrise.

« Anche io non voglio che tu vada su quel palco, Alba. »

Cercai di alleggerire la tensione.

« Mi porti a casa tua, *habibi*? Per la copertura. »

Lui scosse il capo.

« Tu hai lezione e io gli archeologi. »

Ci salutammo con un lungo bacio. Ma qualcosa era cambiato.

Aba

Sabato 4 settembre, cinque giorni alla fine del corso. La giornata era ancora più calda e afosa, in quell'estate infinita. Il cielo era celeste pallido, il mare una tavola di olio tiepido. La scorta del professore ci portò alla Moneta a metà mattina. Ormeggiammo al pontile, seguirono le perquisizioni corporali, tutto il solito tran tran per garantire la sicurezza dell'illustre professor Khalil Hussein. Poi ci mostrarono le nostre stanze di appoggio per la giornata. Quella con la lettera A per me, quella con la M per Marina.

Il maggiordomo Edward ci offrì succo d'uva gelato e ci disse che eravamo libere di usare la jacuzzi o andare in spiaggia. Il professore era impegnato almeno per un'ora. Scegliemmo la jacuzzi. Era meglio così, pensai. Ci avrebbe dato il tempo di riparlare tra noi due del nostro piano, della ripartizione dei ruoli. Io ero preoccupata.

Di colpo fui presa dal dubbio.

« E se stessimo facendo una sciocchezza, Marina? Se ci stiamo sbagliando e Khalil Hussein non c'entra niente con la morte di Rosaria? »

Lei mi guardò, stupita.

« Hai dei ripensamenti? »

« Non sappiamo se è stato lui. »

« Infatti abbiamo un piano per trovare le prove. »

« Quel giorno, Rosaria è andata via da qui, lui è rimasto sull'isola. »

Marina scosse il capo.

« Potrebbe essere tornata più tardi, l'hai detto tu stessa. E sempre tu hai scoperto che Alì Saleh mentiva. Ci sei stata dall'altra parte dell'isola, no? Sotto a volte c'è il mare a volte gli scogli, a seconda della marea che cambia ogni sei ore. Potrebbe essere andata così.»

Pensai a ciò che aveva scoperto Johnny: la falsa autopsia, le fratture gravissime, la gamba mancante. Non potevo dirglielo, ma Marina aveva ragione.

«Va bene, Marina. Facciamolo. Mi occupo io della chiave.»

«Brava, Alba. Fottiamo quel maiale.»

«Ma sul palco con lui devi andarci tu.»

«Non mi ci porterebbe mai, Alba, lo sai.»

«Ma io non ce la faccio a sedurlo, è più forte di me.»

Lei mi guardò con tutto il disprezzo del mondo.

«Lo sapevo che non potevo fidarmi di te. Sei solo una merda borghese, capace di tutto ma solo a parole. Di Rosaria non te ne importa niente!»

Lei si alzò, uscì dalla jacuzzi, furente. Rimasi sola. I pensieri si agitavano, rimbalzavano tra il cervello e il cuore, entravano in circolo col sangue e tornavano al cervello. Le lacrime del padre di Rosaria contrastavano con gli ordini di mio padre tramite Johnny.

Aiuta Marina ma non devi andare tu su quel palco.

Solo che Marina aveva ragione.

Khalil Hussein non si fiderà mai a portare Marina sul palco. Sono capace di farlo. E devo farlo per Rosaria e i suoi genitori. Anche se Johnny dice che mio padre non vuole.

Edward mi avvisò che il professore era ancora impegnato al telefono.

«Gradisce altro succo d'uva? Un caffè?»

«No grazie, Edward. Ma dovrebbe farmi un favore.

Potrebbe avvertire il professore che appena finisce vorrei andare a parlargli? »

Feci una breve pausa.

« Da lui, se possibile. »

Edward annuì, impassibile.

« Certo, signorina Rossi. »

« Grazie. »

Restai lì ad aspettare. Il cuore mi batteva forte ma il cervello funzionava bene. Non avevo esperienza diretta, ma avevo ascoltato per anni tutti i dettagli delle storie di Tizzy, una delle maggiori esperte mondiali di seduzione. Dovevo solo cercare di ricordarmi la situazione più simile a questa. Be', chiaramente era quella in cui al liceo lei aveva deciso di sedurre il professore di matematica per avere subito le domande dell'ultima verifica ed evitare la bocciatura. Era tutto chiaro, ricordavo le parole di Tizzy.

Con quel tipo di uomini non servono i mezzucci. Basta la chiarezza sul do ut des e la loro sicurezza che la reputazione non verrà intaccata.

C'era un solo problema, che Tiziana non aveva avuto.

Devo rubargli la maledetta chiave.

« L'accompagno dal professor Hussein, signorina Rossi. »

La voce di Edward mi risvegliò dai miei pensieri. Uscii dalla jacuzzi, misi addosso l'accappatoio e le infradito e lo seguii.

Percorremmo un corridoio, passammo davanti alle due stanze con le lettere A e M, svoltammo verso il lato sul mare. Lì c'era una porta con sopra uno strano simbolo, quello del $, fatto con lo stesso metallo delle lettere A e M.

Edward bussò appena, poi aprì la porta su un salottino con una vetrata con la vista sul mare. C'era una porta aperta alla fine del salottino, dava su una grande stanza con in mezzo un immenso letto matrimoniale con la testiera in ferro battuto.

Il professor Hussein era nel salottino antistante, seduto comodamente in poltrona, perfettamente vestito con giacca e cravatta, un telefono fisso sul tavolino di fronte, su cui c'era anche un secchio col ghiaccio che conteneva una bottiglia di Dom Perignon.

« Vieni pure, Alba. Edward, versa un po' di champagne alla signorina Rossi. »

Mi accomodai sulla poltrona davanti a lui, Edward mi versò lo champagne.

« Puoi andare, Edward, lascia socchiusa la porta, per favore. »

Era lo stesso metodo che usava all'università per proteggere la sua preziosissima e immacolata reputazione. Sapevo cosa stava fissando il professore, la porzione di pelle nuda tra l'accappatoio e la parte superiore del costume da bagno. Sorseggiai lo champagne. Due piccoli segni, due cedimenti li avrebbe chiamati Tizzy: la visita privata e l'alcol.

« Allora, Alba, volevi vedermi? »

« Sì, grazie. Volevo parlarle della scelta che deve fare. »

Lui capì immediatamente, ma le parti erano chiare, voleva che fossi io ad espormi.

« Quale scelta, Alba? »

« Quella per 9999. »

Si lisciò i baffi e sorrise.

« Ah. Dimmi. »

Ora era il momento. Ricordavo il metodo Tizzy.

Allusioni, Aba. Di quelle che suscitano l'immaginazione negli uomini.

Gettai una rapida occhiata oltre la porta di separazione dalla stanza da letto e scoppiai a ridere. Lui aggrottò la fronte, sorpreso.

« Che succede? »

« Niente, mi scusi, è che mi è venuta in mente una mia amica e una storia che mi ha raccontato. »

« Su cosa? »

« Sui letti con la testiera in ferro. »

Lui mi osservava, in silenzio. Non doveva durare né troppo poco né troppo.

« Mi scusi. Tornando alla questione per cui le volevo parlare. Volevo dirle solo che ci ho riflettuto. Ci terrei moltissimo a essere io la sua assistente per l'incontro con il Colonnello Gheddafi. Sempre che lei mi ritenga all'altezza. »

Lui annuì, a lungo, come se stesse soppesando le mie parole, una per una.

« Ah, quindi ci tieni davvero tanto? »

Quanto ci tieni, Alba?

Bisognava trovare l'accordo che garantisse il prezzo, il pagamento certo e la sua reputazione. Ma quello era semplice, dopo le infinite lezioni di scacchi con mio padre.

« Sì, moltissimo. E dopo mi verrà la febbre. »

« La febbre? »

Annuii.

«Mi è venuta sempre, dopo ogni esame importante. Temo che se dovesse accadere dovrà darmi ospitalità per la notte.»

Ecco. Era stato detto tutto il possibile. Andare oltre sarebbe stato grottesco e poco credibile. E non dovevo creare ulteriore imbarazzo aspettando una risposta immediata. Cambiai discorso.

«Il simbolo del dollaro su questa stanza è strano, professore.»

Lui scoppiò a ridere. Si era eccitato, si era divertito. Ma era sollevato anche lui dal poter evadere da quella conversazione.

«Non è un dollaro. Questa villa è stata sequestrata a dei colonialisti italiani. I padroni di casa si chiamavano Salvatore e Italia. Sono le loro iniziali intrecciate. Come quelle sulle vostre porte, Alberto e Michele.»

Si alzò e, mentre non mi osservava, ne approfittai per mettere uno dei miei orecchini tra l'imbottitura e lo schienale della poltrona su cui ero seduta.

«Hai fatto bene a venire, è stata una conversazione utile. Ora vai da Marina, Alba. Io mi cambio e vi raggiungo.»

Il pranzo servito da Edward era squisito, tonno crudo appena pescato condito solo con olio e limone. Marina mi guardava, col freddo disprezzo di chi era stata tradita. Sapevo che non c'era tempo e che non ci sarebbe stata un'altra occasione. Mi toccai l'orecchio e mi alzai.

«Scusatemi, ho perso uno degli orecchini che mi ha

regalato mia madre, deve essere caduto in camera mia mentre mi cambiavo prima di pranzo. Torno subito. »

Appena arrivai nel corridoio accelerai il passo, superai le porte con la A e la M e arrivai a quella con il simbolo del $, che per fortuna era aperta. Entrai, oltrepassai la porta della stanza da letto. C'era un appendiabiti con sopra la giacca del professore. Sentii dei passi avvicinarsi nel corridoio e il cuore che mi batteva all'impazzata. Infilai la mano in una tasca. Niente. Nell'altra, niente. La tastai. La grossa chiave era nel taschino interno, me la infilai nella tasca del pareo e balzai letteralmente nel salottino un attimo prima che Edward apparisse sulla soglia.

« Ha perso qualcosa, signorina Rossi? »

Gli mostrai l'altro orecchino. Non fu necessario simulare l'agitazione.

« È un regalo di compleanno di mia madre, nella mia stanza non c'è, la prego, mi aiuti a trovarlo! »

Sorrise.

« Ho una figlia della sua età, signorina Rossi. E non l'ho mai vista piangere tranne il giorno in cui ha perso un anello che le aveva regalato sua madre. »

« Ma non c'è, ho guardato in corridoio, qui dentro. »

Lui si chinò a controllare sotto la poltrona dove ero stata seduta. Poi tastò l'imbottitura della poltrona e mi sorrise.

« Eccolo qui, signorina. Le era caduto mentre parlava col professore. »

Lo abbracciai. Tremavo tutta, e non simulavo affatto. Lui mi diede qualche colpetto comprensivo sulle spalle, imbarazzato.

« Su, su, ora l'abbiamo trovato. Torni a finire il tonno. »

Lo baciai su tutte e due le guance e tornai alla veranda. Sorrisi e mostrai l'orecchino.

« L'ha trovato Edward. »

La chiave nella tasca pesava una tonnellata. Gettai un'occhiata a Marina.

« Possiamo fare surf? A che ora ti chiamano i tuoi genitori? »

Lei mi guardò, interdetta. Poi imprecò.

« *Merde*! Il mio cellulare. L'ho dimenticato in stanza al dormitorio dell'università. Oggi è il giorno in cui mia madre mi chiama, ogni venerdì pomeriggio. Se non mi trova le prende un colpo. »

Khalil Hussein sorrise.

« Perché sei in un paese pericoloso secondo la mamma? O per quanto sei pericolosa tu per gli altri? »

Marina era brava. O forse, come me, non recitava: era agitata e basta.

« È vecchia e sono figlia unica. Devo andarmene, professore, mi scusi. »

Khalil Hussein vide subito l'occasione per restare solo con me e approfondire il nostro discorso. Ma doveva anche difendere la sua immacolata reputazione.

« Ti faccio accompagnare col motoscafo e poi il mio autista ti porterà all'università. In un'ora e mezzo sei di ritorno, il tempo per digerire il tonno e poi fare surf. »

Marina ringraziò e si alzò. Mi alzai, la abbracciai e le passai la chiave con la mano che mi tremava.

« Fai con calma Marina, non farò annoiare il professore. »

A quel punto toccava a lei. Andò al pontile, salì sul motoscafo e ci fece un cenno di saluto.

Khalil Hussein si rivolse a Edward.

« Sei sempre bravissimo, Edward. Dov'era l'orecchino della signorina Rossi? »

« Nello spazio tra l'imbottitura e lo schienale, sulla poltrona dove ha parlato con lei, professore. »

Lui sembrò un attimo sorpreso, come se volesse fare una domanda. Io lo prevenni.

« Temo di aver inondato Edward di lacrime di gratitudine. E l'ho anche baciato, sulle guance, naturalmente. »

Edward arrossì e Khalil Hussein scoppiò a ridere.

« Allora, visto che per oggi non hai concorrenza, andiamo a finire lo champagne nella jacuzzi, Alba. Devo interrogarti per capire se sei preparata abbastanza per assistermi nel dibattito col Colonnello Gheddafi. »

Il momento pericoloso era passato. O forse cominciava ora.

Johnny

Eravamo seduti nel mio Volkswagen all'ombra di un eucalipto, io e Mahmoud. Lui continuava a ripetere *tranquillo Johnny, tranquillo, quelle due sono in gamba.* Come se fosse solo quello il problema. Lui non sapeva che zio Karim ci stava osservando, passo per passo. E che se avessimo sgarrato, anche di un solo millimetro...

« Eccola! » esclamò Mahmoud.

Vidi Marina uscire dall'università e dirigersi a passo svelto verso di noi. Mahmoud si spostò sul sedile posteriore e lei si sedette accanto a me. Si voltò verso Mahmoud.

«Eccolo, fai prima possibile.»

Gli passò la sua borsa, da cui Mahmoud estrasse velocemente il Nokia Communicator del professor Hussein, con un cavetto lo collegò al suo e cominciò ad armeggiare.

«Ci vorranno pochi minuti.»

Marina mi lanciò un'occhiata ironica.

«Alba è stata perfetta come ladra.»

Mi stava provocando.

«Ha preso lei la chiave?»

«Tranquillo, Johnny, gliel'ho sfilata io dai calzoni mentre Alba gli faceva un pompino. Così lei non corre rischi, giusto?»

Non ero più in grado di distinguere tra provocazione e realtà. Gettai un'occhiata nervosa a Mahmoud nel retrovisore.

«Fatto?»

«Quasi.»

Mi voltai verso Marina.

«Ora torni su quell'isola e seduci il professore. Ci vai tu su quel palco, non Alba, hai capito?»

Lei mi fece una linguaccia.

«Certo, Johnny. Tranquillo. Sono più brava di lei a fare i pompini, lo sai, no?»

La voce di Mahmoud interruppe lo scambio.

«Fatto! Finito!»

Erano passati meno di cinque minuti. Mahmoud passò il Nokia Communicator a Marina, che lo rimise in borsa.

«Ora vado a rimetterlo nell'ufficio del professore, torno sull'isola e riporto indietro la tua Paperina, Johnny. Vedrai che sarà ancora illibata. »

Scese e si avviò a passo veloce verso l'entrata dell'università. Mahmoud aveva ripreso il suo posto accanto a me. La mia maglietta era appiccicata sulla schiena per il sudore.

« Vediamo cosa hai scaricato dalla posta del professore, muoviti! »

Lui mi gettò un'occhiata.

« Cazzo, Johnny. Eri più calmo in Kosovo quando abbiamo attaccato quei carri armati. »

« Muoviti e basta. »

Lui digitava veloce sui tasti del Nokia, mugugnando.

« Nelle mail non c'è nulla. »

Ero quasi sollevato.

« Ma so come recuperare quelle cancellate. »

Continuò a digitare. Poi sussultò.

« Johnny, guarda qui! »

Sullo schermo c'era una mail. Da romus74@hotmail.com.

Caro professore,

la sua jacuzzi è fonte di sapere e piacere, dà godimento alla mente e al corpo.

Ce n'erano altre tre dello stesso tenore, in bilico tra il lecito e l'illecito. Ma il quadro era molto chiaro. Alba aveva quello per cui era stata mandata qui. C'era solo un piccolo particolare.

Zio Karim. Lui farà ammazzare anche Alba, Mahmoud, Marina.

« Il tuo Nokia è sotto sequestro, Mahmoud. »

Glielo tolsi dalle mani.

«Che diavolo ti piglia, Johnny?»

«Niente. Ma non voglio che quella pazza esaltata di Marina ci crei problemi. Alle ragazze diciamo che non abbiamo trovato nulla, va bene?»

Lui si strinse nelle spalle.

«Non me ne frega niente delle due ragazze e di quella Rosaria Musumeci, Johnny. Ma mi piacerebbe l'idea di sputtanare quel porco fascista della CIA.»

«Non sai se è della CIA, Mahmoud. Scordatelo.»

Qualcosa nel mio tono lo colpì.

«Lavori per il Mukhabarat adesso, Johnny?»

Dovevo stare attento, nessuno mi conosceva bene come lui.

«Non dire cazzate. Non voglio passare guai seri. E non voglio che li passi tu.»

Lui sorrise, il gigante con cui ero cresciuto.

«Il ragionevole Johnny! Ma io le ho lette le mail, e non sono d'accordo con te. Non ci sono rischi. Cosa fa Gheddafi, le fa arrestare?»

Dovevo solo guadagnare un po' di tempo.

«Va bene. Tengo io il Nokia. Parliamo con Alba e Marina insieme, domani sera.»

Lui sorrise.

«La mente sei sempre tu, Johnny. Sandokan esegue. Ci vediamo domani sera.»

Aba

Cercai di bere meno champagne possibile e di resistere. Di resistere al piede appoggiato accanto al mio, poi alla sua mano, ogni tanto, prima sul braccio, poi sul ginocchio, poi un po' più su, mentre lui, con la massima nonchalance, mi parlava del concetto unico del Colonnello Gheddafi. Superamento sia del capitalismo che del socialismo, lavoratori individuali, padroni di sé stessi, nessun partito, solo comitati di quartiere interclassisti, in cui si discute, e da lì le idee salgono attraverso comitati popolari sino al Rais. E naturalmente laicismo assoluto, le religioni erano fonte di controversie e arretratezza. Ogni tanto mi faceva una domanda, a cui io rispondevo come voleva lui. Il premio erano quelle palpatine, come zuccherini per un cavallo. Non andava oltre perché non si poteva, non in quel momento, con Edward e con le guardie intorno, a testimoniare della sua correttezza.

« Bene, Alba. Sei molto preparata. Credo che sarai un'ottima assistente sul palco con me il nove settembre. Sperando che la febbre ti venga dopo, non prima. »

Mi sforzai di sorridere e risposi ciò che lui voleva sentire.

« Stia tranquillo. Mi è sempre venuta dopo. »

Il mio autocontrollo era alimentato dalla mia motivazione ma ero stremata e anche impaurita, non avevo alcuna intenzione di pagare quel tipo di prezzo. Per fortuna, Marina tornò prima che io crollassi, dopo un'ora e mezzo di assenza. Era tutta allegra, già in costume da bagno.

« Grazie, professore. Ho parlato con mia madre, tutto bene. Si è annoiato molto da solo con Alba? »

« No, Marina. L'ho interrogata sulle teorie di Gheddafi e... »

« Ah! Allora adesso tocca a me. »

Senza attendere risposta entrò nella jacuzzi e si infilò

tra me e il professore. Io ero pronta, avevamo concordato tutto e Marina era perfetta. Sorrisi al professore, ero felice di levarmi da lì.

« Ora che ha una bella compagnia vado a farmi una doccia. »

Dovevo sbrigarmi, era l'ultimo passo. Entrai nella mia stanza. La chiave dell'ufficio del professor Hussein era in fondo al mio zaino, dove Marina l'aveva lasciata. Mi affacciai nel corridoio. Questa volta, se mi avesse visto qualcuno, non ci sarebbero state scuse. Mi avrebbero preso e consegnato alla polizia. Era incredibile ciò che stavo facendo, qualcosa che non avrei mai immaginato. In sessanta secondi rimisi la chiave nella tasca della giacca del professore, dove l'avevo presa. Tornai nella mia stanza, mi spogliai e mi infilai sotto la doccia gelata. Lasciai scorrere l'acqua a lungo, come se potesse trascinare via lo schifo di quelle mani sulla mia pelle. Non gli avrei mai più permesso di sfiorarmi.

Ma cosa hanno trovato Johnny e Mahmoud sul Nokia di Khalil Hussein?

Johnny

Mi caricarono sul solito suv e mi portarono sino al porto turistico di Gargaresh. Lì mi fecero salire su un motoscafo e compresi subito dove mi stavano portando. C'ero già stato in barca a vela con Alba, il giorno in cui ci eravamo baciati, mille anni prima. Ma allora il cielo era blu, oggi era pallido per il ghibli in arrivo. Dopo una ventina di minuti mi apparve la sagoma familiare della Moneta.

Al pontile erano ormeggiati motoscafi e gommoni, al largo giravano alcune navi da guerra, la spiaggetta era piena di soldati.

Certo, erano i preparativi per il grande evento conclusivo con il Colonnello Gheddafi. Sbarcai e mi perquisirono. Poi mi fecero entrare nella villa e mi guidarono sino a una porta.

Zio Karim era seduto in poltrona. Una pistola era posata sul bracciolo.

Non costringermi a scegliere tra te e il mio lavoro.

Lui indossava un impeccabile vestito grigio completo con cravatta verde e aveva con sé una cartellina di pelle nera. Si accese una sigaretta al mentolo.

« Allora, Ahmed, immagino ci siano novità. Ti ascolto. »

Gli raccontai tutto. Lui ascoltò in silenzio, impassibile. Sino alla mia conclusione.

« Quelle mail che abbiamo trovato sono assurde. Khalil Hussein è stato un pazzo a conservarle dopo la morte di Rosaria Musumeci. »

Lui scuoteva il capo.

« Nipote mio, pensi che con tutto quello che è accaduto non avessimo ripulito il Nokia del professor Hussein? Siamo il Mukhabarat, non un asilo infantile. »

Era ovvio, ma solo ora che lui me lo aveva detto. Perché io ero un soldato, non una spia.

« Le hai fatte rimettere lì quando ti ho avvertito che Marina Lafont e Alba volevano rubargli il Nokia? »

Lui annuì. Stava riflettendo già su qualcos'altro.

« La cosa che mi preoccupa di più in questa storia è l'atteggiamento passivo e prudente dell'italiano, il tuo signor A. Prima ha mandato qui una sua agente per scoprire la verità sulla morte di Rosaria Musumeci, poi tu scopri la falsa autopsia e lui a quel punto blocca l'indagine e vuole far rientrare la sua spia. Mi hai taciuto qualcosa, Ahmed? »

Mi guardava negli occhi, il suo metodo per scoprire i bugiardi. Ma su quel fronte non avevo niente da nascondere, era incomprensibile anche per me.

« Assolutamente no, zio. »

« Ti credo, ma resta una cosa davvero inspiegabile e ci pone il problema di cosa tu debba dirgli. »

Lui spense la sigaretta al mentolo e se ne accese un'altra. Era decisamente seccato e si grattava la punta dell'orecchio mancante.

« Fumo troppo solo quando non capisco, nipote mio. Forse sto diventando vecchio per questo lavoro. O forse il signor A è più furbo di me. »

« Tu cosa vorresti che gli dicessi? »

« Tutto ciò che hai scoperto. Ma lui ordinerebbe ad Alba Rossi di non fare più nulla e tornare in Italia e questo non deve accadere. »

« Ma zio, davvero non capisco. Hai fatto costruire la falsa autopsia, testimoniare Alì Saleh, ucciso due innocenti, tutto per proteggere Khalil Hussein. E ora vorresti darlo in pasto all'intelligence italiana? »

« Non sono affari tuoi, Ahmed. Ma lui non deve bloccare Alba Rossi. »

« Potrei dirgli delle mail ed evitare 9999. »

Lui scosse il capo.

« Non chiamare il signor A. Quello è come me, se

menti ti scopre, anche se ha il grosso svantaggio di non vederti in faccia.»

«E cosa dico ad Alba e Marina del Nokia?»

«Tutto ciò che tu e Mahmoud avete trovato.»

Ero completamente frastornato.

«Zio, una delle due fra pochi giorni andrà sul palco con il professor Hussein e il Colonnello Gheddafi e leggerà quelle mail in diretta tv.»

Lui fece un gesto come se tutto ciò fosse irrilevante.

«Ti sto chiedendo di dire la verità, non di mentire. Per te è più facile, Ahmed.»

Ero una mosca prigioniera nella tela del ragno. Il ragno era zio Karim, ma io stesso avevo contribuito a creare il labirinto in cui mi ero perso sino a restare imprigionato. C'era qualcosa però che non potevo fare, neanche per zio Karim.

Non manderò Mahmoud e Alba allo sbaraglio. Il mio miglior amico e...

«No, zio, non lo faccio se non mi spieghi perché dopo aver fatto di tutto per salvare quell'assassino di Khalil Hussein ora lasci che venga distrutto.»

Lui ci pensò un po'. Alla fine sorrise.

«Sei coraggioso e testardo come tuo padre, Ahmed.»

«Dimmi perché, zio. Lo terrò per me, lo sai.»

Lui mi guardò, ora non sorrideva più.

«Certo che lo terrai per te, Johnny. Dopo la scenata sul palco noi dimostreremo al mondo intero che le accuse sono false, che quelle mail erano false, scritte da un uomo dei Fratelli Musulmani.»

«Zio...»

Lui mi interruppe.

« Scritte dal tuo grande amico Mahmoud Al Zirkawi. »

Di nuovo le fiamme si agitavano dentro di me. Era il fuoco della rabbia. E non me ne importava più niente della mia incolumità.

« Non ti credo. Hai detto che mio padre era il tuo miglior amico, zio. Eppure l'hai ucciso. Io non farò la stessa cosa con Mahmoud Al Zirkawi. »

Lui scosse il capo, come un maestro davanti a uno scolaro impreparato.

« Tuo padre aveva deciso che io l'avevo tradito e ha cercato di uccidermi. »

« E tu non l'avevi tradito? »

« No, Ahmed, lui era semplicemente impazzito perché tua madre l'aveva lasciato. E se l'è presa con me. »

Ero stordito da quelle verità che arrivavano tutte insieme dopo quasi trent'anni.

« Perché me lo racconti solo adesso, zio Karim? »

Lui sospirò.

« Perché anche i migliori amici tradiscono, Ahmed. Come Mahmoud. »

« Lui non mi tradirebbe mai. »

« Oh sì, nipote. Per il suo credo musulmano farebbe qualunque cosa. La loro forza e la loro debolezza è che sono pazzi ma pronti a morire. »

« In ogni caso, Alba Rossi non c'entra niente, le dico tutto e parte. »

Lui sospirò.

« Sei proprio come tuo padre, dovrei farti portare in cantina e farti sparare. Ma non è ciò che voglio e nemmeno tu. Facciamo due passi e vediamo come risolvere questo problema. »

Mise la pistola nella cintura, si alzò e lo seguii. Mi condusse all'esterno, lungo un sentiero in leggera salita che andava verso la parte opposta dell'isola. Sopra di noi il cielo era quasi giallo per la sabbia portata dal ghibli che arrivava dal deserto. A metà mattina il calore stava aumentando, ma zio Karim procedeva spedito. Faticavo quasi a stargli dietro tanto era svelto il suo passo. Dopo una ventina di minuti arrivammo dall'altra parte dell'isola. C'era un largo spiazzo terroso con al centro un gigantesco ulivo. Trenta metri più sotto si vedeva il mare. Era il panorama che avevo già visto dal basso ormai cento, mille anni prima, quando avevo portato Alba in barca. Lui mi fece segno di seguirlo all'ombra dell'ulivo, estrasse una busta dalla tasca della giacca e me la porse.

« Sapevo che non mi avresti creduto. Perciò ho portato queste. Sono foto della festa qui alla Moneta il 18 giugno, scattate da uno dei miei uomini. »

Erano tre foto, a colori, un po' sovraesposte ma visibili. Nella prima c'era una bella ragazza bruna con in mano un bicchiere che parlava con il professor Hussein, in mezzo ad altra gente.

« È Rosaria Musumeci, zio. E allora? »

« Guarda meglio. Il cameriere col vassoio in mano, sulla sinistra. »

Era quasi irriconoscibile, nella divisa bianca da cameriere, completamente rasato, coi capelli tagliati in modo decente, la pelle schiarita ad arte, gli occhiali di metallo, le lenti a contatto chiare. Ma era senza alcun dubbio Mahmoud Al Zirkawi. Allora guardai subito la seconda foto: il cameriere parlava con Marina Lafont.

Il dubbio divora l'anima lentamente, la rivelazione la devasta. Ero stato incapace di capire la recita messa in scena davanti ai miei occhi. Avevo spinto Alba Rossi verso la complice di Mahmoud in quella follia. Ma in realtà non l'avevo spinta io, era stato l'uomo di fronte a me.

La terza foto erano Mahmoud, Marina Lafont e Rosaria Musumeci, stesso giorno, stessi abiti. Discutevano, lì davanti a quella scogliera.

« Mahmoud e Marina hanno gettato Rosaria da lì. Era più o meno a quest'ora, un momento in cui la marea è troppo bassa per salvarsi. Io ho fatto spostare il corpo, il resto lo sai, Ahmed. »

« Ma perché, zio? »

Lui fece un gesto secco, definitivo.

« Questo non ti riguarda, Ahmed. »

« Cosa gli farete? »

Lui fece un sospiro di insofferenza.

« Mahmoud Al Zirkawi e Marina Lafont sono due pericolosi terroristi e due assassini. Voglio utilizzarli ancora sino allo show in diretta tv, per mostrare al mondo di cosa sono capaci i fanatici musulmani. Poi verranno arrestati, processati e giustiziati. »

« Ma Alba Rossi non c'entra, lei è in buona fede. »

Lui annuì.

« Non le accadrà nulla di male, ma protesterò col signor A, così saremo in credito. Due agenti italiani sono troppi, no? »

Mi girava letteralmente la testa.

« Di chi parli? »

« Pensi davvero che Rosaria Musumeci fosse una

sprovveduta che si era fatta sedurre da Marina Lafont? Lo spionaggio non è un libro di favole ma il gioco più spietato e difficile al mondo. Per questo motivo il signor A non vuole un incidente diplomatico e non vuole che Alba sia coinvolta. »

Tutto diventava molto più chiaro e plausibile.

« Rosaria ha scoperto il gioco? »

« Sì. E prima che riferisse di loro ai suoi capi a Roma, Mahmoud e Marina l'hanno gettata da questa scogliera. »

« Ma Alba non ti serve più per coinvolgere gli italiani. Allora puoi sostituirla sul palco con un'altra ragazza. »

Lui fece segno di no.

« Ci sono questioni di sicurezza, anche con la CIA, non possiamo mica cambiare la persona sul palco all'ultimo momento. »

« Che c'entra la CIA? »

« Khalil Hussein rappresenta quella parte della CIA che vuole far pace con Gheddafi. Contro l'altra parte della CIA, quella che vuole morto Gheddafi per Lockerbie e che attraverso Bin Laden finanzia i Fratelli Musulmani e Muqatila. Quindi Alba Rossi deve andare su quel palco. »

« Zio, giurami che poi la lascerai partire. »

Lui restò lì a guardare il precipizio.

« Io e tuo padre saltammo due volte da lì. Una volta c'era anche tua madre. Fu lei a separarci, come sta facendo oggi Alba Rossi. »

Poi si voltò. Nei suoi occhi c'era qualcosa che non avevo mai visto. Era una specie di ferocia che non era legata solo a me, a quel momento, a quei fatti. Andava molto più indietro nel tempo.

« Falle leggere quelle mail e convincila ad andare su quel palco e accusare Khalil Hussein. Sono parole, Ahmed, non bombe. Le parole non hanno mai ucciso nessuno e non metteremo in prigione una studentessa italiana per delle parole. »

« E se non andasse su quel palco? »

« Sei innamorato di lei Ahmed? »

Io non dissi nulla e lui si chinò verso di me, in modo che non potessi evitare il suo sguardo.

« Se la ami fai come ti dico io. Se Alba Rossi non andrà su quel palco la farò arrestare prima che parta come spia italiana e complice per aver aiutato Mahmoud Al Zirkawi e Marina Lafont a sostituire il Nokia del professore. Se non verrà fucilata, passerà anni in una nostra bella prigione. E la colpa sarà solo tua. »

Guardai il precipizio e il mare trenta metri più sotto. Potevo vederli, quei tre ragazzi, zio Karim, mio padre e mia madre, che si lanciavano. Veniva da lì quella ferocia. Non avevo dubbi, zio Karim l'avrebbe fatta marcire per anni in prigione.

Johnny

Il giorno dopo invitai Alba, Marina e Mahmoud a casa mia. Volevo essere certo che i microfoni del Mukhabarat registrassero tutto e confermassero a zio Karim che ero stato obbediente.

Avevo chiesto a Mahmoud di arrivare prima e lui si presentò vestito all'araba, con una tunica nera e la kefiah, con un cesto di grappoli di uva zibibbo. Era sempre lui, la stessa persona che conoscevo da bambino, con cui avevo condiviso le botte contro le bande rivali e poi diverse battaglie vere. Ma dopo le foto di zio Karim sapevo che non eravamo più quei due ragazzi, Johnny e Sandokan.

Per lui l'Islam viene anche prima di me.

Era stata la mancanza di un padre e una madre a farmi desiderare un amico assoluto? O più banalmente il sangue, le bombe, il pozzo nero, i massacri, il corpo tagliato in due di Branka Pavlovic? Un sodalizio basato sulla violenza e sul suo dominio. In fondo, però, lui era migliore di me. Gli ideali, qualcosa per cui credere e combattere, quelli da cui zio Karim mi aveva convinto a fuggire perché fonte di errori e debolezza, per Mahmoud erano tutto. Io invece non credevo in niente, non avevo niente e non ero niente.

«Cazzo, Johnny, si crepa di caldo qua dentro. Hai qualcosa di fresco da bere?»

Gli versai un bicchiere di limonata. A cosa mi servivano quei minuti da solo con lui? Dovevo adattarmi all'idea che lui non fosse mio amico prima di tradirlo e mandarlo a morire. Non sapevo dove ci fossimo persi, in quale punto del percorso, ma, senza che io lo capissi, lui se ne era andato per conto suo. O forse era stato sempre così e io non avevo voluto vederlo.

Aspettai, sperando nell'impossibile. Poi lui la fece quella domanda, indispensabile per il suo piano.

«Allora, Johnny, ti sei convinto a far leggere quelle

mail alle ragazze? Tanto noi due non c'entriamo niente, no? »

Zio Karim aveva ragione, dovevo arrendermi all'evidenza.

« Va bene, Mahmoud. Questa storia riguarda Alba e Marina, che decidano loro. »

Lui fece una risata, era sollevato.

« Sono d'accordo perfino io di lasciar decidere le donne. Forse mi sto evolvendo, Johnny. »

Non ne parlammo più, sino a che arrivarono Marina e Alba. Una tutta allegra, l'altra cupa. Che Alba fosse delusa da me era più che giusto. Avesse saputo tutto mi avrebbe disprezzato, odiato.

« Allora, cosa avete trovato? » chiese subito Marina.

Mahmoud estrasse il Nokia dalla tasca della tunica, mi gettò un'occhiata e io annuii. Lui girò lo schermo in modo che le ragazze potessero leggere. Guardavo Marina Lafont, era sicuramente lei l'autrice di quelle mail.

« Io e Alba lo distruggiamo, quel porco. »

Mahmoud annuì.

« Così il mondo intero saprà chi sono gli amici di Gheddafi e degli americani. »

Erano una coppia di attori, una bravissima, l'altro un cane a cui non avrebbero dato una particina tranne forse in un film di guerra. E Alba era la vittima sacrificale del loro inganno. Lei guardava me e io pensavo ai microfoni di zio Karim, non potevo neanche fiatare.

Marina propose di festeggiare al Cubano, Mahmoud aderì subito, io dissi che avevo già un impegno. Alba sapeva che le dovevo parlare ma ovviamente non voleva che Marina se ne accorgesse.

« Io sono stanca, scendo con voi e prendo un taxi. »

Dopo che se ne furono andati, aspettai dieci minuti. Poi presi il Volkswagen e mi avviai verso l'università Al Fatah per l'ultimo atto della mia recita che era una farsa virata in tragedia.

Aba

Lo aspettai lì, sul marciapiede, un centinaio di metri prima della sbarra d'ingresso. Johnny arrivò, accostò, mi fece cenno di salire e avviò il Volkswagen verso la second ring road.

« Qui vicino, nel parco, c'è un posto dove fanno il pesce alla brace. »

Io ero agitata, certa che mio padre mi avrebbe bloccata.

« Cosa ti ha detto il signor A? »

Lui continuò a guidare verso il parco.

« Ne parliamo mentre mangiamo. »

Ero quasi certa che il signor A, mio padre, gli avesse proibito la mia partecipazione all'attacco in diretta tv a Khalil Hussein e che Johnny pensasse di addolcirmi la pillola col pesce alla brace. Nel parco c'erano tavoli e panchine di legno sul prato, con al centro un forno con un'enorme griglia da cui guizzavano piccole lingue di fuoco e su cui arrostivano saraghi, cefali, cernie. Ordinammo una cernia per due e ci sedemmo. Era un po' più fresco, attorno a noi c'era tanta gente che parlava e mangiava, intorno alla griglia ruotavano le falene notturne e i grilli frinivano dagli eucalipti. C'era la vita.

Lui era ancora più serio del solito, con quei grandi occhi profondi. Non c'era in lui quella calma forte e gentile ma sempre calda che mi aveva conquistato. Era come se la mia decisione di andare su quel palco lo avesse allontanato da me.

Arrivò la cernia e lui cominciò a mangiare, ma io avevo lo stomaco chiuso.

« Allora, Johnny? Quali sono gli ordini? »

Lui continuò a dedicarsi alla cernia, senza guardarmi.

« Vai su quel palco, fai solo le domande che ti ordinano di fare, niente accuse. Il signor A non vuole showdown. »

Ero davvero furiosa.

« Certo, non vuole incidenti diplomatici. Di Rosaria non gli è mai importato nulla, è solo una maledetta complicazione. E tu che dici? Tu lo sai cosa ho dovuto fare per arrivare a quelle mail. »

« Io mi limito a passare gli ordini, Alba. »

Di colpo non avevamo più niente da dirci.

« Torno da sola. Prendo un taxi qui all'angolo. »

Feci per alzarmi ma lui mi prese la mano.

« Alba, devi obbedire agli ordini del signor A. »

« E Rosaria? E i suoi genitori? »

« Ci sono cose più importanti. »

Qualcosa si spezzò dentro di me. Era la speranza, la fiducia. Era ora di finirla.

I sogni che durano troppo diventano incubi. Sono qui per Rosaria, non per lui.

Lo guardai con disprezzo.

« Sai, Johnny, sei come il signor A, temi le complicazioni per te e te ne infischi di Rosaria. Ma io no, io farò qualunque cosa.»

Una delle falene svolazzava proprio sopra il braciere e non fece in tempo a evitare un'improvvisa lingua di fuoco. Volò via, un'ala in fiamme, un puntino luminoso nel buio che precipitò in mezzo a una delle tante fontane di Muammar Gheddafi.

Aba

Marina era in uno stato sovreccitato. Era in accappatoio, i capelli umidi di doccia, la sigaretta che le pendeva dalle labbra.

«Domani è il 9999, il giorno in cui distruggeremo Khalil Hussein.»

Io ero sdraiata sul mio letto e non dissi nulla.

«Sei pronta vero, Paperina?»

Mi baciò sulla bocca. La sua lingua esplorava la mia, ma io non partecipavo. Lei si staccò da me, fissandomi alla debole luce che filtrava dai lampioni in strada.

«Sai una cosa? Certe volte mi chiedo se ti piaccio davvero, Alba. Con Rosaria non avevo dubbi, ma lei non aveva Johnny. Perché se pensi ancora a lui non riuscirai a fare ciò che hai promesso e domani a lezione lo farò io, dirò in aula che abbiamo trovato le prove.»

Sarebbe stata una catastrofe, quella pazza rischiava di farci finire in galera e mio padre non mi avrebbe mai perdonata. Non potevo rischiare che tornassimo indietro. Tanto era solo una questione di volontà.

Forza. Posso farcela. Per Rosaria. Per suo padre.

Infilai la mia lingua tra le sue labbra, presi la sua mano e la guidai nei miei slip.

Non sei tu, Aba. Abbandona il tuo corpo e lasciala fare. Lei non può cambiare chi sei veramente. Pensa solo a Rosaria.

Dopo mi feci una lunga doccia. L'acqua, il sapone, lo shampoo, ma nulla bastava a ripulirmi, a farmi tornare *quella di prima*, Aba Abate, la studentessa e figlia perfetta, che non aveva mai varcato i confini del bene, che non avrebbe nemmeno concepito di usare il suo corpo per ingannare, manipolare, ottenere. Più strofinavo e più la pelle di una nuova donna veniva fuori, una donna che non era più l'idealista che preparava slogan e cartelli da esibire in un'inutile manifestazione.

Poi, quando il suo respiro mi disse che Marina dormiva, restai sveglia.

Non devo dormire. Non devo nominare Johnny.

17

9999

Aba

Era l'ultimo giorno in aula. Il professor Hussein aveva concluso la sua ora di lezione. L'ultima. C'era tra le studentesse un'aria festosa e di attesa.

«Allora, oggi ci salutiamo con l'evento di chiusura. Nel pomeriggio alle tre una barca vi porterà alla Moneta dove concluderemo il corso con un importante dibattito.»

Fece una piccola pausa, come un grande attore di teatro.

«Il Colonnello Muammar Gheddafi in questo momento è a Sirte ad avviare il suo grande progetto, l'Unione Africana, ma ci raggiungerà nel pomeriggio.»

Poi indicò me.

«Sul palco con me, in rappresentanza della vostra classe, ci sarà Alba Rossi. Fatele un applauso di incoraggiamento.»

Si alzarono tutte in piedi per applaudire, chi più, chi meno, come Julieta e Penelope. Marina lanciò persino un urlo da stadio. Ma io non ci facevo caso, pensavo solo a Rosaria.

Caro professore,

la sua jacuzzi è fonte di sapere e piacere, dà godimento alla mente e al corpo.

Me le ero impresse nella testa quelle parole. Gliele avrei spiattellate davanti: *abbiamo le prove, professore.* La polizia libica non avrebbe potuto farmi nulla. Ero una studentessa italiana, eravamo in diretta tv, era impossibile toccarmi. Mio padre si sarebbe arrabbiato molto, ma la giustizia era più importante dei rapporti diplomatici.

Oltre la vetrata dell'aula vedevo scorrere le auto sulla second ring road, i cartelloni col volto di Gheddafi, il cielo pallido per il sole troppo forte e il pulviscolo invisibile del ghibli annunciato in rinforzo. La lezione era finita, avevamo due ore per pranzare e prepararci, prima di andare alla Moneta. Io e Marina ci alzammo senza dire una parola a nessuno, uscimmo dalla porta in cima all'emiciclo dell'aula, scendemmo le scale, attraversammo l'atrio ed eravamo fuori. Arrivammo al dormitorio, nessuna di noi due aveva appetito. Mentre ci preparavamo, Marina ascoltava dal suo lettore MP3 le canzoni di Madonna e io pensavo al futuro prossimo. Avevo prenotato il volo per Roma la mattina dopo. Sarei partita coi miei amici per qualche spiaggia o in giro per le capitali europee, cattedrali, musei, pub. Continuavo a toccare il passaporto nella mia tasca, come per accertarmi che fosse reale.

E Johnny?

Provavo dolore e rabbia ripensando a quella frase.

Ci sono cose più importanti di Rosaria Musumeci.

Cioè cosa, Johnny? Gli ordini del signor A? La paura che alla fine non ti paghi il compenso pattuito?

Era come un dolore a un dente, arrivava, scompariva, tornava.

E se lui avesse ragione? Se quella frase non l'avesse detta per viltà ma per amore?

Staccai l'auricolare dall'orecchio di Marina e lei mi guardò, stizzita.

« Che c'è? »

« Stavo pensando una cosa. Il fatto che Rosaria abbia detto di no a Khalil Hussein non ci dà la certezza che l'abbia uccisa. »

Lei sbuffò.

« E che ce ne importa, Alba? Resta come minimo un porco e noi lo accusiamo solo di questo, non di averla uccisa. »

« Johnny pensa che ci stiamo sbagliando. »

Indossava solo gli slip, aveva la solita sigaretta accesa e l'ironia negli occhi verdi.

« E tu dai ancora retta a quel porco misogino, Alba? Lui difende il professore perché è come lui. »

Reagii d'istinto.

« Non è come lui. E credo che ci tenga davvero a me. »

Fece una smorfia disgustata.

« Non impari mai, Paperina, sogni ancora il principe azzurro. Quel porco ha provato a stuprarmi sotto la doccia a Ghadames. »

La guardai incredula, scuotendo il capo.

« Non è vero. »

Lei si strinse nelle spalle.

« Certo, non è vero. Allora me lo sono sognato quel neo a forma di cuore sul suo cazzo? »

Non dissi nulla. Andai a chiudermi in bagno, sotto la doccia gelata, per calmarmi. Poi mi imposi una cosa.

Cancellalo, lui non ha nulla a che fare con te.

Johnny

Cercavo di non pensare ad Alba Rossi e a Mahmoud, ma era impossibile. Quando tornai a casa dopo la mattinata infernale con gli archeologi, appena parcheggiai il Volkswagen, mi trovai davanti il signor Pace. Oggi l'arco curvo della sua bocca era diverso dal solito, nessun sorriso, né amaro né ilare.

« Dobbiamo fare due chiacchiere, signor Guerra. In ambasciata. »

Non chiese il permesso, si limitò ad accomodarsi sul sedile del passeggero e mi fece cenno di partire. Venti minuti dopo eravamo nella biblioteca in collegamento con il signor A, la voce metallica.

Il signor Pace lo informò della novità.

« Alba sarà sul palco con Khalil Hussein e Gheddafi oggi pomeriggio. La nostra persona all'università ci ha informato un'ora fa. »

Ero stato un idiota a pensare che non avessero almeno qualcun altro a informarli.

« Come mai non ci ha avvisati prima, signor Guerra? »

« Non potevo esserne certo. Alba deve averlo saputo oggi. »

« Signor Guerra, credo che lei ci abbia nascosto molte cose e ce le stia nascondendo anche ora. Perché Alba va su quel palco? »

Decisi che era meglio dirgli la verità. Tanto alla fine avrei potuto garantirgli ciò che mi aveva promesso zio Karim, che Alba l'avrebbe lasciata partire.

« Alba e Marina hanno trovato delle mail di Rosaria Musumeci che compromettono il professor Hussein. »

« Le consegni al signor Pace, le manderemo ai magistrati. Come le hanno trovate? »

« Hanno rubato quelle mail dal Nokia del professore con l'aiuto di Mahmoud Al Zirkawi, un mio commilitone in Kosovo e anche prima. »

Non ci furono accuse, recriminazioni, minacce. Il signor A era un uomo pragmatico. Alla mia punizione avrebbe pensato dopo.

« So chi è Mahmoud Al Zirkawi. Non capisco perché e come le abbia aiutate. »

« Marina e Alba hanno sottratto il Nokia con le mail al professor Hussein per un'ora. Mahmoud Al Zirkawi lo ha collegato al suo e ha trasferito i dati. Ci sono le prove di un rapporto strano con Rosaria Musumeci e Alba ha intenzione di leggere quelle mail sul palco. »

Questa volta non ci fu nessuna pausa.

« Scortate Alba all'aeroporto e mettetela sull'aereo delle quattro di oggi per Malta. »

Ora veniva il pezzo più difficile.

« Temo che non sia possibile. Il Mukhabarat sa tutto. »

« Lei come lo sa? »

« Mi hanno bloccato e interrogato, hanno scoperto le mie indagini sull'autopsia. E sanno anche delle mail trovate sul Nokia. Se Alba provasse a partire oggi la arresterebbero per spionaggio e cospirazione e informerebbero la stampa internazionale che anche Rosaria Musumeci era un'agente dell'intelligence italiana. Una cosa che lei non mi aveva detto, signor A. »

« La cosa non la riguarda, signor Guerra. Arresteranno comunque Alba se accuserà Khalil Hussein. »

« No. Mi hanno proposto un accordo. »

« Cosa propongono? »

« Vogliono che vada su quel palco per incastrare Mahmoud Al Zirkawi e Marina Lafont e i loro mandanti, i Fratelli Musulmani. »

Questa volta ci fu una breve pausa.

« Questo lo comprendo, è plausibile. E ad Alba cosa succederà? »

« Il loro capo mi ha dato la sua parola che domani la lasceranno partire. Ma io non seguirei del tutto quel consiglio. »

« Perché? »

« Perché se Alba va sul palco e non accusa nessuno non possono farle nulla, non ci sono prove che abbiano rubato le mail. Ho cercato di convincerla, ma non sono certo di esserci riuscito anche se le ho detto che è un suo ordine. Vuole fare giustizia per Rosaria Musumeci. »

Lui sospirò.

« Immagino, è molto testarda. Chiamerò io Alba per proibirle di parlare di quelle mail. Vi richiamo tra pochi minuti. »

Aba

Ero sotto la doccia quando squillò il mio cellulare sul lavandino del bagno. Uscii dalla doccia, lo schermo indicava *numero privato.* Pensai che fosse lui.

« Johnny! »

« Alba, sono io, il tuo capo. »

Mi trattenni dal gridare *papà.* Cercai di controllare la gioia nel sentire la sua voce, ma era chiaro che dovevo stare attenta, potevamo essere intercettati e una cosa era essere un'agente dell'intelligence, altra cosa la figlia del capo.

« Mi dica, signore. »

« Ho saputo che oggi pomeriggio sarà sul palco per l'evento finale. »

Non chiesi come lo avesse saputo.

« Sì, signore. Il professor Hussein ha scelto me. Il signor Johnny mi ha detto di averla informata di questa eventualità. »

Ci fu una pausa.

« Di questo parleremo a Roma. Ora mi ascolti. Andrà su quel palco ma non muoverà nessuna accusa a nessuno, e domani tornerà a Roma. »

« È quello che mi ha detto il signor Johnny da parte sua, ma... »

« È un ordine, signorina Rossi. »

Andava così da sempre, sin da quando ero bambina. E in questo caso non era solo mio padre a parlare.

« Va bene, signore, farò come lei dice. »

« Un'altra cosa. Se il signor Johnny dovesse chiamarla o cercarla, lo ignori. Non deve più vederlo. »

« Signore, ma lui si è comportato bene, mi ha sempre detto di non fare questa cosa proprio come sta dicendo lei. È una brava persona. »

Il tono di voce divenne gelido.

« Pochi mesi fa, in Kosovo, i musulmani hanno teso un agguato a una colonna dell'esercito serbo. Il loro capo era una donna. Il signor Johnny l'ha tagliata a metà e ha fatto sistemare i due pezzi ben in vista su due croci. Ha ucciso con le sue mani decine di persone in Palestina, Afghanistan, Bosnia. Ora ha capito? »

Ero distrutta, tremavo.

« Sì, certo, ho capito. »

Il tono divenne più caldo.

« Stia tranquilla, domani sarà a Roma e parleremo di tutto. »

Era stanco, lo sentivo dalla sua voce molto più flebile e mi preoccupai.

« Grazie, signore. Si riguardi, prenda le pillole. »

Era stata un'imprudenza dettata dal desiderio di essere lì con lui. Ci fu una pausa. Pensai che papà volesse dirmi qualcosa.

Ti voglio bene, figlia mia.

Ma ovviamente, per motivi di sicurezza, non poteva.

« A domani, signorina Rossi. »

La comunicazione venne chiusa. Cominciai a piangere. Piansi per tanto tempo, non riuscivo più a smettere. Volevo mio padre, il suo viso, il suo dopobarba, l'odore di tabacco, gli scacchi, le battute. Avrei accettato tutti i suoi rimproveri. Lui mi avrebbe aiutata a tornare me stessa.

Johnny

Io e il signor Pace eravamo ancora nella biblioteca. Lui mi guardava da dietro i suoi occhialetti, senza dire una parola, ma con tutto il disprezzo che meritavo.

«La può piantare di guardarmi così, le verranno gli occhi storti.»

«Come vuole che la guardi? Sapevo che tagliava in due le donne, adesso so che è anche un traditore.»

La voce metallica del signor A tornò e interruppe lo scambio di idee.

«Ho parlato con Alba, è tutto a posto, andrà sul palco e non accuserà nessuno.»

La voce era più flebile, interrotta da pause.

«Signor Guerra, ora avvisi il suo contatto al Mukhabarat che ho autorizzato Alba ad andare su quel palco solo per non rovinare la loro bella cerimonia. Mi aspetto che la lascino partire senza problemi domani mattina.»

«Glielo dirò.»

«Chi è il suo contatto al Mukhabarat?»

Certamente non potevo dirgli che era mio zio.

«Non so il vero nome. Deve essere un militare di alto rango.»

«Quelli importanti so chi sono. Che aspetto ha?»

«Magro, sulla cinquantina, capelli grigi corti, gli manca la punta di un orecchio.»

Ci fu un momento di vuoto, seguito da un rantolo, un terribile rantolo metallico. Il signor Pace mi strappò il microfono.

«Signor direttore! Signor direttore!»

Seguirono attimi concitati, poi arrivò una voce più giovane, concitata.

« Presto, chiamate un'ambulanza, il signor direttore ha perso i sensi. »

Poi la voce giovane si rivolse a noi.

« Signor Pace, sono l'assistente del direttore. Temo ci sia un'emergenza medica, la terrò informata. »

Aba

Indossai i pantaloni neri larghi, una camicia ampia a maniche lunghe e le scarpe chiuse col tacco basso. Poco trucco, niente rossetto, niente smalto, niente borsetta. Marina aveva optato per un vestitino verde bottiglia, il colore della rivoluzione, senza maniche e con l'orlo della gonna sopra il ginocchio.

« Sembri una monaca, Alba! »

« Devo stare sul palco con il Colonnello Gheddafi, Marina. Penso che sia meglio un po' di sobrietà. »

« Sei stata bravissima, ora vai su quel palco e distruggi quel porco. »

Aveva l'aria esaltata dei suoi momenti peggiori, ma non lo sapevo più se aveva ragione lei oppure mio padre e Johnny.

I vecchi sono solo saggi, la saggezza è il freno della giustizia.

Comunque dovevo tranquillizzarla.

« Lo distruggerò Marina. Ma devi promettermi una cosa. Non te ne vai da quell'isola senza di me, non lasciarmi sola con lui. »

Lei mi abbracciò.

« Verrai via con me e le altre e lui non ti potrà toccare, te lo giuro. Ora il pullman è arrivato, dobbiamo scendere. »

Salimmo sul pullman con le altre ragazze. C'era l'allegria euforica di un grande evento e della fine di un percorso. Alcune giovani soldatesse perquisirono noi e le nostre borse e ci ritirarono i cellulari con la promessa di restituirceli dopo l'evento. Poi il pullman si avviò. Mentre le immagini di Tripoli scorrevano fuori dal finestrino pensavo a Roma, a mio padre, a Tizzy, agli amici del collettivo universitario.

Johnny entrava continuamente nei pensieri e ogni volta lo scacciavo con le parole di mio padre.

Pochi mesi fa, in Kosovo, i musulmani hanno teso un agguato a una colonna dell'esercito serbo. Il loro capo era una donna. Il signor Johnny l'ha tagliata a metà e ha fatto sistemare i due pezzi ben in vista su due croci. Ha ucciso con le sue mani decine di persone in Palestina, Afghanistan, Bosnia. Ora ha capito?

E quelle di Marina.

Ha cercato di stuprarmi... quel neo a forma di cuore...

Marina, seduta accanto a me, canticchiava a bassa voce.

This is the end, my friend... this is the end.

Johnny

Il signor Pace fece portare due caffè nella biblioteca. Era un uomo molto diverso da quello mite che ero abituato a vedere.

« Ora mi racconta tutto nei dettagli, signor Guerra. Perché ci sono troppe bugie in questa storia. »

« Anche da parte vostra. Mi avevate detto che Rosaria Musumeci era una studentessa e invece era una vostra agente. Perché l'avevate mandata qui? »

Lui si tolse gli occhiali e si stropicciò gli occhi.

« Glielo dirò. Ma se avrò la sensazione che lei mi nasconda qualcosa manderemo oggi stesso quei documenti sulla fine di Branka Pavlovic. Allora? »

Non avevo più paura per la questione di Branka.

« Va bene. Mi dica perché avete inserito un'agente dell'intelligence nel corso del professor Hussein. »

« Per via della presenza di Marina Lafont. Noi avevamo un sospetto su di lei, ma volevamo essere certi prima di avvertire il Mukhabarat per prendercene il merito. Nel nostro mondo questi scambi sono importanti. »

« Quale sospetto avevate su Marina? »

« Dieci anni fa era appena adolescente e frequentava una scuola professionale a Marsiglia e aveva un'insegnante che era già la sua amante e la sua mentore, Jamila Hakimi. Quando si controllano i curriculum si cercano ex fidanzati, non ex fidanzate. Ma noi avevamo individuato la connessione. Jamila Hakimi era sull'aereo precipitato a Lockerbie a fine 1988. »

« E Rosaria cosa aveva scoperto? »

Il signor Pace fece la sua smorfia da clown triste.

« Non ha fatto in tempo a dircelo. Ma la sua morte era sospetta. Il signor A è venuto subito a Tripoli, ne ha parlato con un uomo del Mukhabarat che lo ha ringraziato e ha promesso di occuparsene. »

« Sa il nome di quell'uomo? »

« Ovviamente no. Forse il vero nome non lo sa neanche il signor A. Ma dopo averlo incontrato mi disse che aveva la punta dell'orecchio tagliato. Forse il signor A sa qualcosa di lui che io non so. Ma certo è strano che il Mukhabarat non abbia bloccato Mahmoud Al Zirkawi e Marina Lafont prima di arrivare a questo punto. »

Ero stato ingannato, manovrato, usato. Dal signor A, da Mahmoud, da zio Karim. Lui me lo aveva detto chiaramente.

Sei un soldato, non una spia. Non puoi capire queste cose.

Mahmoud mi aveva ricontattato per arrivare ad Alba. Per metterla nelle mani della sua complice, Marina. Tutto per portarla su quel palco. Ma ora persino un soldato stupido come me si rendeva conto dell'impossibile.

Tutto quel complotto e l'assassinio di Rosaria da parte di Marina e Mahmoud per una bravata su quel palco? Per punire Gheddafi per la sua svolta anti Islam? Impossibile!

Marina Lafont non era a Tripoli solo per danneggiare qualcuno a parole. E neanche Mahmoud Al Zirkawi era uomo da parole. No, non aveva senso tutta quella storia per una guerra fatta con le parole. E zio Karim lo sapeva, me lo aveva anche detto sin da bambino.

Le parole non sono mica come le bombe.

L'avevo avuta davanti ai miei occhi, la verità. L'immagine era stata sempre lì, chiusa nel mio subconscio.

« Il travaso delle mail tra i due Nokia? Eravamo sul mio Volkswagen. Mahmoud era seduto dietro per scaricare il file, Marina era seduta accanto a me, tutto è durato meno di un minuto. »

Il signor Pace ora aveva la smorfia triste.

« Marina Lafont ha fatto qualcosa per distrarla? »

Tranquillo, Johnny, gliel'ho sfilata io dai calzoni mentre Alba gli faceva un pompino. Così lei non corre rischi, giusto?

Afferrai il telefono e schiacciai sul numero di Alba. Il suo cellulare era staccato. Il signor Pace scosse il capo.

« Sono già in viaggio per la Moneta, non sarà più raggiungibile. Chiami il suo contatto al Mukhabarat e lo avvisi del problema coi Nokia. »

Stavo per fare quel numero, ma mi fermai. Tutto ciò che avevo fatto di peggio nella mia vita era dipeso da zio Karim, dalle guerre senza ideali al corpo tagliato in due di Branka Pavlovic, l'uomo che definiva la bomba su Hiroshima l'apice dell'America e la mancata bomba atomica sulla Corea del Nord l'inizio del declino.

Zio Karim, che vuole Alba e quel Nokia sul palco. Il signor A che si sente male solo quando gli dico dell'orecchio tagliato.

Non c'era riscatto per me. A meno di trent'anni ero un uomo senza patria, senza onore, senza amore. Solo una cosa potevo ancora fare.

Salvare Alba Rossi.

« Signor Pace, io credo che il mio contatto voglia che quel Nokia esploda su quel palco. E credo lo abbia capito anche il signor A. Non devo avvertirlo. »

L'omino grigio mi guardò a lungo. Poi formò un numero sul cellulare.

C'erano alcune motovedette che giravano intorno all'isola e tantissimi poliziotti già sul pontile ad attenderci. Ciascuna di noi venne identificata e poi accompagnata in una stanza in cui la polizia femminile ci perquisì nuovamente, una a una. Poi io fui portata nella stanza col simbolo $. Mi dissero di restare lì, nel salottino. La porta sul corridoio restò aperta, con due guardie armate ai lati. La porta di comunicazione con la camera da letto era chiusa.

Restai in piedi, davanti alla vetrata che dava sulla spiaggia. Fuori adesso c'era anche un altro tipo di polizia, forse soldati, con la divisa nera e senza mostrine. Vedevo che prendevano ordini da un uomo sulla cinquantina, magro, coi capelli brizzolati, vestito con un completo grigio, camicia bianca e cravatta verde.

Alle cinque e mezzo il professor Hussein entrò nel salottino. Era splendido nel suo smoking nero con cravattino verde. Dietro di lui entrò l'uomo col completo grigio e la cravatta verde, il colore della rivoluzione. Non tese la mano e non si presentò. Si limitò a farmi un bel discorsetto.

« Signorina Rossi, il professor Hussein ci ha assicurato che di tutte le sue studentesse lei è la più valida e per questo merita il grande onore di essere sul palco con lui e con la nostra Guida Suprema. »

Aveva la punta di un orecchio mozzata, il suo inglese era ottimo, la voce roca per il fumo.

« Grazie. Spero di essere all'altezza. »

L'uomo si rivolse al professor Hussein.

« Professore, so che me l'ha già detto una decina di volte, ma le procedure di sicurezza sono noiose. Può ripetermi cosa farà esattamente la signorina Rossi? »

Khalil Hussein annuì.

« Certo. Le domande al Colonnello Gheddafi sono concordate con il suo addetto stampa e tre di queste verranno fatte dalla signorina Rossi, che conosce abbastanza bene l'arabo. »

Dalla tasca dello smoking lui estrasse il Nokia Communicator.

« Ovviamente, per evitare improvvisazioni o minimi errori, sia io che la signorina Rossi leggeremo le domande da qui, dal testo concordato con voi. »

L'uomo con la cravatta verde gettò un'occhiata veloce al Nokia Communicator e sorrise.

« Un tempo si usavano fogli battuti a macchina, professore. »

Khalil Hussein sorrise a sua volta.

« C'è la ripresa in diretta tv e credo che il Colonnello ci tenga a essere moderno. E anche io, a dire il vero. »

L'uomo con la cravatta verde gettò un'occhiata fuori dalla finestra, verso il mare.

« Bene, professore. Andiamo fuori ad attenderlo. Lei resti qui, signorina Rossi. »

Li guardai uscire, il professore e quell'altro. Pensai a Rosaria, che sarebbe stata lì al mio posto quel giorno, se quelli non l'avessero uccisa. Pensai ai suoi genitori, a suo padre con le lacrime. E a mio padre, che non voleva che rischiassi nulla.

Aspetterò l'ultima domanda. Deciderò in quel momento, non prima.

Johnny

Il signor Pace rientrò nella biblioteca.

« I satelliti segnalano che tre elicotteri sono appena decollati dalla base di Gheddafi a Bab Azizia e il Colonnello dovrebbe essere a bordo di uno dei tre. Arriveranno alla Moneta entro dieci minuti e la cerimonia inizierà puntuale. »

Io avevo già riflettuto, da soldato, l'unica cosa in cui ero bravo.

« Dobbiamo bloccare Mahmoud Al Zirkawi, perché il telecomando non può averlo Marina Lafont. Che tipo di telecomando può essere? »

« Secondo i nostri esperti un comando radio a breve distanza, al massimo di dieci chilometri. Quindi dovrà essere in mare, su una barca o un motoscafo, anche se è molto rischioso, ci sono motovedette dovunque. »

Avevo un solo vantaggio su Mahmoud: lui non sapeva che mi avevano avvertito della complicità tra lui e Marina Lafont. Lui era la forza e il coraggio, ma la mente ero io e sapevo come avrebbe fatto e da dove sarebbe partito.

« Forse posso trovarlo. »

Il signor Pace esitò solo un attimo. Poi mi consegnò una pistola e un biglietto.

« Vada. Mi faccia sapere su questo numero. »

Aba

Uno dei tre elicotteri atterrò sulla spiaggia, mentre gli altri due volteggiavano sul mare antistante la Moneta. Appena le pale si fermarono, il Colonnello Gheddafi discese dalla scaletta. Non era in divisa militare, come mi aspettavo. Indossava un barracano bianco e un turbante. L'uomo con la punta dell'orecchio tagliata e il professor Hussein lo accolsero, mentre i poliziotti facevano ala al loro passaggio verso la villa.

Pochi secondi dopo, la porta del salottino si aprì e i tre uomini entrarono. Il professor Hussein mi presentò, in arabo.

« Questa è Alba Rossi, la studentessa italiana che sarà con noi sul palco. »

Gheddafi mi sorrise. L'avevo sempre visto torvo o spavaldo, invece il suo era un sorriso gentile. Mi tese la mano, io gliela strinsi, incerta.

« Grazie, signorina Rossi. »

Lo disse in italiano, poi passò alla sua lingua.

« Quando tornerà in Italia, dica ai suoi connazionali che faremo tutto il possibile per capire cosa è accaduto a Rosaria Musumeci. »

La stretta della sua mano era asciutta, il tono fermo, lo sguardo sincero. Non ebbi per niente l'impressione che mentisse. Si voltò verso l'uomo con l'orecchio tagliato.

« Stiamo facendo tutto il possibile, vero? »

Non c'era alcuna ironia nel tono. Anzi, forse una nota di biasimo e un sottofondo di minaccia.

« Certo, eccellenza. »

Gheddafi si rivolse di nuovo a me.

« Sono certo che il professor Hussein vi abbia fatto una testa così su di me per due mesi. Lei sarebbe così gentile da dirmi cosa pensa davvero? »

Ero sbalordita, sembrava sinceramente interessato. Lo guardai negli occhi.

« Per il passato non bene, eccellenza. Per il futuro non lo so. Lei pensa di poter essere un uomo migliore? »

Vidi il disagio disegnarsi sul volto di Khalil Hussein, ma Gheddafi annuì più volte.

« Maometto diceva che le azioni si giudicano dalle intenzioni, signorina. Vale per me ma anche per i vostri governanti. E comunque, possiamo sempre essere meglio di ciò che siamo stati, in qualunque punto della nostra vita. »

Mi ricordai una cosa che avevo letto nel Corano.

« La più grande jihad è conquistare sé stessi, eccellenza. »

Lui mi sorrise ancora. Si voltò verso il professore.

« Credo che lei abbia davvero un'ottima allieva, professore. »

L'uomo con l'orecchio tagliato interruppe la conversazione.

« Dovremmo iniziare, eccellenza. »

Johnny

Rischiai di fondere il motore del Volkswagen lungo la Kornish e poi svoltai a destra, nella stradina verso Al Haji Mathi. Dove ero stato con Alba, da dove ero partito tante volte per pescare o fare surf con Mahmoud.

Il nostro posto preferito a Tripoli. Quasi deserto, oggi, grazie al ghibli. L'ideale per oggi. Ma lui non sa che ho scoperto tutto, altrimenti non verrebbe qui.

Fermai il Volkswagen a un centinaio di metri dal deposito e dal pontile. C'era una moto, il vento era caldo e pieno di sabbia e non si vedeva nessuno, neanche il vecchio che mi aveva affittato la barchetta per la gita con Alba.

Attraversai la spiaggia a tutta velocità, saltai sugli scogli, passai a un'altra spiaggetta deserta, superai altri scogli e poi lo vidi, accanto al nostro capanno, con la tavola già armata in mano.

« Mahmoud, fermati! »

Lui posò la tavola e sorrise.

« Ciao, Johnny, che ci fai qui? »

Era in costume, con il giubbotto salvagente e la fascia con le corde del trapezio agganciato al petto. Sulla schiena aveva uno zainetto impermeabile.

Il telecomando.

Mi tenni a qualche metro da lui.

« Dammi il telecomando, Mahmoud. »

Lui scosse la lunga chioma.

« Johnny, quell'assassino di Gheddafi questa mattina a Sirte ha venduto l'Africa ai cristiani e ha messo una taglia da un milione di dollari su Osama Bin Laden. »

La mia pistola premeva sulla schiena, nella cinta dei jeans. Ma era l'ultima cosa che volevo fare.

« Dammi il telecomando, Mahmoud. Poi con la mia auto guidiamo sino al Cairo, non voglio che ti prendano. »

Lui mi guardò con disgusto.

« Per chi lavori ora Johnny? Per i fascisti italiani, per la CIA, per il Mukhabarat? »

« Non voglio che Alba muoia. »

Lui scoppiò a ridere.

« Non dire cazzate, Johnny. Te ne sei scopate centinaia... »

Tirai fuori la pistola che mi aveva dato il signor Pace. Lui la vide, scosse il capo e fece un passo verso di me.

« Non mi sparerai per una troia, Johnny! »

Fece un altro passo. Se lo avessi lasciato avvicinare ancora sarei stato alla portata del suo pugno e non avrei avuto scampo.

Gli sparai un colpo alla coscia, lui tentò un altro passo e cadde in ginocchio sulla riva. Ora sapeva che non sarebbe mai salito su quella tavola. Staccai lo zainetto dalla sua schiena. Dentro c'era una specie di piccola radio. La aprii, tolsi la batteria e si spense.

Mahmoud era per terra, appoggiato a uno scoglio. Ci conoscevamo sin da bambini, avevamo combattuto insieme, sofferto insieme, tante volte ci eravamo salvati la vita a vicenda. Ma era proprio come aveva detto zio Karim parlando di lui e di mio padre.

Ogni grande amicizia ha un punto debole. Bisogna solo evitarlo.

Non ci eravamo riusciti, a evitarlo.

« Ti porto al Volkswagen e ti blocco l'emorragia. Poi partiamo per l'Egitto. »

Un colpo di pistola esplose alle mie spalle e un buco si aprì sulla fronte di Mahmoud. Mi voltai. Il signor Pace era lì, con altre due persone. Tutti e tre armati.

« Ora dobbiamo occuparci di Alba, signor Guerra. Quando nella prossima ora non salterà niente per aria temo che il suo amico con l'orecchio tagliato non la lascerà andare. Forse la cercherà. Ma lei andrà dove lui non la cercherà mai. »

Aba

Il Colonnello Gheddafi si rivelò molto più pacato e convincente di quanto avessi immaginato. Rispose a ogni domanda del professor Hussein e alle mie prime due domande. Marina era tra le studentesse, nell'ultima fila, e sembrava sempre più nervosa man mano che il tempo passava.

Il professor Hussein mi passò il suo Nokia. La terza domanda concordata riguardava le finalità dell'Unione Africana firmata quel mattino a Sirte. Era arrivato il momento di decidere.

« Eccellenza, mi scusi ma vorrei rivolgerle un'ultima domanda fuori dal protocollo. »

Gheddafi mi guardò un attimo, poi annuì.

« Ma certo, signorina. »

« Vorrei chiederle se può ripetere al mondo ciò che mi ha detto prima su Rosaria Musumeci. »

Lui non esitò un attimo.

« Troveremo la verità, lo prometto all'Italia. »

« Qualunque essa sia? »

La mia domanda lo colse di sorpresa, mentre io fissavo Khalil Hussein che cercava di conservare il suo aplomb.

Gheddafi mi tese la mano.

« Qualunque essa sia, glielo prometto. »

Seguirono molti applausi e Khalil Hussein dichiarò chiusa la cerimonia. Gheddafi ci salutò e poco dopo l'elicottero decollò, mentre il sole rosso tramontava sul mare e in lontananza si accendevano le luci di Tripoli.

L'uomo con la punta dell'orecchio tagliata parlò brevemente col professor Hussein. Indicò il Nokia, poi Marina seduta ancora tra le studentesse, poi me. Khalil Hussein aggrottò la fronte e si voltò verso di me, incredulo. Poi disse qualcosa all'uomo con l'orecchio tagliato, che annuì. Khalil Hussein venne verso di me, splendido nel suo smoking, col sorriso sulle labbra. Mi prese sottobraccio e mi condusse lungo il corridoio. Aprì la porta col simbolo del $ e mi spinse dentro.

« Brava, Alba, eccezionale. Ora vediamo se è vero che ti viene la febbre. »

Chiuse la porta a chiave, mentre dalla vetrata vedevo le studentesse imbarcarsi, la polizia andarsene e il buio calare sulla Moneta.

Johnny

Mi avevano infilato nel retro di un grosso furgone anonimo che era un po' particolare, visto che c'erano telefoni satellitari, armi e brutti ceffi. Mi avevano ordinato di starmene lì, zitto e buono. Avevo contato i minuti. Ora quella maledetta cerimonia doveva essere finita e il fatto che per strada non si udissero sirene di allarme era positivo.

A un certo punto, il signor Pace entrò nel furgone. Mi

gettò appena un'occhiata, gli altri scesero e restammo solo lui e io.

« Abbiamo un informatore nel servizio di sicurezza di Gheddafi. Il Rais sta bene, è tornato a Bab Azizia. Karim Al Bakri gli ha comunicato che è stato sventato dal Mukhabarat un attentato contro di lui. Alba Rossi e Marina Lafont sono trattenute alla Moneta per essere interrogate. »

« Secondo l'informatore, quanta polizia è rimasta sull'isola? »

« Una decina di guardie, con il professor Hussein e le due ragazze. »

« L'uomo con l'orecchio tagliato è lì? »

« No. Il nostro informatore è rientrato con la stessa lancia. »

« Lei ha approntato la squadra? »

« Sì, cinque uomini della tribù che foraggiamo sono già pronti e anche il gommone. Un sommergibile italiano sarà sul retro della Moneta entro un'ora. Deve recuperare Alba e portarla lì col gommone. »

Aba

Khalil Hussein era seduto sulla poltrona davanti alla mia nel salottino della stanza col $ sulla porta. Si era tolto la giacca dello smoking e mi aveva riempito il bicchiere di champagne dal magnum di Moët & Chandon. Aveva l'aria di chi sta per assaggiare un ottimo champagne, ma non era quello il motivo.

« Allora, Alba, raccontami bene. Quel signore con l'orecchio tagliato dice che tu e Marina Lafont con quella gentaglia finanziata da Bin Laden volevate farci saltare tutti per aria. »

Non risposi. Cercai di riflettere.

Mio padre sapeva? Mi aveva detto lui di restare, doveva avere per forza un piano. Oppure per una volta al mondo qualcosa è sfuggito di mano anche a lui?

« Io non avevo nessuna intenzione di ucciderla, professore. Volevo solo accusarla per avere ucciso Rosaria Musumeci. »

Lui non fece una piega, sorseggiava tranquillo il suo champagne.

« E come sai che l'ho uccisa io? »

« Lo so. »

Lui annuì. Poi si alzò.

« Allora vieni con me, Alba. Così chiariamo definitivamente questo punto. »

Aprì la porta, mi prese per mano e mi trascinò sino alla porta con la M.

« Ora capirai dove e quanto hai sbagliato, Alba. »

Marina era nuda, legata per polsi e caviglie ai quattro angoli del letto. Aveva delle cinghie con dei fili elettrici alle caviglie collegati a una batteria con sopra delle manopole. Uno dei due soldati presenti la stava violentando mentre l'altro rideva.

Il professor Hussein li bloccò.

« Fermi un attimo, poi ve la lascio per tutta la notte. »

Il viso era tumefatto, il corpo cosparso di bruciature elettriche e tagli da coltello. Io cercai di allontanarmi ma Khalil Hussein mi trascinò sino al letto e mi costrinse a sedermi.

« Vieni, Alba, così chiariamo tutto con questa lesbica. Allora, Marina. Chi ha ucciso Rosaria? »

Gli occhi verdi incrociarono i miei.

« Era una spia italiana. Come te per gli americani, *halluf.* »

Era distrutta, ma non vinta. Khalil Hussein le strizzò un capezzolo.

« Lo so, ma qui terroristi e spie nemiche fanno una brutta fine. L'hai uccisa quando ti ha scoperto? »

Marina mormorò qualcosa di poco intelligibile. Istintivamente Khalil Hussein si avvicinò, e lei gli sputò in faccia un grumo di sangue e saliva.

Lui si ripulì il volto e si rivolse ai soldati.

« Voglio che sia più educata e sincera. »

Uno di loro manovrò la manopola elettrica e Marina si inarcò, urlando. Poi ricadde con la schiena sul letto.

« Allora, Marina, vuoi dire la verità alla tua amica Alba, così capisce che io sono buono? »

Lei tentò ancora di sputargli, ma dalle sue labbra uscì solo una bolla di sangue e saliva. Allora lui si rivolse di nuovo ai due soldati.

« Fate quello che volete ma non ammazzatela. Torno più tardi. »

Mi tirò su dal letto, mi toccò la fronte.

« Avevi ragione, Alba. Scotti, hai la febbre. Torniamo in camera, così avrò cura di te. »

Mi trascinò via.

Eravamo in sei sul gommone, vestiti con tute nere impermeabili. Io, il signor Pace e altri quattro libici che avevano l'aria di conoscere molto bene l'uso delle armi. Ci eravamo già organizzati e ora nessuno fiatava. Il ghibli era finito. La notte era buia, senza luna, il che era molto meglio. L'aria era tiepida, il mare calmissimo. Arrivati a un centinaio di metri dall'isola spegnemmo il motore. Col binocolo a infrarossi, l'uomo di vedetta a prua ci fece il cenno V con le dita.

Due. Due guardie sul pontile. E non c'erano altri punti d'attracco, lo avevo visto con i miei occhi. Arrivammo a trenta metri, nel buio più totale. Due degli uomini del signor Pace impugnarono i fucili col mirino a infrarossi e spararono.

« *Ok one.* »

« *Ok two.* »

Cominciammo a remare silenziosamente sino al pontile. Tutto stava andando secondo le previsioni, eppure ero inquieto. Ero stato in tante di quelle azioni. Ogni agguato era diverso ma c'erano delle regole in comune tra quelli che filavano lisci. La prima era essenziale.

L'informatore deve essere accurato. E, naturalmente, fidato.

Me ne ero sempre accertato personalmente. Mai avevo messo la mia vita e quella dei miei uomini nelle mani di uno sconosciuto.

Un informatore nel servizio di sicurezza di Gheddafi.

Già, aveva detto così il signor Pace.

Lui è rientrato a Tripoli tra gli ultimi, con la stessa lancia dell'uomo con l'orecchio tagliato.

Un semplice soldato del servizio di sicurezza poteva rientrare con l'uomo chiave del Mukhabarat?

E zio Karim sa che verrò qui per salvare Alba.

Il riflettore si accese sul mare e iniziò a cercarci. Presi più aria possibile e mi tuffai, allontanandomi quanto potevo. Quando il riflettore centrò il gommone ero appena fuori dal cerchio di luce. Dal pontile arrivò una voce amplificata dal megafono.

« Posate le armi e avvicinatevi lentamente alla riva. »

I cinque uomini a bordo iniziarono a sparare ma nessuno rispose al fuoco da terra. Zio Karim mi voleva vivo, chiaramente. Il gommone coi miei ripartì verso il largo e dal pontile partirono all'inseguimento tre gommoni carichi di soldati. Era quello che avevamo sperato. Li avrebbero portati lontano dalla Moneta.

Nuotai in apnea sott'acqua, sino a un angolo della spiaggia. Ora toccava a me.

Aba

Non avevo mai visto la violenza da vicino, neanche un incidente automobilistico. La vista di Marina in quello stato mi rendeva incapace di pensare, ero terrorizzata. Khalil Hussein ne era ben consapevole. Quella era la sua situazione preferita. Mi trascinò nella sua stanza e posò il magnum sul comodino del letto.

« Ti ricordi, Alba? Avevi promesso chissà quali giochi con quella testiera del letto. »

C'erano due paia di manette, una a ciascun angolo della testiera. Tremavo mentre mi scendevano le lacrime, ma non volevo supplicarlo. Mi spogliò, pezzo per pezzo, sino a che fui completamente nuda.

« Vedo che hai capito, brava. Per il momento hai perso solo i vestiti ma se non sarai molto obbediente perderai altri pezzi. »

Indicò un angolo della stanza. Attaccata con un filo alla presa c'era una sega elettrica.

« Faremo un gioco, Alba. Potrai scegliere, passo per passo. Puoi perdere un pezzettino della tua dignità o perdere un pezzettino del tuo corpo. »

Nell'attimo in cui mi ammanettò il polso sinistro alla testiera del letto tornai in me. In quell'attimo prima che mi ammanettasse l'altro polso. Perché poi sarei morta, senza alcun dubbio.

Afferrai il magnum di champagne, ruotai il braccio con tutta la forza e gli fracassai la bottiglia sul volto. Lui vacillò, cadde, il viso era una maschera di sangue mentre brancolava sul pavimento. Ma lentamente cominciò a tirarsi su, e io ero comunque ammanettata a quel letto.

« Te l'avevo detto, Alba. O la dignità o un pezzo di te. »

Prese la sega elettrica, spinse un pulsante e la lama prese a vibrare e a fare un rumore terribile e io cominciai a urlare.

Johnny

Sul retro, nel patio con la jacuzzi, c'era solo un uomo di guardia. Lanciai da tre metri e il mio coltello gli trapassò la gola. Recuperai il coltello e intascai la sua pistola. Poi entrai nella villa. Mentre mi avvicinavo alle camere da letto sentii un urlo. Proveniva dalla stanza con la M e la porta era aperta. Erano in due, coi calzoni calati, chini sul corpo straziato di Marina. Al primo tagliai la gola da dietro, l'altro fece per scendere dal letto, stava per mettersi a urlare ma gli tirai un calcio al collo che gli sfondò la trachea. Cadde in avanti, gorgogliando. Avevo poco tempo, Marina era incosciente e non c'era modo di liberarla e portarla con me. Non volevo neanche lasciarla viva a quelle bestie. Presi il coltello e le tagliai le vene di entrambi i polsi.

Poi sentii un urlo. Era Alba.

Mi precipitai nella stanza accanto. Alba era nuda, ammanettata al letto. L'uomo con lo smoking e il volto pieno di schegge di vetro e di sangue si voltò, mi venne incontro puntandomi addosso la sega elettrica.

« E tu chi sei? »

Dovevo evitare che urlasse. Delle urla femminili se ne fregavano, ma le urla maschili li avrebbero fatti accorrere tutti dal pontile.

« Mi manda il signor Al Bakri. »

Lui esitò un attimo, il tempo di avvicinarmi. L'uppercut al mento lo fece cadere svenuto sul pavimento. Non c'era un secondo da perdere e mi avvicinai ad Alba.

« Devo liberarti. »

La sega elettrica tagliò in due facilmente la catenella delle manette.

« Vai nel salottino e rivestiti, dobbiamo andarcene subito. »

Avevo trenta secondi per lasciare a zio Karim un messaggio molto chiaro, che lui avrebbe capito. Presi la sega elettrica e mi avvicinai a Khalil Hussein svenuto sul pavimento.

Aba

Guardavo Johnny con la sega elettrica in mano. Ero nuda, paralizzata. Le parole di mio padre martellavano il mio cervello.

Ha tagliato in due una donna.

« Ti prego Johnny. Non voglio. »

Lui non rispose e chiuse la porta del salottino. Il rumore della sega elettrica mentre mi rivestivo era la conferma definitiva di ciò che ci separava. Poi lui uscì, con i jeans pieni di schizzi di sangue.

« Muoviamoci, Alba. »

Uscimmo dal retro, dove c'era la jacuzzi. Johnny tirò fuori dalla tasca della tuta un sacchetto di plastica chiuso da una cerniera e ne estrasse un satellitare e una piccola torcia. Compose un numero, poi pronunciò poche parole, in italiano.

« Alla scogliera. Tra venti minuti. »

Poi con la torcia indicò il sentiero.

« Ce la fai a correre Alba? »

« Sì, ma che vuoi fare? »

« Corri dietro di me. »

Iniziò a correre e io cominciai a seguirlo nel buio illuminato solo da quella piccola luce. Corremmo senza fermarci, per venti minuti. E poi arrivammo a quello spiazzo in cima alla scogliera da cui era stata gettata Rosaria Musumeci.

Johnny

Mi avvicinai sino al bordo del dirupo. Cominciai ad accendere e spegnere la minitorcia. Una, due, tre volte. Dopo alcuni secondi, sul mare, si accese una luce. Una, due, tre volte.

Mi voltai verso Alba.

« Dobbiamo saltare. C'è un gommone, ci porterà a un sommergibile italiano. »

« Sei pazzo, Johnny? »

« A quest'ora c'è alta marea. Fidati di me. »

Lei mi guardò e i suoi occhi erano bellissimi.

« Va bene. »

Sotto l'ulivo si accese una torcia e arrivò una voce roca.

« Te l'avevo detto, Ahmed, che ti saresti rovinato per amore, come tuo padre. »

Zio Karim impugnava la pistola in una mano e la torcia nell'altra. Vide che guardavo alle sue spalle per capire in quanti fossero e sorrise.

« Sono da solo, Ahmed. I pochi poliziotti che avevi lasciato vivi li ho uccisi io. Questa storia non deve avere testimoni. Dimmi, cosa vi aspetta lì sotto? Un gommone e poi un sommergibile? Potrei farlo affondare con una semplice telefonata. »

Ero disperato e non per me.

« Lascia andare Alba. Dai la colpa di tutto a me, Mahmoud, Marina... Ti giuro che io non dirò mai... »

« Cosa, Ahmed? Che c'ero io dietro l'attentato? Chi ti crederebbe? Io sono quello che l'ha sventato, l'attentato. Il problema è vostro, non mio, anche se vi lasciassi fuggire. La CIA e Gheddafi amavano tanto quel porco di Khalil Hussein. »

« Digli che sono stato io, lascia fuori Alba. »

« Preferirei dire che è stata lei e tu non c'entri. »

« Allora devi uccidermi adesso, perché o salvi lei o io ti smentirò. »

Lui fece una smorfia disgustata.

« Sei proprio come tuo padre. Dirò che sono stati i Fratelli Musulmani, i complici di Mahmoud che volevano liberare Marina. Nessuno deve sapere che eravate qui tutti e due questa sera. Dirò che Alba è partita in auto per Tunisi e tu non sei mai stato qui. Solo che Gheddafi è un tipo sospettoso. E anche la CIA. Se dovessero mai scoprire che vi conoscete troppo bene, anche tra vent'anni, capiranno e morirete. »

Zio Karim mise via la pistola e si rivolse a me.

« Fra poco arriverà la polizia e nessuno di voi due dovrà essere su quest'isola. Ora vi gettate, ma Alba parte e tu torni a Tripoli, ci sarà un gommone anche per te. Se parti con lei vi denuncerò alla CIA per aver ucciso Khalil Hussein. »

Zio Karim si voltò e scomparve lungo il sentiero.

Aba

Ci avvicinammo al bordo della scogliera. Da lì, adesso lo sapevo, Marina Lafont aveva spinto giù Rosaria Musumeci. Guardai in basso, nel buio. Johnny agitò la lucina e da sotto arrivò la risposta.

«Parti con me, Johnny. Non ci denuncerà.»

Lui scosse il capo.

«Non lo conosci come me.»

Mi prese la mano. Poi mi guardò, per un lunghissimo attimo.

«Al mio tre, Alba.»

Sono passati vent'anni, ma ricordo ogni attimo di quel volo nel vuoto e nel buio. Il mio desiderio:

Vorrei che questo volo non finisse mai più.

A un certo punto, durante il volo, persi contatto con la sua mano. Affondai, affondai, pensando che Rosaria aveva fatto lo stesso volo ma aveva trovato gli scogli. Non so per quanti secondi andai sotto, a un certo punto cominciò la risalita, mentre il fiato trattenuto finiva e i polmoni bruciavano. La mia testa uscì dall'acqua e vidi una luce. Nuotai verso la torcia sino al gommone. Un uomo calvo con gli occhiali e un sorriso da clown mi chiamò.

«Venga qui, signorina Rossi, la tiriamo su.»

Mi aiutarono a salire. Johnny non era sul gommone. Misero in moto.

«Dobbiamo cercare Johnny, non possiamo andarcene.»

L'uomo col sorriso e gli occhiali scosse il capo.

« Lui se ne è già andato con l'altro gommone, signorina Rossi. »

Il gommone si avviò.

Se dovessero mai scoprire che vi conoscete troppo bene, anche tra vent'anni, capiranno e morirete.

Ma io forse ero già morta.

RINGRAZIAMENTI

Un grazie di cuore ai bravissimi editor Fabrizio Cocco e Alessia Ugolotti che mi hanno davvero aiutato nell'opera di immedesimarsi in una ventenne molto difficile. E agli amici che mi hanno aiutato con le loro consulenze: Maurizio Bellacosa, Antonella Mansi, Vincenzo Nigro.

INDICE

ROBERTO COSTANTINI

UNA DONNA NORMALE

Aba Abate è una donna normale. Suo marito è un uomo colto ma con scarso senso pratico. I suoi figli sono adolescenti problematici e conflittuali. Aba fa di tutto per tenere unita la sua famiglia e i suoi affetti, ma non è sempre facile per via del suo vero lavoro. Perché Aba Abate in realtà è anche « Ice ». Non una semplice impiegata ministeriale come credono i suoi familiari, ma una funzionaria dei Servizi segreti con un compito delicatissimo: reclutare e gestire gli infiltrati nelle moschee. È proprio da un suo informatore che Aba apprende una notizia potenzialmente catastrofica: in Italia sta arrivando dalla Libia un terrorista pronto a farsi esplodere. La scadenza: una settimana. Le emergenze familiari e lavorative si sovrappongono nel giro di pochi, frenetici giorni, e quando niente va come dovrebbe il mondo di Aba comincia inesorabilmente a crollarle addosso. Possono davvero coesistere Aba e Ice?

LONGANESI TEA

ROBERTO COSTANTINI

UNA DONNA IN GUERRA

Il confine tra Aba, moglie e madre, e Ice, funzionaria di alto livello dei Servizi Segreti italiani, è sempre più labile. Non sa se riuscirà più a tenere insieme i pezzi della sua doppia vita come ha sempre fatto. A casa, suo marito le nasconde una parte di verità. Sul lavoro, per fermare due pericolosi terroristi, ha perso l'unico uomo che ha sempre saputo vederla per quello che è, Aba e Ice insieme. Quello che Aba ancora non sa, e che Ice fatica a scoprire, è che il vento del deserto sta per portare nella sua fragile vita un vero pericolo. Quello che Aba ancora non sa, e che Ice nemmeno immagina, è che il confine tra vita personale e vita lavorativa in realtà è già crollato. E che non esiste più nemmeno un posto al mondo in cui lei non sia una donna in guerra.

LONGANESI TEA

Fotocomposizione Editype S.r.l.
Agrate Brianza (MB)

Finito di stampare
nel mese di febbraio 2022
per conto della Longanesi & C.
da Elcograf S.p.A.
Stabilimento di Cles (TN)
Printed in Italy